KB265492

영재의 비법

영재의 비법

지은이 채널 스토리온 · 영재의 비법 제작팀
펴낸이 안용백
펴낸곳 (주)도서출판 넥서스

초판 1쇄 발행 2010년 9월 15일
초판 6쇄 발행 2011년 1월 10일

출판신고 1992년 4월 3일 제311-2002-2호
121-840 서울시 마포구 서교동 394-2
Tel (02)330-5500 Fax (02)330-5555

ISBN 978-89-6000-932-5 03810

www.nexusbook.com
넥서스BOOKS는 (주)도서출판 넥서스의 실용 브랜드입니다.

채널 스토리온·영재의 비법 제작팀 지음

넥서스BOOKS

내 아이의
잠자는 두뇌를 깨워라!

엄마들은 힘이 세다. 때로는 침묵으로, 때로는 눈빛 하나로 아이를 울게도 하고 웃게도 만드니 말이다. 게다가 엄마들은 말 한마디로 아이를 영재로 만들기도 하고 둔재로 만들기도 한다. 엄마한테서 칭찬과 인정, 격려 등 긍정의 말을 듣고 자란 아이는 스스로 예쁜 꽃봉오리를 피우기 위해 노력한다. 하지만 꾸중과 명령, 비난 등 부정의 말을 듣고 자란 아이는 자기 속에 꽃을 피울 힘이 있는 것조차 알지 못한다.

모든 아이는 자기 안에 아름다운 영재성의 꽃을 품고 있다. 하지만 극히 소수의 아이만이 그 꽃을 피우고 있다. 끝없는 관심과 사랑으로 돌봄을 받은 아이는 자존감과 자신감이 충만한 아이로 자란다. 더불어 아이의 뇌도 방긋 웃는다. 하지만 스스로 알아서 꽃을 피우기를 바라는 무심한 엄마나 지시하고 감독하는 것에 익숙한 엄마를 만나면 아이는 의기소침해지고 자신감도 사라진다. 그리고 아이의 뇌도 찡그리고 주눅 들게 된다.

'챔피언으로 태어나 패배자가 되었다!'

세계적인 신발 회사인 컨버스가 내걸었던 유명한 광고 문구이다. 모든 사람은 챔피언으로서의 천부적인 재능을 가지고 태어나지만 현실에서 만나는 수많은 장해물 때문에 결국엔 패배자가 되고 만다는 것이다.

"하지 마!"
"안 돼!"
"넌 도대체 왜 그 모양이니?"

엄마들이 무심코 내뱉는 말들이 챔피언으로 태어난 아이의 기를 죽이고, 의욕을 꺾고, 두뇌를 망가뜨린다. 그리고 아이는 어느새 패배자가 되어간다. 물론 그것은 엄마들의 마음과는 전혀 다른 결과다. 세상 어떤 엄마가 소중한 내 아이가 둔재가 되고 패배자가 되기를 바라겠는가. 모두가 내 아이만큼은 영재가 되고 챔피언이 되기를 바란다. 그것도 아주 간절히!

내 아이를 영재로 만들기 위해서는 엄마들이 먼저 달라져야 한다. 약이 되라고 한 말이 독이 되고 장해물이 되지 않기 위해서는 아이의 마음을 먼저 볼 수 있어야 한다. 아이가 진정으로 원하는 것이 무엇인지, 아이에게 진정으로 필요한 것이 무엇인지를 볼 수 있어야만 아이에게 그것을 제공해 줄 수 있다. 그래야만 내 아이의 잠자는 두뇌가 열리고, 영재성의 꽃을 피울 수 있다.

아이들의 두뇌를 망가뜨리고, 심지어 패배자로까지 만드는 수많은 장해물을 걷어내고 내 아이에게 딱 맞는 학습법을 찾아 주기 위해 '채널 스토리온'이 나섰다. 우리는 〈영재의 비법〉이라는 타이틀 아래, 대한민국 방송 사상 최초로 아이들의 두뇌 계발 프로젝트를 시도했다.

70일 동안 이어진 이 프로젝트에서 우리는 아이들의 특성에 맞는 학습법을 찾아 주고, 아이 스스로 공부할 수 있는 자기주도적 학습 의지를 심어 주기 위해 노력했다. 그리고 이 모든 것이 가능하기 위해서는 무엇보다도 엄마가 먼저 변화되어야 함

엄마가 바뀌면,
아이의 두뇌가 바뀐다!

정철희!
노규식!
김영훈!

지금부터
아이의 두뇌에 변화가 시작된다

5분도 못 앉아 있던 아이를
50분을 앉아 있을 수 있게 만든다?

두뇌계발을 위해 모인 5명의 아이들!
오늘 이들의 머릿속이 공개된다!

을 일깨워 주었다. 그 결과, 아이의 일거수일투족을 감시하고 감독하던 엄마, 공부는 스스로 해야 하는 것이라며 외면하던 엄마 등 그야말로 아이의 마음과는 따로 움직이던 엄마들이 아이의 마음을 읽기 시작했고, 아이와의 거리를 좁혀 갔다. 그리고 놀랍게도 이 작은 변화가 아이들의 두뇌에 물꼬를 트는 역할을 했다. 그저 아이에게 조금 더 가까이 다가섰을 뿐인데, 아이들의 마음이 열리고 두뇌가 열리는 기적과도 같은 일이 일어난 것이다.

"70일이 아니고 365일 계속됐으면 좋겠어요."

〈70일 두뇌 계발 프로젝트〉를 마무리하며, 프로젝트에 참여했던 한 아이가 한 말이다. 우리의 바람도 그 아이의 바람과 다르지 않다. 비록 프로젝트는 끝났지만, 이것은 끝이 아닌 또 다른 시작으로 이어져야 하며, 그 시작은 우리의 일상으로 탄탄히 자리 잡아야 한다.

어쩌면 70일이라는 짧은 시간에 이루어 낸 이 놀라운 기적은 그보다 더 빠른 시간 안에 사라질 수 있는 신기루 같은 것인지도 모른다. 그 기적을 현실로 이어 가고, 내 아이를 영재로 키우는 것은 여전히 엄마들의 몫으로 남아 있다. 하지만 그것은 그리 어렵거나 힘든 일이 아니다. 그저 내 아이를 조금 더 알면 된다. 아이들의 뇌는 엄마들이 품어 주는 만큼 열리고, 토닥여 주는 만큼 꽃 피게 되어 있으니 말이다.

채널 스토리온·영재의 비법 제작팀

PART 4. 떠 먹여 주는 공부는 가라

PART 5. 이것만은 **피하자** 체크! 체크!

PART6. 70일간의 **놀라운** 기적

"엄마~ 엄마~"

나는야 말 잘 듣고 말썽도 부리지 않는 이 시대의 엄친아!
공부는 물론 피아노, 수영에도 능수능란~
이런 나에게 약점이 있다면
엄마에게 너무 많이 의존한다는 것!
공부하는 것도, 학원에 가는 것도
엄마 스타일대로 따르는 엄마 의존형 외동아들!

"나는 연예인이 될 거야."

나는야 많은 사람이 주목할 예비 스타!
재능을 살리기 위해서는 언제나 연습 또 연습!
공부는 혼자서 해야 한다는 엄마의 교육관으로 인해
연기는 YES! 공부는 NO!

"난 노는 게 좋단 말이야~"

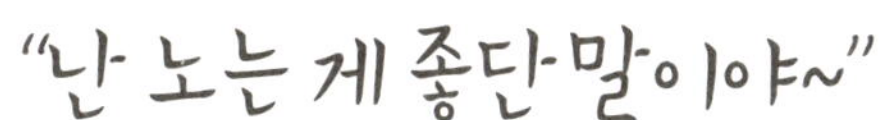

나는야 친구들과 노는 것을 제일로 좋아하는 개구장이!
우리 엄마는 워킹맘! 엄마가 직장에 가 있는 동안
나 홀로 공부를 해야 하지만
난 아직 노는 것이 너무 좋아~

"할머니이~"

나는야 외모, 성적 뭐 하나 뒤지는 것이 없는 완벽 소녀!
무슨 일이든 척척 잘해서
학교에서도, 학원에서도 언제나 인기쨩!
하지만 집에만 오면 공부는 안녕~
할머니에게 응석만 부리는 앙탈쟁이!

"책 읽는 게 제일 행복해."

나는야 책을 너무나 사랑하는 엄마들의 로망!
책을 읽는 게 노는 것야냐?
취미도 독서! 특기도 독서!
고등학생들과 함께 원어민 영어 수업도 자신 있게!
공부하는 것이 즐거워 알아서 척척 하는
완벽한 모범색 스타일~

check! check !

우리 아이 자기주도 학습 체크리스트!

내 아이가 성적을 올릴 수만 있다고 생각되면 엄마들은 너무나 쉽게 아이들의 공부법을 바꾸어 버린다. 하지만 제 발에 맞지 않는 신발을 신고 달리기를 하면 제대로 달릴 수 없듯 공부 역시 아이의 성향과 잘 맞지 않으면 좋은 성과를 얻을 수 없다. 엄마는 다른 아이의 공부법을 그대로 내 아이에게 전수하기보다는 내 아이에게 꼭 들어맞는 공부법이 무엇인지 깊이 생각해 보고 효율적인 학습을 하도록 도움을 주어야 한다. 그것이 진정한 공부, 자기주도 학습이라 할 수 있다. 자기주도 학습은 다른 사람에게 기대지 않고 스스로 의지를 가지고 공부를 하는 것이다. 만약 어렸을 때부터 자기주도 학습에 길들여지지 않는다면, 그것이 어렵다고 생각해 실천하기를 미룬다면 영원히 다른 사람에게 의지하여 공부를 해야 하는 부작용이 생긴다. 이제부터라도 우리 아이들이 자기주도적으로 공부를 할 수 있도록 방향을 잡아 주어야 한다. 자, 그럼 다음 체크리스트를 통해 자신의 아이가 자기주도 학습을 제대로 실천하고 있는지 진단해 보도록 하자. 그리고 그 결과를 바탕으로 내 아이의 공부력 향상을 위해 노력하도록 하자. 본문에 나오는 다섯 아이의 공부 유형과 솔루션들을 참고하면 내 아이도 반드시 공부짱이 될 수 있다.

우리 아이 자기주도 학습 체크리스트

	항목	점수
1	미래에 대한 확실한 목표가 있다.	
2	구체적인 목표를 정해 공부를 한다.	
3	공부가 잘 되는 장소를 가지고 있다.	
4	공부하는 것을 항상 즐겁게 생각한다.	
5	최소 하루 1시간 이상은 집중해서 공부한다.	
6	공부할 때 중요하다고 생각되는 부분은 밑줄을 치거나 따로 메모를 한다.	
7	예습과 복습을 중요시하고 잘 실천한다.	
8	책 읽기를 좋아하고 요점을 잘 파악하며 읽는다.	
9	계획을 잘 세우고, 계획대로 움직인다.	
10	혼자 공부하는 시간을 정해 실천한다.	
11	일정에 따라 꾸준히 공부를 하고 과제를 잘한다.	
12	시험공부는 꾸준히 하며 한 번에 몰아서 하지 않는다.	
13	오늘의 일을 내일로 미루지 않는다.	
14	누군가의 강압 없이도 스스로 알아서 공부한다.	
15	공부를 할 때 분량을 정해 놓고 그대로 이행한다.	
16	공부를 하다가 이해가 잘 되지 않는 것은 스스로 자료를 찾아 이해를 돕는다.	
17	스스로 끝까지 해답을 찾다가도 이해가 되지 않는 부분은 선생님이나 또 다른 사람에게 질문을 해서 정답을 얻어 낸다.	
18	주변에 격려를 잘 해주고 동기부여를 해주는 사람이 있다.	

그렇지 않다=0점, 그저 그렇다=1점, 그렇다=2점, 매우 그렇다=3점

[결과 보기]

1. **모두 합한 점수가 40점 이상일 경우** 제대로 된 자기주도 학습을 실천하고 있는 상태입니다. 이 상태를 꾸준히 유지한다면 성공적인 학습이 가능합니다.
2. **모두 합한 점수가 30~39점일 경우** 자기주도 학습이 가능한 상태입니다. 아이가 자발적으로 목표를 세우고 공부할 수 있도록 격려해 주세요. 자신감이 완전하지 않으면 결과에 대해 실망할 수 있으니 꾸준히 도움을 주는 것이 필요합니다.
3. **모두 합한 점수가 20~29점일 경우** 자기주도 학습이 어느 정도 형성되어 있는 상태입니다. 하지만 지속적인 동기부여가 이루어지지 않으면 좋은 효과를 얻을 수 없습니다. 구체적인 방안과 실천력이 요구됩니다.
4. **모두 합한 점수가 0~19점일 경우** 자기주도 학습이 거의 형성되어 있지 않은 상태입니다. 자기주도 학습에 대한 이해와 실천력이 절실히 요구됩니다.

PART 1

영재도 둔재도 엄마가 만든다

평범한 내 아이, 영재가 될 수 있을까

내 아이는 어떤 유형에 속할까

나는 재능을 키우는 부모? 꺾는 부모?

내 아이를 둔재로 만드는 교육 악습관 베스트 3

부모를 위한 TIP
집중력이 낮은 내 아이, '토막 공부'로 영재 두뇌를 만들어라!

OECD 국가 중 사교육비 1위라는 타이틀을 당당히 거머쥔 대한민국에서 자녀 교육만큼 엄마들의 골치를 아프게 하는 것이 또 있을까. 그래서인지 학습을 봐 주는 보습학원은 기본이고 미술, 피아노, 수영 등 예능학원을 보내는 것이 더 이상 이상해 보이지 않는다. 상황이 이렇다 보니 자녀 교육에서 '어떻게 하는 것이 옳은 것일까'를 고민하기 이전에 남들 눈치 보기에 급급할 수밖에 없다. 그래서 엄마들은 시간이 허락하는 한, 돈이 허락하는 한 아이에게 더 많은 것을 가르치려 애쓴다.

그런데 아이는 어떠한가. 안타깝게도 엄마가 쏟아붓는 정성과 비례할 만큼의 만족스런 결과를 선물하는 경우는 극히 드물다. 책상 앞에서 보내는 시간과 노력에 비해 성적이 턱없이 낮거나 아예 엄마의 애타는 마음을 외면해 버리기도 한다. 틈만 나면 놀 궁리를 하고, 책상 앞에 앉아 있다 하더라도 머릿속에 딴생각이 둥둥 떠다니는 경우가 허다하다.

제아무리 속이 타고 조급해도 모든 일에는 순서가 있고, 밟아야 할 단계가 있는 법이다. 공부도 예외일 수 없다. 내 아이의 학습능력치가 어느 정도인지 그리고 능력치를 향상시키기 위해서 어떤 것을 도와주어야 할지에 대한 고민이 무엇보다 우선시되어야 한다.

이러한 고민을 함께하고, 시원한 해결책을 제시하기 위해 대한민국 대표 학습 유형에 해당되는 다섯 명의 아이를 선별해 〈70일 두뇌 계발 프로젝트〉를 진행했다. 즉, 아이들의 현재 두뇌 상태를 진단하고, 문제점을 찾고, 그것을 해결하고 두뇌를 계발하기 위한 각종 솔루션이 70일 동안 진행된 것이다. 물론 여기서 '두뇌 계발'은 단순한 지능지수의 향상만을 의미하지는 않는다. 지능지수의 향상은 물론이고 창의력 신장, 자기주도적 학습능력 함량에 이르기까지 그야말로 아이의 두뇌가 학습에 가장 효율적인 두뇌로 다시 태어나는 것을 의미한다.

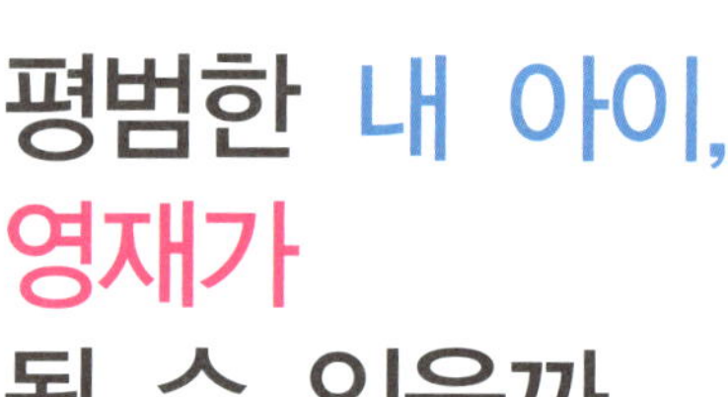

천재가 '선천적으로 타고난, 남보다 훨씬 뛰어난 재능을 가진 사람'을 뜻한다고 하니 이는 하늘이 내리는 선물임이 분명하다. 그렇다면 영재는 어떠한가. 영재의 사전적 의미는 '뛰어난 재주 또는 특정 영역에서 뛰어난 성취를 보이는 사람'이다. 이는 곧 뛰어난 재주가 있되, 선천적으로 타고나는 것만은 아니라는 의미로 해석할 수 있다

"영재! 후천적으로 만들어질 수 있는 것일까?"

이 질문에 25년 베테랑 두뇌 계발 전문가이자 의정부 성모병원 병원장인 김영훈 원장은 "영재는 만들어질 수 있다!"고 단언했다. 그는 역대 노벨상 수상자의 40%가 유대인이고, 이에 대해 많은 교육학자가 그 비결을 유대인의 교육에서 찾고 있다며, 두뇌는 "교육에 의해서 계발될 수 있다."는 점을 강조했다.

강남 엄마들이 가장 만나고 싶어 하는 자기주도 학습의 최고 권위자로 불리는 정철희 교수 역시 "꼴찌도 영재가 될 수 있다!"며 평범한 아이는 물론, 현재 학업이 부진한 아이 역시 노력만 한다면 영재가 될 수 있다고 강조했다.

실제로 영재 교육의 아버지라 불리는 칼 비테의 아들은 태어난 지 얼마 되지 않아 미숙아, 저능아라는 진단을 받았다. 하지만 칼 비테는 생후 15일부터 아들의 지능 훈련을 시작했고, 그 결과 아들은 13세에 철학 박사학위, 16세에 법학 박사학위를 받고 베를린 대학 법학부 교수까지 되었다. 평범한 아버지의 남다른 교육 철학과 아들에 대한 믿음이 이뤄 낸 놀라운 성과를 통해 우리는 인간에게 두뇌라는 영역이 얼마나 무한한 잠재력을 지녔는지 새삼 깨닫게 된다.

국내 최고의 학습 전문 코치이자 정신과 전문의인 노규식 원장 또한 "아인슈타인, 에디슨 같은 천재급 영재는 분명 하늘에서 내린다. 하지만 올바른 방법으로 노력만 한다면 누구나 하버드대, 서울대에 갈 수 있는 공부 두뇌가 될 수 있다!"고 말하며 앞의 전문가들과 같은 의견임을 밝혔다.

전문가들의 의견을 종합해 보면, 평범한 아이라도 올바른 교육을 접해 두뇌가 계발되면 영재가 될 수 있는 가능성이 있다. 반면, 영재로 태어난 아이라도 잘못된 교육에 의해 그 영재성이 발휘되지 못하면 평범한 아이 혹은 둔재가 될 가능성이 있다. 이는 결국 타고난 두뇌나 재주보다는 후천적 노력이 중요하며, 그 후천적 노력 역시 올바른 방향으로 이루어져야 함을 의미한다.

어린 시절 피겨스케이팅에 재능을 보인 김연아에게 엄마가 "성적이 이게 뭐야!" 혹은 "너도 남들처럼 피아노나 미술을 배워!" 하고 강요했다면 어떻게 되었을까. 아마 김연아는 세계 최고의 피겨스케이트 선수가 되기는커녕 그저 평범한 여대생이 되었을 것이다.

물론 평범한 것이 나쁘거나 잘못되었다는 말은 아니다. 하지만 재능이 있는 아이를, 영재성을 지닌 아이를 평범한 아이로 전락시키는 것은 분명 잘못된 일이다. 실제로 영재의 15~40%가 잘못된 교육으로 영재성을 잃고 있다는 충격적인 결과도 있다. 뿐만 아니다. 올바른 교육으로 아이의 두뇌를 계발시킬 수 있음에도 시류를 좇는 잘못된 교육 방식으로 아이의 발전 가능성을 죽이는 일 또한 안타까운 일이 아닐 수 없다. 결국 내 아이의 영재성을 키우느냐, 죽이느냐는 바로 우리 아이의 교육을 좌지우지하는 부모의 손에 달려 있다는 말이다.

내 아이는
어떤 유형에
속할까

　　이 책에서 소개할 다섯 명의 아이와 엄마들은 성격과 학습 스타일, 생활 패턴이 너무나도 달랐다. 하지만 한 가지 분명한 것은 그들 모두 무한한 가능성을 가지고 있다는 점이다. 바로 우리의 아이들처럼 말이다.

　서로 다른 듯한 이 다섯 명의 아이 중에 어쩌면 내 아이의 모습을 꼭 빼닮은 아이도 있을 것이고, 이웃에서 흔히 볼 수 있는 아이도 있을 것이다. 이들은 서류 심사, 전문가 면접 등을 통해 선발된 대한민국 학습 유형을 대표하는 아이들이기 때문이다. 유형에 따라 맞춤별 학습 비법을 제시하고자 다섯 명의 아이는 물론, 그들의 학습을 담당하고 있는 보호자들에 대해 알아보고자 한다.

무엇이든 엄마의 결정대로!

공부는 물론이고 음악과 미술, 체육 등 다양한 영역에서 재능을 보이는 명석이는 대한민국의 전형적인 엄친아답게 외모 또한 준수해서 친구들에게 인기도 많다.

"명석이는 다니는 학원이 몇 개나 되니?"

전문가들의 질문에 명석이는 한참을 생각했다. 명석이는 꽤 많은 학원에 다니고 있었다. 그래서인지 조금 힘들어 하는 모습이 엿보였다. 하지만 엄마에게 '학원을 많이 다니는 것이 힘들다'며 솔직하게 말해 본 적이 한 번도 없다고 한다. 엄마에게 꾸중을 들을까 걱정되었기 때문이다.

"어머니께서는 평소 명석이가 어떤 일을 하려고 할 때, 명석이의 결정에 따라주는 편인가요? 아니면 어머니의 결정대로 끌고 가는 편인가요?"

"결정은 제가 하지만 하기 전에 아이에게 의견을 물어보는 편이에요."

대한민국 대부분의 엄마가 그러하듯, 명석이 엄마 역시 아이에게 의견은 묻지만,

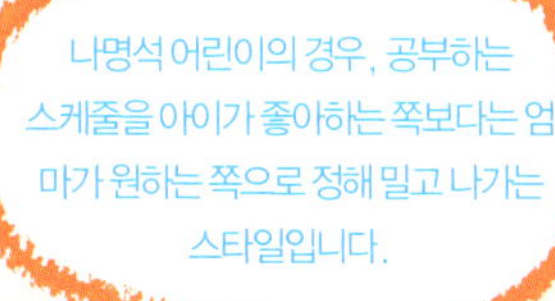

최종 결정은 자신이 하고 있었다. 그에 반해 명석이는 자신이 의사결정을 할 때 "좋은 느낌"이 든다고 답했다. 또한 좋아하는 것 다섯 가지를 물었을 때, 그것에 대한 대답 역시 망설임 없이 분명하게 표현했다.

명석이는 전형적인 외동아들 스타일로 엄마에 대한 의존도가 높은 아이였다. 외동아들인 만큼 명석이는 엄마의 사랑과 관심을 한몸에 받고 있었고, 그래서인지 엄마의 말과 행동에 따라 용기를 얻기도 하고, 심하게 좌절하기도 했다. 엄마에게 항상 칭찬 받기를 원하는 명석이는 무슨 일을 하든지 엄마에게 먼저 묻곤 한다. 엄마가 원하는 대로 해야 칭찬을 받을 수 있다고 생각하기 때문이다.

연기는 YES!
공부는 NO!

공부 학원은 NO! 집에서도 언제나 연기 연습!
대한민국 어린이 50%가 꿈꾸는 연예인이 장
래희망인 아이

배우가 꿈인 빛나는 자기소개에서 부터 똑소리가 나는 아이였다. 특기가 피아노, 바이올린, 드럼, 구연동화, 춤, 노래일 정도로 예능적인 재주가 많아 보였고, 실제로 현재 다니는 연기학원에서 그와 관련된 것들을 배우고 있었다.

그에 반해, 공부에 관련된 학원은 한 군데도 다니지 않고 있었다. 이와 관련하여 빛나 스스로도 "엄마가 왜 학원을 하나밖에 보내주지 않는 것인지 잘 모르겠다"며 의아해 했다. 빛나의 이런 마음과는 다르게 엄마는 엄마 나름의 확고한 교육 신념을 가지고 있었다.

"공부는 혼자서 해야 한다고 생각해요. 그리고 빛나는 충분히 혼자 알아서 할 수 있는 아이예요."

연기에 관련된 것은 일일이 챙겨 주면서 아직 스스로 공부하는 것에 익숙하지 않은 빛나에게 공부만큼은 혼자서 하라는 엄마의 태도는 선뜻 이해가 되지 않았다.

빛나는 취미가 독서인 것으로 보아 공부를 아주 싫어하는 것 같지는 않아 보였다.

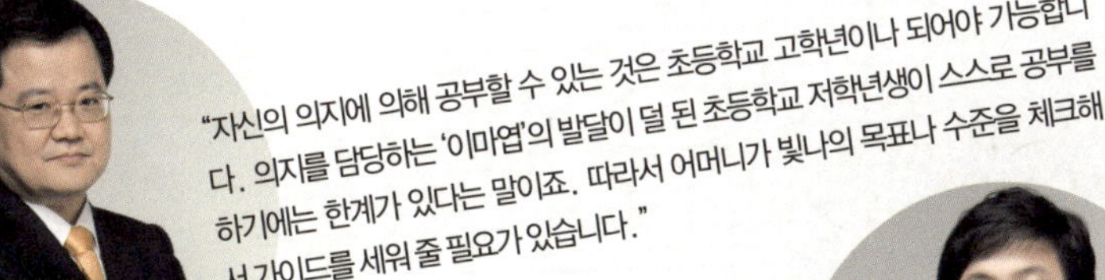

실제로 최근에 아주 감명 깊게 읽은 책에 대한 줄거리를 묻자, 빛나는 주인공의 대화 내용까지 정확히 표현해 가며 5분이 넘도록 이야기를 이어 갔다.

가정에서의 학습에서 누군가 조금만 도움을 주어도 공부에 흥미를 가질 수 있는 아이가 '스스로 하라'는 엄마의 확고한 교육관 앞에서 그저 방치되고 있는 것은 아닌지 염려스러웠다.

빛나는 연예인이 되겠다는 꿈이 확고한 나머지 생활의 대부분을 거기에 집중하고 있었지만 성취 욕구가 강해서 공부에 대한 열정도 충분히 엿보였다. 하지만 '자율성'을 지나치게 강조한 나머지 학습 면에서 가정에서의 도움이 부재한 상태이다 보니, 빛나 스스로가 공부에 대한 흥미를 잃어가고 있다는 큰 문제점이 있었다.

늘 바쁜 워킹맘을 둔 덕분에 엄마가 시킨 과제를 혼자서 풀고, 엄마는 퇴근 후 채점만 담당하는 급한 교육이 반복된다. 공부보다는 친구들과 노는 것을 더 좋아하는 전형적인 개구쟁이 스타일

맞벌이 가정이 늘고 있는 요즘, 대로는 우리 주위에서 흔히 볼 수 있는 '나 홀로 공부'를 하는 아이다. 하지만 스스로 공부하는 것에 익숙하지 않은 대로는 엄마가 내준 과제를 하는 것조차 힘들어 한다. 과제를 끝마치지 못한 날이면 어김없이 엄마에게 혼이 나지만, 다음날이 되면 언제 그랬냐는 듯 과제를 미뤄 둔 채 다시 장난감을 가지고 놀거나 놀이터에 나가 친구들과 어울린다.

워킹맘인 엄마는 대로의 방과 후 학습 스케줄을 체계적으로 관리하지 못하고 있다는 부담감을 가지고 있다. 하지만 아무리 마음이 넘쳐도 현실이 따라주지 않으니 속만 탈 뿐이다. 퇴근 후 잠시 주어지는 시간을 활용해 대로의 과제를 점검하는 것만으로도 힘이 부치니 말이다.

낮 시간을 주로 할머니와 보내는 대로는 엄마가 화를 내지 않을 때가 가장 좋고, 엄마가 화를 낼 때가 가장 싫다고 말한다. 물론 엄마가 화를 내는 이유의 대부분은

"대로는 엄마가 퇴근 후 집으로 돌아와 자신에게 웃어 주고 안아 주기를 기대합니다. 하지만 엄마는 자신에게 주어진 짧은 시간 동안 아이를 제대로 키우고 교육해야 한다는 마음이 앞섭니다. 대로와 엄마 사이의 그런 단절감 때문에 대로가 힘들어 하는 느낌이 듭니다."

"어머니가 마음도 있고, 노력도 하지만 대로에 대한 정보가 절대적으로 부족한 상황입니다. 문제 해결을 위해 아이에 대한 파악이 우선적으로 필요합니다."

공부 때문이다. 대로의 인터뷰를 옆에서 듣고 있던 엄마의 얼굴에서 시간은 없고 마음은 조급한 워킹맘의 쓸쓸한 미소가 지나간다.

전형적인 맞벌이 가정의 아이인 대로는 혼자 보내야 하는 시간이 많은 만큼 체계적인 학습 스케줄이 절실했다. 엄마는 과제를 내주고 퇴근 후 채점만을 담당했는데, 이런 과정에서 대로는 학습부진은 물론 엄마와의 정서적 교감마저 줄어들 위험이 있다.

나는 밖에서만 모범생!

이미지

11세, 초등학교 4학년

모든 엄마가 선망하는 전교 1등을 꿰차고 학교와 이웃에서 칭찬이 자자한 모범생! 하지만 달랑 하나 다니는 학원에서만 공부를 할 뿐, 집에서는 숙제 말고는 절대 공부를 하지 않는다. 할머니가 교육을 담당하는 아이

한눈에 보기에도 무척 외모가 예쁜 미지는 친구나 선생님들 사이에서 인기가 많고 칭찬도 많이 받는 아이다. 학원은 영어, 수학을 한꺼번에 가르치는 곳에 다닌다. 그곳에서도 미지는 하나를 알려 주면 둘을 아는 아이라는 칭찬을 자주 듣는다.

밖에서는 나무랄 데 없는 모범생인 미지는 무슨 이유에서인지 집에만 오면 숙제 외엔 도통 공부를 하지 않는다. 미지에게는 모르는 부분을 가르쳐 줄 수 있는 학습 조력자의 도움이 절실했다. 하지만 집으로 돌아오면 이런 역할을 해 줄 사람이 마땅치가 않다. 아빠는 직장일로 늘 바쁘고, 나이 차이가 많이 나는 오빠 역시 집에서 함께하는 시간이 그리 많지 않다. 그런 미지의 상황이 안타까운 할머니는 어떻게든 미지를 도와주고 싶어 하지만 4학년이 되면서 부쩍 높아진 학습 난이도 때문에 이러지도 저러지도 못하고 애만 태우는 실정이다. 학습에 대한 정보를 얻기 힘든 할머니가 미지의 학습 조력자 역할을 한다는 것은 현실적으로 매우 힘들어 보였다.

"머리는 좋은 것 같은데, 제대로 뒷받침을 해 주지 못하니 늘 속상하죠."

미지에 대한 할머니의 마음은 안타까움을 넘어 속상함에 이를 지경이다. 하지만 현실이 어떠하든 미지에게 세상에서 가장 소중한 것은 '가족'이다. 그중에서도 특히 할머니에 대한 애정이 각별하다. 늘 곁에서 자신을 돌봐 주고 마음을 함께하기 때문이다.

"미지에게는 할머니의 존재가 아주 크게 느껴집니다. 비록 학습을 도와주는 교육자의 역할은 힘들어도 정서적인 면에서 할머니는 절대적인 역할을 하는 것 같습니다."

"할머니가 필요한 게 있으면 사 드리고, 아프면 고쳐 드리고 싶어요."

장래희망이 무엇이냐는 질문에 아나운서라고 대답한 미지는 할머니를 위해 이와 같이 말하기도 했다. 할머니와 미지는 여느 모녀지간 못지않게 돈독한 유대 관계를 가지고 있었다. 할머니는 미지가 집에서 공부를 하지 않는 것 외에도 한 가지 고민거리가 더 있다. 그것은 바로 미지가 할머니 앞에서는 유독 어린아이처럼 떼를 쓰고 어리광을 부리는 일이 잦다는 점이다. 미지가 할머니를 그만큼 의지하고 편하게 생각한다는 의미겠지만 프로젝트를 진행하며 이런 미지의 정서적인 치우침도 다른 가족들과 함께 나눌 수 있도록 개선해 나가야 할 부분으로 떠올랐다.

할머니가 미지의 양육과 교육을 모두 담당하는 것을 보니 다소 안타깝게 느껴졌다. 그나마 다행인 것은 미지가 학교나 이웃에서는 흠잡을 데가 없는 모범생이라는 점과 가족에 대한 애정이 깊고 할머니와 정서적 친밀도가 높다는 점이었다. 미지의 경우처럼 교육적인 부분을 담당하기 어려운 가정의 경우, 이후에 제시될 미지의 솔루션에 관심을 가져 보기 바란다.

국제주산암산대회 유치부 대상! 초등학교 1학년인데도 고등학생들과 함께 원어민 영어 수업을 받는다. 취미도 특기도 독서! 하루 대부분의 시간을 책을 보는 데 할애하고 공부가 좋아서 스스로 하는 아이

고야는 공부가 좋아서 스스로 하는 아이다. 영어 공부를 시작한 지 3년 정도밖에 되지 않았는데도 고등학생들과 수업을 할 정도로 영어 실력이 유창한 고야는 아마도 대한민국 모든 엄마가 꿈꾸는 가장 이상적인 아이일 것이다.

"From now on, I will introduce myself. My name is go-ya Choi. My christian name is christina. I like to read to books. On Sunday I always……."

자기소개를 부탁하자 고야는 자리에서 일어나 영어로 자기소개를 하기 시작했다. 고야는 문장을 구사하는 능력도 뛰어났고, 발음 또한 유창해서 모두를 놀라게 했다. 더욱 놀라운 점은 아직 여덟 살에 불과한 고야가 '생명과학자'라는 분명한 꿈을 가지고 있다는 것이었다.

영어 학원에서의 수업을 제외하면 대부분 영어책 읽기, 테이프 듣기, 숙제 등으로 집에서 혼자 영어를 익힌다는 고야는 독학으로 한자 1,800자를 익혀 이미 3급 자격증까지 따 놓은 상태이다. 언어에 대한 탁월한 재능으로 보아 고야는 언어 영역이 상당히 발달한 아이가 아닌가 하는 생각이 들었다. 이뿐만이 아니었다. 고야에게 좋아하는 책을 물으니 수학과 도형에 관한 책이라고 답했다. 국제주산암산대회 유치부 대상을 수상한 경력이 있는 고야는 수리 영역 또한 언어 영역 못지않게 발달한 아이임이 분명했다. 더군다나 이 모든 것은 본인이 좋아서 하는 것이라고 하니 엄마들의 입장에서 볼 때 이보다 더 기특한 아이가 어디 있을까 싶다.

우리는 고야 어머니에게 특별한 교육관이 있는지 물었다.

"아이를 한 인격체로 존중해 주고, 아이가 좋아하고 잘 하는 것을 찾아서 할 수 있도록 도와주는 것이 부모의 역할이라고 생각해요."

제아무리 소신 있는 교육관을 가진 부모라도 당장 눈앞의 성적표에 마음이 흔들릴 수밖에 없는 것이 현실이다. 따라서 우리는 "주변에서 학원에 많이 다니는 아이들을 보면 불안한 마음이 들지 않는지" 질문했다. 하지만 이에 대한 엄마의 대답 역시 분명했다.

"어차피 공부는 장거리이기 때문에 현재의 1등보다는 미래의 1등을 생각해요."

고야는 공부를 스스로, 그것도 좋아서 하는 아이였다. 심지어는 놀 때조차도 책을 읽는다고 대답할 정도로 책을 읽고 공부하는 것을 좋아하는 고야는 엄마와의 유대 관계 역시 나무랄 데 없이 좋아 보였다. 그야말로 모든 엄마의 로망이라 할 수 있는 아이였다.

"고야는 자기주도형의 모델이 될 수 있는 아이입니다. 지적 활동도 뛰어나지만 인성 역시 올바르게 잘 형성되고 있습니다. 앞으로 성장 가능성이 크게 기대되는 아이입니다."

"최고야 어린이의 경우, 엄마가 아이의 감성 상태, 수준 등을 잘 파악하고 있습니다. 여러모로 이상적인 모녀 관계로 보입니다."

나는 재능을
키우는 부모?
꺾는 부모?

맹자의 어머니는 아들의 교육 환경을 위해 세 번이나 이사를 했고, 한석봉의 어머니는 불을 끈 깜깜한 방에서 직접 떡을 썰며 배움의 깊이와 완성에 대해 몸소 가르침을 주었다. 맹자와 한석봉의 타고난 두뇌를 따지기 이전에 그 어머니들의 자식 교육에 대한 노력만큼은 인정하고 볼 일이다.

천재 음악가로 알려진 모차르트의 아버지는 어떠했는가. 아들의 재능을 일찌감치 알아본 아버지는 음악으로 유명한 도시에 아들을 데리고 다니며 유명 음악가의 음악을 직접 보고 듣게 함으로써 재능이 열정으로 이어질 수 있도록 도왔다.

이처럼 아이들은 자신을 보살펴 주고 교육해 주는 부모에 의해 많은 것이 결정된다고 해도 과언이 아니다. 이는 모든 것을 부모 뜻대로 좌지우지하라는 의미가 아니다. 수많은 위인의 부모가 그러했듯이 아이의 재능을 찾고, 그 재능을 펼칠 수 있도록 동기를 부여하고, 아이에게 끊임없는 믿음과 도움을 주는 '키우는 부모'가 되어야 한다는 말이다.

'키우는 부모'가 있다면 '꺾는 부모'도 있다. '키우는 부모'가 아이를 영재로 만들 수 있는 가능성이 높은 부모라면, '꺾는 부모'는 아이를 둔재로 만들 가능성이 높은 부모다. 사실 아이의 재능을 꺾고, 둔재로 만들고 싶은 부모가 세상에 어디 있겠는가. 하지만 무심결에 하는 행동들이 아이의 두뇌를 죽이고 재능을 죽일 수 있음을 인지한다면 자신의 교육 태도에 대해 반성하고 되돌아볼 필요가 있음을 깨닫게 될 것이다.

우리는 '동물이 사람을 키운다면 어떤 일이 벌어질까?'라는 주제로 다섯 명의 아이에게 글짓기 테스트를 실시했다. 제한 시간은 30분이며, 보호자의 참여 여부는 자유였다.

이것은 사전에 아이들의 영재 가능성을 알아보기 위한 테스트라 공지되었지만, 사실은 부모의 지도 방식을 알아보기 위한 깜짝 테스트였다. 이러한 사실을 전혀 눈치채지 못한 다섯 명의 아이와 엄마들은 과연 어떤 태도로 테스트에 임할까? 그들 중 누가 아이를 영재로 만들 가능성이 높은 엄마이며, 누가 둔재로 만들 가능성이 높은 부모인지 모두의 궁금증을 자아냈다.

"해!", "하지 마!" 끊임없이 간섭하는 '간섭형 엄마'

'동물이 사람을 키운다면 어떤 일이 벌어질까?'에 대한 글짓기 테스트가 시작되자 엄마는 명석이에게 먼저 "잡아먹을 것 같지? 응?"이라며 아이의 생각을 한 방향으로 몰아가는 말을 던졌다. 무엇을 어떻게 적어야 할지 몰라 힘들어 하는 명석이에게 도움을 주기 위한 말이기는 했지만 이는 분명 아이의 상상력과 창의력에 제동을 거는 말임이 분명하다.

"작고 귀여운 동물이 사람을 키운다면……."

명석이는 일단 엄마가 부르는 대로 따라 쓰기 시작했고, 이후로도 계속 엄마가 묻고 답하는 식의 글짓기가 이어졌다.

아이의 테스트에 엄마가 지나치게 간섭하는 것이 꺼림칙했는지, 엄마는 "엄마 이제 말 안 해. 네가 다 해" 하고 말했다. 하지만 몇 분이 채 지나지 않아 엄마는 다시 명석이의 글짓기에 끼어들었다.

"사자 얼굴을 그렇게 사람처럼 그려? 동그랗게 해서 귀 그리고, 갈기 그리고……."

글짓기가 끝난 명석이가 여백을 활용해서 그림을 그리자 엄마는 답답하다는 듯 다시 끼어들었다. 심지어는 직접 연필을 들고 그림을 그리기까지 했다.

"눈썹 있어?"

"몰라. 네가 알아서 그려."

엄마는 대답과는 달리 금세 다시 연필을 집어 들고는 명석이 대신 그림을 그리기 시작했다. 게다가 명석이가 그린 것 중에 자신의 마음에 들지 않는 부분은 과감하게 지우개로 지우고 엄마가 다시 그리기도 했다.

노규식 원장

우리의 뇌는 긍정적인 정서가 생겼을 때 공부에 필요한 전두엽의 기능이 더욱 활발해집니다. 그런 면에서 볼 때, 명석이가 엄마의 눈치를 보지 않고 자유로운 선택을 하면서 공부에 대한 재미를 느낄 수 있도록 바꿔 줄 필요가 있습니다.

김영훈 원장

명석이와 같은 초등 저학년 학생들은 스스로를 관리하고 자기 의지적으로 하기가 힘듭니다. 그런 면에서 볼 때, 부모님이 리더적인 역할을 해 줄 필요가 있습니다. 이때는 아이를 적극적으로 만드는 리드의 기술이 중요합니다. 하지만 명석이 어머니의 경우 아이를 소극적으로 만드는 경향이 있습니다.

정철희 교수

아이의 가능성을 볼 때 판정을 아직 보류합니다. 하지만 엄마는 현재 최악입니다. 지금은 이 정도이지만 학년이 올라갈수록 아이의 문제는 더욱 심각하게 드러날 수 있습니다. 따라서 엄마의 새로운 결심과 변화가 절실합니다.

"공부는 혼자해라!" 자기주도를 가장한 '외면형 엄마'

"엄마가 옆에서 말하는 거 별로지?"

테스트가 시작되자마자 엄마는 빛나에게 몸을 돌린 채 스스로 알아서 하기를 유도했다.

"어떤 동물을 그릴까?"

만화로 이야기를 풀어 가려는 빛나가 주인공이 될 동물을 결정하지 못해 엄마에게 의견을 묻자 엄마는 여전히 묵묵부답인 채로 테스트가 30분 안에 이루어져 한다

어머니가 자기주도적으로 공부하는 것을 중요하게 생각하는 듯하지만 실질적으로는 회피형이 아닌가 하는 생각이 듭니다. 빛나에게 '엄마 없어도 되지? 혼자서도 잘 할 수 있지?' 하고 묻는 것으로 보아, 아이의 공부 지도에 어려움과 두려움을 느끼고 있는 것 같습니다.

빛나의 어머니는 자기주도 학습에 대해 잘못 생각하고 계신 것 같습니다. 자기주도 학습은 아이에 대한 관심을 전제로 하는 것입니다. 관심이 없으면 아이를 절대 파악할 수 없습니다.

는 것만 강조했다. 그러고는 고개를 돌려 빛나를 외면했다.

"유니콘 그릴까?"

"그래. 동물이 사람을 키워. 사람이 동물을 키우는 게 아니라."

엄마는 간간이 빛나의 질문에 대답을 해 주는 듯했지만 그마저도 건성이었다.

10분 쯤 지나자 엄마는 갑자기 자리에서 일어나 테스트실 밖으로 나가 카메라를 가지고 들어왔다. 그러고는 테스트는 오로지 빛나의 몫으로 남겨 둔 채 엄마는 빛나의 모습을 카메라에 담기 바빴다. 소기의 목적을 달성한 후 엄마는 다시 밖으로 나가 버렸고, 그 후로 20분 가까이 빛나는 혼자 글짓기를 해야 했다.

시간에 쫓겨 마음만 앞서는 '결과 중시형 엄마'

"빨리 써 봐."

자리에 앉자마자 엄마는 대로를 닦달하기 시작했다.

"그냥 대충 쓰면 될 거 아냐!"

대로도 만만치 않았다.

"즐겁게 하기로 해 놓고 또 이런 식으로 나올 거야?"

테스트를 시작한 지 5분이 채 되기도 전에 엄마와 대로는 티격태격하기 시작했다. 엄마의 목소리에는 짜증이 잔뜩 묻어나 있었다.

“빨리, 빨리!”와 “아, 어떻게?” 하는 말이 둘 사이에 오가면서 15분이 흘러버렸다.

그리고 잠시 후, 이야기를 풀어 나갈 아이디어를 생각한 대로가 엄마에게 의견을 묻자, 엄마는 “그래, 그거 재밌겠다.” 하며 대로의 아이디어를 칭찬했다. 하지만 여전히 따라오는 멘트는 “빨리 써 봐!”였다.

“시간 없어. 빨리 써 봐!”

엄마의 신경은 온통 시간에 가 있었고, 마음이 급해진 엄마는 대로의 팔을 한 대 툭 치기까지 했다.

아이디어를 생각해 내고도 그것을 어떻게 글로 표현해야 할지 몰라 힘들어 하던 대로는 종료 시간 5분 전을 알리는 소리에 “그냥, 이것만 쓰면 안 돼?” 하며 엄마의 눈치를 살폈다.

“어떻게 네 줄만 써? 안 되면 그림이라도 그려.”

내용보다는 분량 채우기에 더 급급한 엄마의 모습에서 우리는 마음만 앞서는 ‘결과 중시형 엄마’의 모습을 엿볼 수 있었다.

영재 판정 　노규식 원장

대로가 성격이 쾌활하다 보니 어머니가 컨트롤하기 쉽지 않을 수도 있을 듯합니다. 게다가 직장을 다녀야 하는 어머니의 상황도 대로의 공부를 돌봐 주기에는 여의치가 않습니다. 그래서인지 어머니는 대로에게 화가 나 있는 것 같습니다. 그 화를 잘 조절하지 못하는 것 같습니다. 그런 부분들이 바뀌면 앞으로 대로의 모습이 더 나아질 수 있겠죠.

영재 판정 　김영훈 원장

대로는 엄마가 직장에서 돌아오면 엄마의 환한 웃음을 기대합니다. 사실상 그것이 가장 필요하기도 하고요. 학습은 오히려 학교에서 더 충실히 해도 됩니다.

정확한 답을 제시해 주지 못하는 '교육 담당자 할머니'

"몇 줄 써야 돼?"

"네가 쓰고 싶은 만큼 써."

"많이 안 써도 돼?"

"응."

미지는 시작할 때부터 할머니에게 일일이 의견을 물었지만 할머니는 미지의 의견을 존중해 주는 대답을 했다. 하지만 '동물이 사람을 키운다면 어떤 일이 벌어질까?'라는 애초의 주제와는 달리 '내가 동물이 된다면 어떻게 할까?'로 주제를 잘못 설명해 주는 바람에 미지가 잘못된 주제로 글짓기를 하는 일이 발생했다.

"할머니는 뭐가 되고 싶어?"

"난 새가 되고 싶어."

할머니가 되고 싶어 하는 동물을 주인공으로 선정하려는지 미지는 할머니의 의견을 물었다.

"같이 웃고 이야기할 수 있는 그런 걸 써야지."

다행히 글을 써 나가면서 미지는 자신의 생각이 분명해진 듯 더 이상 할머니에게 의견을 묻지 않았다. 그렇게 10분이 흐른 후, 미지는 "끝!"을 외쳤다.

"더 써. 쓰고 싶은 대로 더 써."

"이제 쓸 거 없는데……."

할머니도 여느 엄마들처럼 시간이 많이 남은 것이 신경 쓰였는지 미지를 재촉했다. 미지는 할 수 없다는 듯 몇 줄 더 적는가 싶더니 또다시 "끝!"을 외쳤다.

"그림도 그려 봐."

할머니는 미지에게 그림 그리기를 유도했고, 다행히 미지는 그림을 술술 그려 나갔다.

"전깃줄 같은 건 안 그려도 돼."

"전깃줄 위에 올라가서 노래 부르는 것 그릴 거란 말이야."

"산에 날아다니는 걸 그려야지."

글짓기 때와는 달리 할머니는 미지가 그림을 그리는 내내 꽤 많이 관여하시는 모습을 보였다.

노규식 원장

미지와 할머니가 티격태격하는 모습조차도 좋아보였습니다. 미지가 떼를 쓰는 듯하지만 사실 그렇게 떼를 쓰는 동안 할머니와 정도 쌓고 마음도 자라는 것이거든요. 할머니께서는 미지가 밝게 자랄 수 있도록 좀 더 노력해 주시는 것이 결국에는 아이의 공부에도 도움이 되는 일인 것 같습니다.

정철희 교수

할머니가 힘드신데도 불구하고 잘하고 계신 것 같아요. 한 가지 조언을 드린다면, 할머니의 옛날 방식이나 가치관으로 미지를 교육하다 보면 미지의 역량이 작은 틀에 얽매일 위험이 있습니다. 따라서 바깥 활동을 통해 미지의 시야를 넓혀 주는 것이 필요합니다.

사고를 자극하는 '유도형 엄마'

"어떤 동물이 고야를 키웠으면 좋겠어?"

"엄마 띠처럼 말!"

"왜?"

"엄마처럼 빨리 달려와서 나를 보호해 줄 수 있을 것 같아서."

고야와 엄마는 시작부터 남달랐다. 10분이 넘도록 글짓기 주제에 대한 토론이 이어졌다. 토론 과정에서 지켜 본 고야 엄마는 엄마의 생각대로 유도하기가 아닌, 아이의 생각을 열어 주는 대화의 기술을 보여 주었다. 게다가 더욱 놀라운 것은 고야 엄마는 "빨리 써"라는 말은 한 번도 하지 않았다.

"엄마, 생각나는 것 없어?"

"고야 생각을 쓰는 건데?"

글짓기가 어느 정도 마무리되자 고야는 엄마의 의견을 물었다. 하지만 엄마는 여전히 고야 의견에 귀 기울여 줄 뿐 엄마의 의견을 제시하지는 않았다.

"조금 더 생각해 볼래. 시간이 남았으니까."

시간이 남았으니 좀 더 써라, 좀 더 생각해 보라고 재촉하던 다른 엄마들과 달리 이번에는 고야 스스로가 좀 더 생각해 보겠노라고 했다. 글짓기가 이어지는 동안 엄마는 고야의 의견에 긍정적인 반응을 보이며 아이의 생각을 막지 않으려는 태도를 보였다.

"됐다!"

드디어 고야의 글짓기가 끝났다.

"네가 쓴 거 다시 한 번 읽어 봐."

글짓기를 마친 후의 태도도 다른 엄마들과는 확실히 달랐다. 남은 시간을 체크하며 "좀 더 써!" 하고 말하던 다른 엄마들과 달리, 고야 엄마는 아이가 스스로 자신의 글을 다시 점검하며 마무리할 시간을 주었다.

영재 판정 **노규식 원장**

과제를 하기 전에 먼저 아이와 토론의 시간을 갖는 것이 상당히 인상적이었습니다. 그럼에도 불구하고 제가 '보류' 판정을 한 것은 아이 의지적 능력이란 것이 언제 변할지 모르고 언제 꺼질지 모르는 바람 앞의 촛불 같은 것이기 때문입니다. 그런 면에서 볼 때, 고야가 학습에 너무 신경을 쓴 나머지 사회성이라는 부분을 놓치고 있다는 것이 다소 염려가 됩니다.

영재 판정 **김영훈 원장**

고야가 잠재력이 있다는 것에 대한 믿음과 잠재력을 끌어올리기 위한 올바른 노력과 기다림이 보기 좋았습니다. 한 가지 당부 드리자면 고야에게 과제를 줄 때 수준에 맞는 더 높은 과제를 체계적으로 제시해 줄 필요성이 있습니다. 영재에 관한 공부를 통해 아이를 더 높은 곳으로 끌어올려 주면 좋겠습니다.

영재 판정 **정철희 교수**

고야는 많이 어른스러운 것 같습니다. 그 나이에 맞게 철없는 행동을 하는 등 아이다운 모습이 좀 더 살아날 수 있도록 적절한 균형점을 찾아 주는 것이 필요합니다.

살다 보면 해야 할 것을 하지 않아 낭패를 보는 경우보다는 하지 말아야 할 것을 행함으로써 낭패를 보는 경우가 더 많다. 내 아이를 올바르게 키우고, 나아가 훌륭한 인재로 교육시키고자 하는 경우에도 이와 같은 일이 종종 발생한다. 이것은 결국 내 아이를 영재로 만드는 비법을 알아보기 이전에 내 아이를 둔재로 만드는 교육 악습관들을 미리 알아두고, 이를 행하지 않는 것이 더욱 중요함을 의미한다.

"어머, 내 아이가 영재인가 봐!"

아이의 작은 행동 하나만 보고도 열을 짐작해 내는 것이 바로 엄마다. 하지만 그러한 짐작이 항상 옳은 것만은 아니다. 덕분에 아이는 피아노 건반을 그냥 두드리기만 해도 이미 세계적으로 유명한 피아니스트가 되어 있고, 또래보다 한글을 조금 일찍 깨우치는 것만으로도 이미 영재로 둔갑해 있다.

"영재성은 빨리 발견하고, 조기에 교육을 시키는 것이 좋다고 하잖아요!"

상황이 이러하다 보니, 영재에 대한 정확한 판단보다는 일단은 아이에게 영재 교육을 시키고 보자는 생각이 강하다. 혹여 시기를 놓쳐 내 아이의 영재성을 죽이지는 않을까 염려하는 안타까운 마음은 충분히 이해가 된다. 하지만 영재가 아닌 아이에게 영재 교육을 시키거나 영재성을 엿보이는 아이에게 잘못된 영재 교육을 시키는 것은 오히려 아이에게 독이 될 수 있음을 명심해야 한다.

'우리나라 교육은 옆집 아줌마가 망친다'는 말이 있을 정도로 내 아이만 뒤처지면 안 된다는 경쟁의식과 불안감이 영재 교육이라는 이름 아래 '누가 더 일찍 교육을 시작하는가'라는 조기교육과 '누가 더 빨리 진도를 나가는가'라는 선행학습으로 이어지고 있다. 덕분에 세 살에 한글을 떼고, 유치원에 다니는 동안 구구단은 물론 웬만한 영문법까지 알아두어야 하며, 초등학교 때는 중학교 교과를 미리 마스터해야만 직성이 풀리는 엄마들이 늘어나고 있다.

하지만 무리한 영재 교육으로 인해 아이는 영재는커녕 오히려 둔재가 되어가고 있다. 자신의 수준보다 높은 단계를 접할 때 아이는 이해를 하는 것이 아니라 암기를 하게 된다. 이러한 학습은 이후에 자신에게 맞는 수준의 교육을 접하게 될 경우, '뭐야, 내가 다 아는 내용이잖아?'라는 잘못된 판단을 하게 만들 위험이 있다. 이로 인해 아이는 가장 많은 시간을 공부하는 학교에서 수업을 등한시하게 되고, 결국에는 귀중한 시간을 낭비하고야 마는 결과를 낳게 된다. 그런데 이것보다 더 큰 문제는 어려운 내용을 계속 배우면서 자신감이 사라지고 공부에 대한 흥미 또한 잃어버린다는 것이다.

이러한 조기교육이나 선행학습과 같은 잘못된 교육이 사라지지 않는 이유는 대부분의 부모가 일찍 그리고 빨리 배우면 결승점에 먼저 도달할 수 있을 거라고 믿는 것에 있다. 하지만 스위스 심리학자인 장 피아제의 연구 결과만 보아도 이러한 생각이 크게 잘못되었음을 잘 알 수 있다. 장 피아제는 아이의 나이가 어릴 때부터 언어능력, 수학능력, 자기관리 능력 등 여러 분야로 나누어 능력을 평가했다. 그중 한 분야를 선행학습시킨 아이들을 추적해 보니 처음에는 능력이 향상되었지만 시간이 지난 후에는 발전하는 속도가 느려지고, 결국 다 자란 후에는 오히려 다른 분야의 능력보다 낮은 평가를 받은 것으로 나타났다. 심지어 뇌의 회로는 엉성하고 가늘어서 어려운 내용을 입력하면 과부하가 일어나 과잉학습 장애 증후군으로 이어지는 경우도 있었다.

내 아이가 지금보다 더 우수해지기를 원한다면 조기교육이나 선행학습보다는 제 나이에 맞는 학습을 충실히 수행하게 하되, '복습'에 더욱 신경을 쓰는 것이 좋다. 기억은 장기기억과 단기기억으로 나눌 수 있다. 장기기억을 끌어올리는 학습법이 바로 효과적인 학습법이다. 그런데 조기교육과 선행학습은 단기기억에 저장되어 당장은 효과가 있어 보일지 모르지만 장기기억으로 이어지기는 힘들다.

이에 비해 '복습'은 단기기억을 장기기억으로 만들어 줄 수 있는 최고의 학습법이다. 한 입시 상담 업체가 조사를 한 결과, 서울대에 진학한 학생들은 비서울대 진학 학생들에 비해 방학 동안 예습보다 복습에 투자하는 비율이 무려 다섯 배에 달했다고 한다. 이 사례만 보아도 복습의 중요성을 알 수 있다.

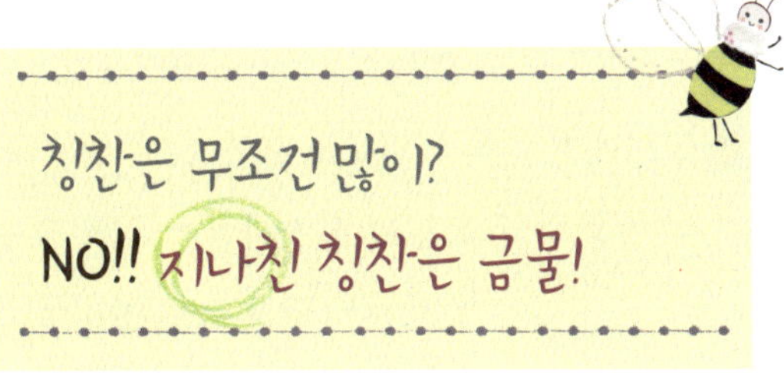

'칭찬은 고래도 춤추게 한다'라는 말처럼 칭찬의 힘은 생각보다 크고 강력하다. 하지만 칭찬은 긍정적인 면만을 가지고 있는 것이 아니다. '잘한다, 잘한다고만 하면 세 살 손자가 할아버지 상투를 쥐고 흔든다'는 말이 의미하는 것처럼 칭찬은 경우에 따라 약이 되기도 하고, 독이 되기도 한다.

"아휴~ 우리 아이, 참 똑똑하기도 하지! 엄마를 닮아서 머리가 좋은 것 같아!"

이것이 바로 엄마들이 많이 하는 칭찬 중 하나다. 하지만 이런 '똑똑하다'라는 칭찬이 아이의 학력을 향상시키기는커녕 오히려 학력 부진을 부추기고 있다는 연구 결과가 나왔다. 캐럴 드웩 미국 컬럼비아대 연구팀은 10년 동안 뉴욕의 초등학교 학생들을 대상으로 칭찬의 효과를 연구했다. 두 그룹으로 나누어 실시한 이 실험에서 문제를 제시하여 풀게 한 후, 한쪽 그룹에는 "똑똑하다"라고 말하며 지능에 대한 칭찬을, 또 다른 그룹에는 "정말 열심히 잘했구나!"라고 말하며 노력에 대한 칭찬을 해 주었다.

두 번째 실험에서는 이 두 그룹에게 첫 시험과 비슷한 난이도의 시험과 더 어려운 시험 중 하나를 선택하게 했다. 그 결과, 노력을 칭찬받은 아이들의 90%가 더 어려운 문제를 택했고, 지능을 칭찬받은 쪽의 학생들은 대부분 첫 시험과 비슷한 난이도인 쉬운 문제를 택했다. 즉, '똑똑하다'고 칭찬받은 아이들은 어려운 문제에 도전했다가 혹여 실수를 하게 될까 봐 회피하는 모습을 보인 것이다.

이어진 세 번째 실험에서는 두 그룹 모두에게 더욱 난이도가 높은 문제를 냈다. 그런데 시험을 본 뒤 두 그룹의 반응은 확연히 달랐다. 노력을 칭찬받은 쪽은 문제를 열심히 풀었고 온갖 해결책을 적극적으로 시도했다. 또한 문제를 해결하지 못했을 때조차도 실패의 이유를 '충분히 집중하지 않았기 때문'이라고 생각했다. 반면, 똑똑하다는 칭찬을 받은 아이들은 어려운 문제를 앞에 두고는 잔뜩 긴장한 채 땀을 뻘뻘 흘리며 괴로워하는 모습을 보였다. 그리고 시험에 실패한 이유를 '나는 똑똑하지 않기 때문'이라고 답했다.

마지막 네 번째 실험에서는 두 그룹 모두에게 첫 시험과 마찬가지로 쉬운 문제를 내줬다. 시험 결과, 노력을 칭찬받은 아이들은 첫 시험에 비해 30% 정도 성적이 오른 반면, '똑똑하다'고 칭찬받은 아이들은 첫 시험보다 20% 정도 성적이 하락하는 충격적인 결과가 나왔다.

칭찬의 달콤함에 중독된 아이는 난관에 부딪혔을 때 끝까지 문제를 해결하려 하기보다는 자신의 실패를 감추기에 급급한 모습을 보이는 경향이 있다. 우리 두뇌는

‘실패’와 ‘역경’ 또한 극복해야 할 대상으로 인식할 때 더욱 성장할 수 있다. 부모의 잘못된 칭찬은 두뇌를 성장시키기는커녕 오히려 성장의 기회를 뺏는 것이다.

학업의 성취를 이루기 위한 중요한 요소 중 하나는 바로 ‘끈기’다. 끈기는 의식적인 행동일 뿐 아니라 두뇌의 신경망 회로가 관장하는 무의식적인 반응이기도 하다. 그런데 칭찬은 아이들에게 일종의 세뇌 교육으로 작용한다. 따라서 대뇌가 조건반사처럼 어려운 것은 피하도록 만들 수도 있다.

칭찬이 이와 같은 양면성을 지닌 것처럼 꾸지람 역시 양면성을 보인다. 많은 사람이 아이를 나무라면 기가 죽고 소심한 아이가 될 것이라 생각한다. 물론 꾸지람이 지나치면 아이에게 부정적인 영향을 미칠 가능성이 크다. 하지만 적절한 내용의 꾸지람은 적당한 스트레스가 되어 아이들의 뇌를 자극하고 발달시킬 수 있다.

반면, 꾸지람 없이 칭찬만 듣고 자란 아이들은 전두엽이 단련되지 않은 상태에서 그대로 성장하기 때문에 어른이 되면 정신적인 인내력이 부족해진다. 따라서 어려운 일에 부닥치면 어떻게 대처해야 할지 몰라 난감해 한다.

결국, 칭찬은 ‘결과’보다는 과정에서의 ‘노력’을, 잘못된 행위는 따끔하게 꾸짖되 잘못된 결과는 ‘격려’로 아이의 행동 동기를 북돋워 주는 것이 올바른 교육법이라고 할 수 있다.

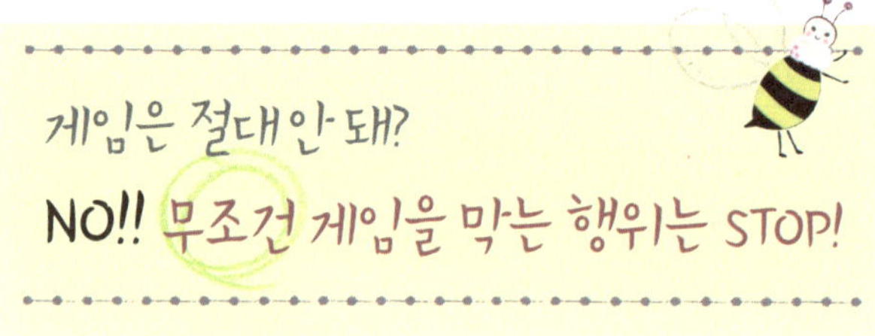

컴퓨터와 인터넷, 휴대용 게임기가 대중화되면서 엄마들이 싸워야 할 학습 방해 요인이 하나 더 늘어났다. 그것은 바로 게임이다. 게임은 재미를 맛보게 되면 빠져나오기 쉽지 않을 뿐 아니라 심지어는 '중독' 지경에 이를 정도로 심각한 상황이 벌어지기도 한다. 그래서인지 "게임은 절대 안 된다!"는 엄마와 "딱 한 번만!"을 외치는 아이의 실랑이가 하루가 멀다 하고 이어진다.

게임의 유해성을 충분히 인정하면서도 '게임을 막지 말라!'고 하니, 선뜻 이해하기 힘들 수도 있을 것이다. 하지만 "하지 마", "안 돼" 하고 말하면 더욱 하고 싶어지는 것이 사람의 마음이다. 하물며 감정 조절이 약한 아이들의 마음은 오죽할까. 절대 열어 보지 말라고 했지만 호기심으로 상자를 열어 온갖 악이 한꺼번에 쏟아져 나왔다는 '판도라의 상자' 이야기만 하더라도 금지된 것에 대한 인간의 호기심과 욕망이 얼마나 강한지, 그로 인한 부작용이 얼마나 큰지 잘 알 수 있다.

이렇게 금지된 것을 하고 싶어 하는 현상을 심리학에서는 판도라가 마법의 상자를 열었다는 신화를 빌려 '판도라 효과' 혹은 아담과 이브의 이야기를 빌려 '금과 효과'라고 부른다. 이는 신비감이 클수록 속을 들여다 보고자 하는 욕망도 같이 커진다는 것을 잘 나타낸다. 따라서 게임을 무조건 막기보다는 아이가 게임을 할 수 있는 시간을 미리 정해 주는 것이 더 효과적이다.

굳이 아이가 게임을 하고 싶어 한다면, 게임은 일주일에 한 번, 2~3시간 정도가 적당하다. 2~3시간이면 너무 긴 시간이 아니냐고 생각할 수도 있겠지만, '하루에 30분!'처럼 짧은 시간을 허락하여 아이가 게임에 대한 아쉬움을 갖게 하기보다는 주말을 활용하여 아이가 만족할 만큼의 시간을 허락하는 방법이 더 효과적이다.

한편, 게임의 긍정적인 면을 밝힌 연구 결과도 있다. 서울대 의대 연구팀은 지나치게 산만하고 집중하지 못하는 ADHD 증후군 아이들의 경우, 컴퓨터 게임을 통해 어느 정도의 치료가 가능하다는 임상 결과를 얻어 냈다. ADHD 진단을 받은 초등학생을 대상으로 주의집중력 향상 게임을 실시한 결과, 주의력을 방해하는 시각 자극에 대한 충동적 반응 점수가 낮아지는 등 주의력 결핍 증세가 상당히 완화되었다고 한다.

아이들이 게임을 하는 것을 무조건 막는 것만이 능사가 아니다. 게임 시간을 적절히 조절하여 게임에 대한 아이의 욕구와 스트레스를 완화시켜 주는 것이 더욱 효과적임을 명심해야 한다.

집중력이 낮은 내 아이, '토막 공부'로 영재 두뇌를 만들어라!

오랜 시간 동안 공부를 했다 하더라도 얼마 지나지 않아 내용이 가물가물하다면 제대로 공부를 했다고 말할 수 없다. 이런 경우에는 짧은 시간 동안 집중하여 공부하는 것이 학습 내용을 머릿속에 명확하게 남기는 데 더욱 효과적이다. 따라서 학습 시간이나 공부의 양에 치중하기보다는 짧은 시간 동안 집중력을 발휘하여 공부하는 '토막 공부'를 잘 활용한다면 성적 향상은 물론 두뇌까지도 계발되는 일거양득의 효과를 거둘 수 있다.

두뇌가 반기는 공부, '토막 공부'란 무엇인가

토막 공부란 '집중 공부 → 잠깐 휴식 → 집중 공부 → 잠깐 휴식 → 집중 공부 → 잠깐 휴식'을 반복하는 공부법을 말한다. 즉, 자신이 집중하여 공부할 수 있는 시간을 미리 정한 후에 그 시간 동안은 온전히 공부에 집중하는 것이다. 이러한 토막 공부는 두뇌에 부담을 주지 않고 학습량을 쌓아 갈 수 있다는 장점이 있을 뿐 아니라 두뇌가 공부에 적극적인 성향을 보이도록 만드는 효과가 있다.

집중할 수 있는 시간을 파악하라

착실하게 책상 앞을 지킨다고 해서 아이가 공부에 집중하고 있다고 생각하면 큰 오산이다. 아이에 따라 집중력의 한계가 단 5분에 불과한 경우도 있고, 10분, 30분 혹은 그 이상인 경우도 있다. 아이들이 집중력의 한계 시간을 넘기고 나면 그저 멍하니 딴생각을 하고 있다고 생각하면 된다. 따라서 아이가 공부에 온전히 집중할 수 있는 시간이 얼마인지 파악하는 것이 우선이다.

집중 시간이 끝나면 휴식 시간을 주어라

아이가 집중해서 공부하는 시간이 끝나면 반드시 5분 정도의 휴식 시간을 갖게 해야 한다. 단, 화장실을 가거나 휴대폰을 만지는 것, 심지어 공상을 하는 것조차 공부 시간이 아닌 휴식 시간에 하도록 미리 약속을 해 두어야 한다. 공부 시간과 휴식 시간을 명확히 구분하면 공부에 더욱 집중할 수 있다.

시간과 횟수를 점차 늘려 나가라

집중력은 근육과 같아서 훈련을 하면 할수록 더욱 강해진다. 따라서 토막 공부에 익숙해지면 집중 시간을 분 단위로 조금씩 늘리는 것이 좋다. 예컨대 10분을 집중하던 아이라면 13분 정도로 공부 시간을 연장하고, 토막 공부의 횟수 또한 하루 5회에서 7회로 늘려 나가는 등의 방법을 적용하는 것이 바람직하다.

PART 2

내 아이는
21세기형 인재

내 아이 머릿속이 궁금하다

아이큐 148! 그 비밀은 어디에

내 아이 창의력에 적신호가?

창의력도 내 맘대로!

재미도 쑥쑥! 창의력도 쑥쑥!

부모를 위한 TIP
노규식 원장님이 전하는 '게으른 아이가 창의력이 풍부하다!'

과거에는 열심히 일하는 '성실한 인재'를 원했다면 21세기는 성실함만으로는 인재로 대접받기 힘든 시대가 되었다. 이미 대부분의 영역에서 기계가 인간을 대신하기 때문이다. 씁쓸한 일이 아닐 수 없다. 하지만 한편으로는 21세기가 원하는 인재상의 명쾌한 해답을 찾은 듯해 다행이라는 생각도 든다. 기계가 대신할 수 없는 인간만의 능력이 무엇인지 고민해 보고, 그것을 키우기 위한 노력을 기울이면 되니 말이다.

기계가 대신할 수 없는 인간만의 능력! 그중 대표적인 것이 바로 '창의력'이다. 입력된 명령만을 반복적으로 수행하는 기계나 기억과 연산의 기능만을 수행하는 컴퓨터와 달리, 인간에게는 창의의 영역이 존재한다. 이를 통해 우리는 획기적이고 기발한 아이디어를 생각해 낸다. 또한 이러한 인간만의 지적 자본을 토대로 생산성을 극대화시킬 수도 있다. 오죽하면 오늘날을 '한 명의 창의적 인재가 1만 명을 먹여 살리는 시대'라고 할까.

하지만 우리의 현실은 어떠한가. 특목고를 비롯해 국제중까지 생겨나고 있는 실정이지만, 아이들의 학습에 대한 흥미나 학습 동기는 OECD 국가 중 거의 최하위에 머물러 있다. 물론 3년마다 실시되는 국제학업성취도평가 결과, 우리나라는 읽기와 수학, 과학 분야에서 세계 최고의 교육 강국이라 불리는 핀란드에 뒤지지 않을 정도의 우수한 성적을 얻고 있다. 학습에 대한 흥미나 동기는 최하위지만, 그 결과만은 거의 최상이라는 이런 모순적인 결과는 입시 위주의 교육, 단순 암기식 교육 등 창의력과는 별개로 움직이는 우리나라 교육 현실에 문제가 있음을 시사한다.

물론 여기에 한몫 단단히 거드는 것이 엄마들의 줏대 없는 교육열임을 부인할 수 없다. 시대가 변하고 있고, 그 시대가 원하는 인재상이 변하고 있다. 엄마들은 이러한 상황을 빠르게 인지하고 당장 눈앞의 욕심을 취하기보다는 멀리 내다보고 장기적인 플랜을 마련하는 것이 중요하다. 즉, 우리 아이들에게 공식의 단순 암기와 대입보다는 그 공식이 나오게 된 원리를 이해하게 하고, 그를 통해 지금껏 아무도 생각해 내지 못한 새로운 공식을 창출할 수 있는 창의력을 길러 주어야 한다는 말이다.

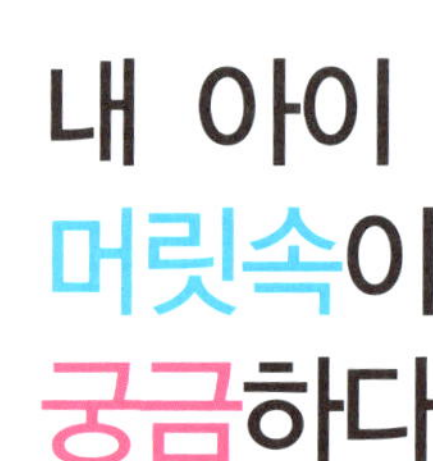

부모의 지도 방식을 알아보기 위한 깜짝 테스트에 이어 아이들의 두뇌 상태를 파악하기 위해 지능지수 검사인 웩슬러 검사, 종합지능 검사인 다중지능 검사, 창의성 검사인 토란스 TTCT 검사를 실시했다.

웩슬러 검사란?

'웩슬러 검사'는 흔히 아이큐라고 표현하는 지능 관련 검사들 중에서 유일하게 법적 효력이 있는 검사이다. 종래의 검사들과 달리 여러 하위 검사가 있어 언어성 지능과 동작성 지능 등 폭넓은 지능지수를 알 수 있다. 현재까지 개발된 개인용 지능 검사 중에서는 가장 정교하고 신뢰도 높은 대표적인 검사이다. 소검사를 통해 지능의 측정 뿐 아니라 심리적 적응 상태, 성격적 특성, 정신병리적 특징, 뇌손상 상태까지 평가할 수 있는 정보를 제공하므로 성격 평가 및 임상적 진단을 위해 매우 유용한 검사라 할 수 있다.

우리나라에서 웩슬러 검사는 성인용 K-WAIS, 아동용 KEDI-WISC, 청소년용 K-WISC-III, 유아용 K-WPPSI와 같이 네 가지 버전으로 나뉘어 실시된다. 다섯 명의 아이가 받게 된 아동용 검사 KEDI-WISC는 한국교육계발원 웩슬러 지능검사로, 만 5세부터 15세까지 실시하는 교육과정에서 가장 빈번하게 사용되는 지능검사이다.

웩슬러 아동용 검사 KEDI-WISC의 구성과 내용

구분	소검사명		문항	측정능력	기타요인	비고
언어성 검사	상식		30	선천적능력, 풍부한 초기 환경 조건, 경험으로부터 누적된 지식		
	공통성		17	언어적 개념 형성과 관련된 추상적·논리적 사고력	자동적인 언어 습관	
	산수		18	사고력, 수리능력, 주의집중력		시간 제한 30~75초
	어휘		32	문화·교육 환경과 관련된 학습능력, 기억력, 개념형성능력, 언어능력		
	이해		17	경험의 평가·종합하는 능력	문화적 경험, 도덕 개념의 발달 수준	
	숫자	바로 외우기	7	주의력, 단기기억능력		보충 검사
		거꾸로 외우기	7	주의력, 단기기억능력, 요소 재구성능력		
동작성 검사	빠진 곳 찾기		26	사물의 중요한 부분과 지엽적인 부분을 구별하는 능력, 집중력, 사고력, 시각적 구성력, 시각적 기억력	환경과 다양한 접촉	시간 제한 20초

차례 맞추기		12	전체 상황의 이해와 구성, 시각적 구성능력		문항별 시간 제한, 가산 점수
토막 짜기		11	시각–운동협응력, 지각구성력, 공간지각능력	운동능력, 색채–지각능력	문항별 시간 제한, 가산 점수
모양 맞추기		4	시지각과 감각운동협응력, 탐색 · 성취능력, 불완전한 것에서 전체를 지각하는 능력		문항별 시간 제한, 전문항 실시
기호 쓰기	A세~7	45	시각–운동협응력, 민첩성, 다기억력	근육운동능력, 검사에 대한 이해, 연필 사용 경험 여부	시간 제한 120초 가산 점수
	B세~8	93			
미로		9	계획능력, 지각구성력	시각–운동협응력	시간 제한 30~150초

웩슬러 검사는 국내 교육청에서 인정한 모든 영재 학교, 국제학교 입학 등 정확한 지능 측정 결과를 요구하는 학교의 입학시험에 사용되며, 정신지체 등급을 판단하는 기준으로도 사용된다. 검사 결과의 평균을 100이라고 보며, 130 이상은 최우수, 120 이상은 우수, 85~110은 평균, 70~85는 경계선 지능, 70 이하는 정신지체로 볼 수 있다. 웩슬러 검사는 일반 신경정신과 병원에서 받아볼 수 있다. 또한 임상심리 전문가들이 개업한 심리 상담소나 구청 등에 소재한 정신보건센터를 방문해도 검사를 받을 수 있다.

다중지능 검사란?

'다중지능 검사'는 미국 하버드대 하워드 가드너 교수의 '다중지능' 이론을 토대로, 지적능력을 평가하는 지능지수(IQ)에 정서능력, 창의력, 적성까지 포함하여 평가하는 일종의 종합지능 검사이다. 인간의 다양한 능력을 언어, 논리수학, 음악, 공간, 신체운동, 인간친화, 자기성찰, 자연친화와 같이 8가지 지능으로 나누고, 검사를 통해 객관적인 수치로 나타낸다. 이 검사를 통해 자신의 강점지능과 약점지능 및 진로와 직업에 관한 정보를 알 수 있다. 진로와 학습에 관한 내용을 측정함으로써 진로 및 직업에 대한 아이의 관심을 다시 한 번 생각할 수 있는 기회를 가질 수 있다.

다중지능 검사의 구성과 내용

구분		내용
언어지능	정의	말재주와 글솜씨로 세상을 이해하고 만드는 능력
	하위 영역	① 언어적 민감성 ② 독해력 ③ 작문력 ④ 말하기 능력
논리수학지능	정의	숫자나 규칙, 면제 등을 잘 익히고 만들어 내는 능력
	하위 영역	① 계산력 ② 문제해결능력 ③ 기억 및 학습력 ④ 추론력
자연지능	정의	환경을 의식하고 분석하는 능력
	하위 영역	① 식물에 대한 관심 ② 동물에 대한 관심 ③ 과학적 재능
음악지능	정의	음과 박자를 쉽게 느끼고 창조하는 능력
	하위 영역	① 음악성 ② 가창력
공간지능	정의	도형, 그림, 지도 등을 구상하고 창조하는 능력
	하위 영역	① 구성 및 조립능력 ② 예술성
신체운동지능	정의	춤과 운동, 연기 등을 쉽게 읽히고 창조하는 능력
	하위 영역	① 운동성 ② 손작업 및 표현 활동
자기성찰지능	정의	자신의 심리와 정서를 파악하고 표출하는 능력
	하위 영역	① 자기 관리능력 ② 효과적 관계 형성능력 ③ 목표성취도

인간친화지능	정의	대인관계를 잘 이끌어 가는 사람들의 능력
	하위영역	① 사회적 리더십 ② 타인 이해능력 ③ 사교성

이 검사는 활동에 몰두하는 데 보내는 시간의 지속성과 빈도를 평가하는 문항, 활동에서 자신의 수행을 실제로 평가하는 문항, 특별한 활동에 대한 열정을 묻는 문항 등으로 이루어져 있다. 이러한 문항들은 가드너를 포함한 전문가의 검토와 깊이 있는 면담, 경험적인 연구 자료를 통해 재평가되고 개정되었다. 이 검사는 다중지능 검사 센터에서 받아 볼 수 있다.

토란스 TTCT 검사란?

'토란스 TTCT 검사'는 전 세계 30개 나라에서 활용하고 있는 가장 대표적인 창의성 검사로, 언어 검사와 도형 검사로 이루어져 있다. 언어 검사는 유창성, 융통성, 독창성의 3가지 요소를 질문하기, 원인 추측하기, 결과 추측하기, 작품 향상시키기, 독특한 용도, 가상해 보기와 같이 6가지 활동으로 점수화한다. 그리고 도형 검사는 유창성, 독창성, 제목의 추상성, 정교성, 성급한 종결에 대한 저항성과 같이 총 5가지 요소를 그림 구성하기, 그림 완성하기, 선 더하기의 3가지 활동으로 점수화한다.

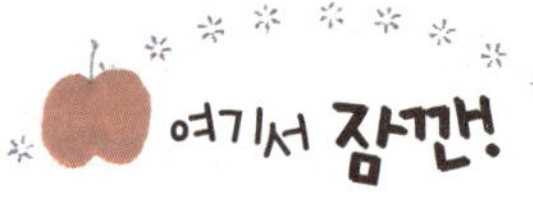

다중지능 검사의 수치가 높다고 무조건 적성이라 판단하기보다 아이가 자신감을 드러내는 분야가 발전 가능성이 풍부하다고 보는 것이 옳다. 모든 지능은 노력을 하면 반전되게 마련이다. 따라서 아이들의 검사 결과를 통해 강점을 발전시키고 약점을 보완해 주는 노력을 기울여야 한다.

구분	소검사명	제한 시간	내용
언어검사	질문하기	5분	제시된 그림을 보고 어떤 일이 일어나고 있는지 확실히 알기 위해 물어 볼 필요가 있는 질문을 적게 한다.
	원인 추측하기	5분	제시된 그림을 보고 어떤 일이 일어나고 있는지 확실히 알기 위해 물어 볼 필요가 있는 질문을 적게 한다.
	결과 추측하기	5분	그림에서 일어나고 있는 일이 앞으로 어떤 일로 이어질 가능성이 있는지 가능한 많이 나열하게 한다.
	작품 향상시키기	10분	장난감과 그것을 그린 그림을 보여 주고 더욱 재미있게 가지고 놀 수 있는 것으로 바꾸거나 향상시킬 수 있는 방법들을 나열하게 한다.
	마분지 상자의 독특한 용도	10분	빈 마분지 상자를 재미있고 독특하게 사용할 수 있는 용도들을 가능한 많이 나열하게 한다.
	가상해 보기	5분	어떠한 불가능한 상황을 가상해 보게 하고 만약 그러한 불가능한 장면이 실제로 발생한다면 어떤 일들이 일어날지 추측하여 나열하게 한다.
도형검사	그림 구성하기	10분	곡선 모양의 형태를 하나 제시하고 그것이 일부가 되는 어떤 그림이나 물건을 생각하게 한다. 그리고 거기에 아이디어를 계속 더하게 하여 재미있는 이야기를 만들어 내게 하고 그림을 완성하면 그럴 듯한 제목을 적게 한다.
	그림 완성하기	10분	10개의 불완전 도형들을 제시하고 그것을 바탕으로 이야기를 완성하게 하고 재미있는 물건이나 그림을 그리게 한다. 그리고 빈칸에 제목을 적게 한다.
	선 더하기	10분	쌍을 이루는 두 개의 직선 30개를 제시하고 원하는 대로 선을 더 그려 넣어 어떤 물건이나 그림을 많이 생각하게 한다. 그리고 그것들을 각각 완전하고 재미있는 이야기가 되도록 만들게 하고 이름이나 제목을 적어 넣게 한다.

다섯 아이의 검사 결과는?

음악, 미술, 체육, 공부까지 못하는 것이 없는 엄친아 명석이는 웩슬러 검사 결과, 언어성 지능이 111, 동작성 지능이 122로 전체 지능은 118이 나왔다. 이는 또래의 평균과 비교할 때 '보통 상' 정도의 수준인 셈이다. 명석이의 소검사 결과, 동작성 지능 중 토막짜기가 20점 만점에 18점으로 시·지각적 분석 및 조직화 능력이 '최우수' 수준인 것으로 나왔다. 이에 비해 차례 맞추기에서는 보통 이하의 점수를 얻어 부진

여기서 잠깐!

창의성의 세 가지 요소는 유창성, 융통성, 독창성이다. 이 중 유창성은 주어진 단어를 이용하여 많은 수의 아이디어를 생산해 내는 능력을 말한다. 예를 들어 여러 개의 막대기를 놓고 그림을 그리게 했을 때, 장미꽃, 해바라기, 국화 등 '꽃'이라는 한 단어에서 많은 수를 뽑아내는 능력이다. 융통성은 다양한 측면에서 사고하여 아이디어를 생산해 내는 능력으로 막대기 그림에서 하나는 꽃, 하나는 소시지, 하나는 파리채와 같이 다양하게 범주를 넘나드는 생각을 해내는 능력이다. 독창성은 말 그대로 다른 사람은 생각하기 힘든 신선하고 참신한 아이디어를 생산해 내는 능력을 의미한다.

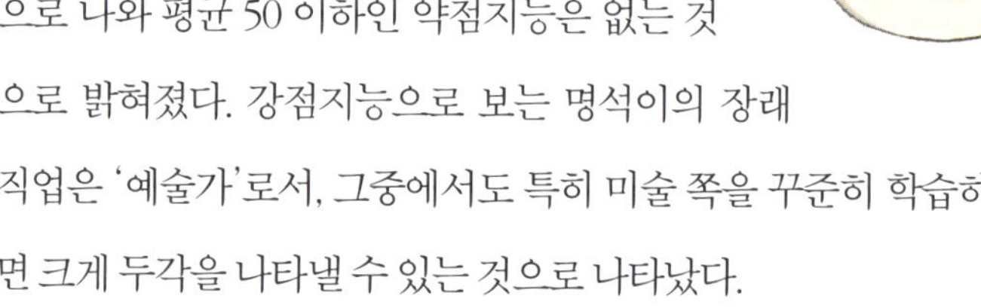

하다는 결과가 나왔다.

다중지능 검사 결과, 명석이는 자기성찰지능이 67 정도, 인간친화지능이 63 정도로 평균 50을 웃돌아 강점지능으로 나왔다. 그 외 언어, 논리수학, 자연 등 모든 지능이 보통 수준으로 나와 평균 50 이하인 약점지능은 없는 것으로 밝혀졌다. 강점지능으로 보는 명석이의 장래 직업은 '예술가'로서, 그중에서도 특히 미술 쪽을 꾸준히 학습하면 크게 두각을 나타낼 수 있는 것으로 나타났다.

토란스 TTCT 검사 결과, 명석이의 언어성 창의력 지수는 하위 11%로 100명을 기준으로 89등에 해당하는 수치가 나왔다. 창의성의 세 가지 요소인 '유창성, 융통성, 독창성'을 본 점수인데, 이것은 창의력 잠재력의 발달 정도를 전체적으로 보여 주는 것이라 할 수 있다. 그리고 도형성 창의력 지수는 하위 34%로 100명 중 66등에 해당하는 점수가 나왔다. 전체적으로 볼 때 대부분 낮은 수준이다.

연기자가 되기 위한 준비를 하느라 학원에서도, 가정에서도 학습이 체계적으로 이루어지지 않고 있는 빛나는 웩슬러 검사 결과, 언어성 지능이 118, 동작성 지능이 107로 전체 지능은 114가 나왔다. 이는 또래의 평균과 비교할 때 '보통 상' 수준의 점수이다. 소검사 결과, 어휘 15점으로 '최우수' 수준인 반면, 수리능력은 20점 만점에 7점으로 부진한 상황이었다.

다중지능 검사 결과, 빛나는 음악지능이 72 정도, 공간지능이 65 정도로 평균 50을 웃돌아 강점지능으로 나왔다. 반면, 자기성찰지능, 인간친화지능은 약점지능으로 나왔다. 강점지능으로 보는 장래직업은 '음악가'로 나왔다.

토란스 TTCT 검사 결과, 빛나의 언어성 창의력 지수는 하위 39%로 100명을 기준으로 61등, 도형성 창의력 지수는 하위 25%로 100명 기준에 75등에 해당하는 수치가 나왔다.

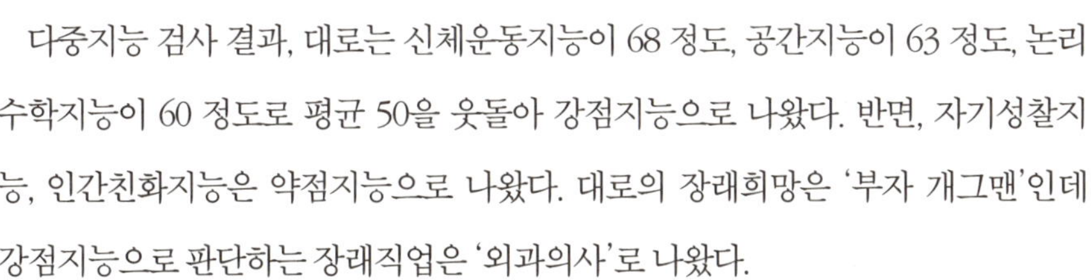

맞벌이로 바쁜 엄마 덕분에 공부는 언제나 "빨리, 빨리!"로 시작하고 끝나는 대로는 웩슬러 검사와 다중지능 검사에서 꽤 높은 결과가 나왔다. 웩슬러 검사 결과, 언어성 지능이 125, 동작성 지능이 121로 전체 지능은 126이 나왔다. 이는 또래의 평균과 비교할 때 '우수'한 점수이다. 특히 소검사 결과, 숫자 17, 산수 15로 기계적인 과제 수행에서 '최우수' 수준이 나왔다.

다중지능 검사 결과, 대로는 신체운동지능이 68 정도, 공간지능이 63 정도, 논리수학지능이 60 정도로 평균 50을 웃돌아 강점지능으로 나왔다. 반면, 자기성찰지능, 인간친화지능은 약점지능으로 나왔다. 대로의 장래희망은 '부자 개그맨'인데 강점지능으로 판단하는 장래직업은 '외과의사'로 나왔다.

토란스 TTCT 검사 결과, 대로의 언어성 창의력 지수는 하위 9%로 100명을 기준으로 91등에 해당하는 낮은 수치가 나왔다. 도형성 창의력 지수는 그나마 언어성보다 높은 하위 25%로 100명 기준에 75등에 해당하는 수치이다.

전교 1등을 도맡아 하는 미지의 경우, 다소 의외의 결과가 나왔다. 웩슬러 검사 결과, 언어성 지능이 108, 동작성 지능이 103으로 전체 지능은 106이 나왔다. 또래의 평균과 비교할 때 '보통' 정도의 수준인 셈이다. 그런데 소검사 결과, 언어지능 중에서도 상식과 이해 항목이 20점 만점에 각각 9점, 8점으로 '보통 중에서도 하'로 부족하다는 결과가 나왔다. 아나운서가 꿈인 미지가 앞으로 더욱 노력하고 보충해야 할 부분인 것이다.

다중지능 검사 결과, 미지는 자기성찰지능이 60 정도, 자연지능이 68 정도로 평균 50을 웃돌아 강점지능으로 나왔다. 반면, 음악지능과 신체운동지능, 공간지능은 40 이하로 평균에 미치지 못해 약점지능으로 밝혀졌다. 그 외 언어, 논리수학, 인간친화지능은 보통 수준이다. 강점지능만으로 판단한다면 미지에게 어울리는 직업은 '아나운서'보다는 '생물학자'인 것으로 나왔다.

토란스 TTCT 검사 결과, 미지의 언어성 창의력 지수는 하위 25%로 100명을 기준으로 75등에 해당하는 수치가 나왔다. 그리고 도형성 창의력 지수는 하위 34%로 100명 중 66등에 해당하는 점수가 나왔다.

책을 읽으며 노는 아이, 공부가 좋아서 스스로 공부하는 아이 고야는 웩슬러 검사 결과, 언어성 지능이 152, 동작성 지능이 132로 전체 지능은 148이라는 놀라운 수치가 나왔다. 이것은 또래의 평균과 비교할 때 '최우수' 수준이며, 우리나라 상위

0.05%에 해당되는 두뇌 수준이다. 20점 만점 소검사에서 상식 20, 산수 20, 어휘 20, 숫자 20으로 전반적인 인지발달이 최우수 수준을 기록했고, 특히 언어를 다루는 부분에서는 '영재'일 가능성까지 나타났다.

다중지능 검사 결과, 고야는 자기성찰지능 72 정도, 자연지능 71 정도, 논리수학지능이 70 정도로 평균 50을 웃돌아 강점지능으로 나왔고, 그 외 공간지능은 50 정도, 신체운동지능, 인간친화지능 등은 모두 60 이상으로 약점지능은 없다는 놀라운 결과가 나왔다.

그런데 창의력을 보는 토란스 TTCT 검사에서 예상하지 못한 결과가 나왔다. 고야의 언어성 창의력 지수는 하위 21%로 100명 중 79등에 해당하는 수치가 나왔다. 좀 더 구체적으로 살펴보면, 가장 약점을 보인 독창성의 경우는 100점 만점에 40점 정도에 그쳤다. 도형성 창의력 지수 역시 하위 34%로 100명을 기준으로 66등에 해당하는 다소 낮은 수치가 나왔다.

아이큐148!
그 비밀은
어디에

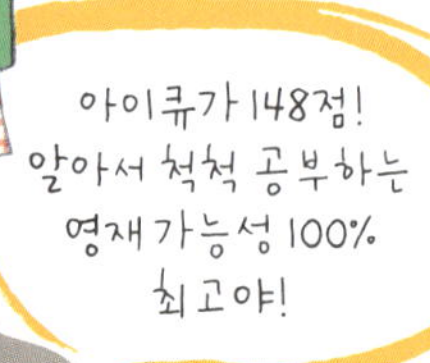

비록 창의성에서 낮은 점수를 받기는 했지만 웩슬러 검사에서 나온 148이라는 고야의 아이큐는 범상치 않은 수치임이 분명하다. 게다가 고야는 언어적인 부분에서는 이미 영재 수준임이 밝혀졌다. 고야의 좀 더 정확한 실력을 측정하기 위해 사전 공지 없이 또 한 번의 심층 테스트를 실시했다.

첫 번째 테스트로 원어민과 'Free Talking'을 실시했다. 두 사람 사이에는 소소한 일상 이야기부터 고야의 장래 희망인 '생명과학자'까지 분야를 넘나드는 이야기들이 오갔고, 대화가 진행되는 내내 고야는 긴장한 기색 없이 차분하고 밝은 표정을 유지했다.

"외국에 가 본 적이 없는, 더군다나 영어를 배운 지 채 몇 년 되지 않은 어린 소녀가 이렇게 뛰어난 능력을 가지고 있다니 정말 놀랍습니다. 발음과 억양도 완벽합니다. 그 나이의 레벨에서 더 바랄 것이 없는 수준입니다."

고야와 이야기를 나눴던 원어민은 고야의 영어 실력을 칭찬하며 고야가 '영어 영재'가 분명함을 확신했다.

두 번째 테스트로는 '수학 능력' 테스트를 실시했다. 초등학교 1학년부터 6학년 과정의 수학 교과서에서 문제를 출제한 이 테스트에서 고야는 모든 문제를 완벽하게 풀어 최고 5년의 수준 차를 뛰어넘는 수준임이 밝혀졌다.

최신 과학 장비로 두뇌 활성도를 밝히다!

고야의 놀라운 두뇌를 좀 더 과학적으로 입증하기 위해 최신 과학 장비인 FMRI를 통해 두뇌 활성도 비교 검사를 실시했다. 정확한 비교를 위해 고야와 같은 나이, 같은 성별인 여덟 살 이민지 어린이를 비교군으로 선정했고, 두 아이 모두에게 검사에 대한 충분한 설명과 함께 문제 유형을 익힐 수 있는 사전 교육을 실시했다.

FMRI 검사는 스크린에 시공간적 추론능력을 알아보는 도형 문제를 띄우고 제한 시간 동안 푸는 방식이다. 이 검사에서 제시되는 문제는 비교적 고난이도이다. 그 이유는 개인 능력의 최대치를 요구하는 상황에서 전두엽, 두정엽의 뇌 회로망이 지능 수준과 비례하여 활성화되기 때문이다. 이때 뇌 혈류량이 1초 단위로 촬영되어 모니터에 기록된다. 이렇게 측정된 뇌 혈류량이 곧 뇌 활성도를 나타낸다고 한다.

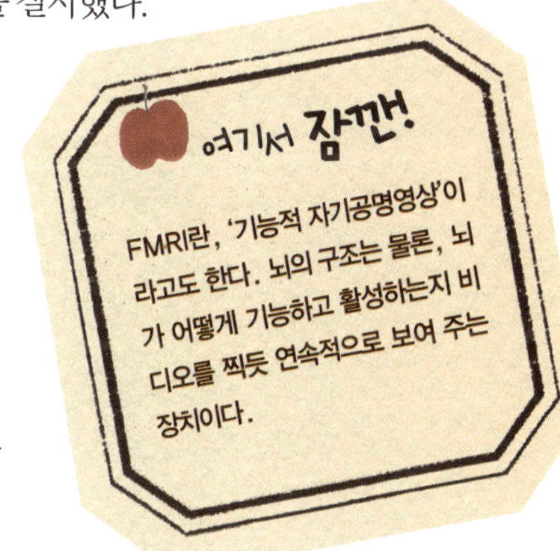

여덟 살이라는 나이를 감안하여 검사 시간은 성인 검사 시간의 절반인 20분으로 정하고 본격적인 검사에 들어갔다. 검사 전 컨디션이 좋아보였던 민지는 검사 종료 시간을 얼마 남겨 두지 않은 상태에서 힘들어 하는 기색을 드러냈고, 의료진은 아이의 상태를 고려하여 검사를 종료하기로 했다. 하지만 검사에 임하는 민지의 태도와 집중력은 여느 여덟 살 아이에 비해 좋은 편이었다.

고야 역시 컨디션이 좋아 보였다. 본격적인 검사에서는 움직임 없이 오랫동안 문제에만 집중하는 놀라운 모습을 보였다. 게다가 검사를 다 마친 후 웃음을 내비치는 고야의 모습에서 적응력이나 스트레스 관리 능력 또한 뛰어난 아이임을 알 수 있었다.

"스트레스 관리 능력도 영재의 조건입니다. 그만큼 어떤 것을 끈기 있게 추구한다는 의미인 것이죠. 이는 영재의 중요한 특징 중 하나인 '과제 집착력'에 해당됩니다."

김영훈 원장은 고야가 스트레스 관리 능력이 뛰어난 것으로 보아 영재일 가능성이 한층 더 높아졌다고 했다.

FMRI 검사 결과도 이러한 고야의 영재 가능성에 강한 확신을 더해 주었다. 고야는 보통의 여덟 살 어린이의 두뇌 활성도에 비해 눈에 띄게 큰 두뇌 활성도를 보였던 것이다. 특히 시각을 담당하는 후두엽이 상당한 활성도를 보였다. 이는 시각 변별력이 매우 높다는 의미다. 그리고 다른 아이에게서는 보이지 않던 이마엽의 활성도도 높았다. 이것은 문제를 깊이 사고하고 판단하며, 과제에 대해 집착하는 모습을 보였다는 것을 의미한다.

영재 판정

김영훈 원장

고야의 뇌는 영재 수준에 가깝습니다. FMRI 검사 결과, 고야는 두뇌 활성도나 두뇌를 많이 사용하는 면에서 보통의 아이보다 훨씬 영재에 가까운 뇌를 가지고 있습니다.

누군가의 강요에 의해서가 아닌 스스로 공부하는 것만으로도 충분히 기특한 일인데, 고야는 148이라는 높은 지능지수는 물론, 보통의 아이와 비교했을 때 높은 뇌 활성도까지 보였다. 이쯤 되면 고야가 가진 특별한 뇌의 비밀이 궁금할 것이다. 고야의 일상을 살펴보며 그 비밀을 밝혀보도록 하겠다.

고야는 원어민 선생님이 진행하는 영어 수업에서 적극적이고 활달한 모습을 보이는 등 학교에서는 오직 학교생활에만 집중하는 모습을 보였다. 엄마와 함께 하교를 하던 고야는 버스 안에서도 책을 꺼내 들었다. 집에 돌아온 이후에도 그 모습에는 변함이 없었다. 고야는 책가방을 정리한 후 영어 숙제를 꺼내 들고 아빠에게로 달려갔다. 학부모 확인 사인을 받기 위해서였다.

"처음부터 여기까지 읽고 사인 받아오는 건데…….”

영어 숙제를 마친 고야는 아빠와 영어로 대화를 나누는 등 일상에서도 영어와 친숙하게 지내는 모습을 보였다. 아빠는 평소 고야의 학교생활과 학원생활에 대해 많은 관심을 보이며, 그날의 일과에 대해 영어로 대화를 나누곤 한다.

간식 시간에도 고야의 공부는 계속되었다. 식탁 유리에 곱게 끼워진 사자성어들을 보면서 입으로는 간식을 먹고, 눈으로는 한자를 읽는 것이다. 따로 한자를 공부할 시간이 많지 않은 고야를 위해 엄마가 생각한 아이디어이지만 고야는 싫어하기는커녕 오히려 한자를 알아 가는 재미에 푹 빠져 있었다.

고야가 유일하게 다니는 학원은 영어학원이다. 초등학교 1학년인데도 중·고등학생들과 함께 수업을 받을 정도로 높은 수준을 보이는 고야는 영어 토론 수업에서도 자신의 생각을 분명하게 영어로 표현했다. 수업을 진행하는 선생님 역시 고야의 영

어 실력에 높은 점수를 주었다.

"고야는 토플 수준의 높은 어휘력을 보일 뿐 아니라 토론에서도 자신의 의견을 분명하게 표현하고 상대를 설득하는 능력까지 보이고 있습니다."

학원에서 집으로 돌아가는 버스 안에서도 고야의 손에서는 책이 떠날 줄을 몰랐다. 집으로 돌아온 고야는 책장으로 달려갔다. 그러고는 《Great Speeches》라는 제목의 영어 책을 꺼내 들었다. 이는 유명한 인물들의 연설문을 엮어 놓은 책이다. 그중에서도 고야는 마틴 루터 킹 목사의 'I have a dream'이라는 연설문이 가장 마음에 든다고 말했다.

"저는 재미있는 책보다는 배움을 얻을 수 있는 책을 더 좋아해요."

과학, 수학, 심지어는 경제 분야의 책까지 즐겨 읽는 고야는 책의 내용에 대한 이해력 또한 높았다.

가족과의 여행도 즐겁지만 집에서 책을 읽는 것이 더 좋다는 고야는 다음과 같이 말하기도 했다.

"책을 읽는 것은 공부가 아니고 놀이이자 휴식이에요."

내 아이
창의력에
적신호가?

고야의 일상을 지켜보면서 다소 염려스러운 부분도 있었다. 스스로 공부하고, 책을 즐겨 읽는 것은 귀한 재능임이 분명하다. 하지만 무엇이든 과하면 부족함만 못하다고 하지 않던가. 반드시 다른 영역과의 적절한 조화가 필요하다. 고야는 정보 전달 위주의 책을 선호한다. 따라서 정서적인 면에 대한 관심이 적어 보였다. 또한 휴식의 시간이 거의 없어 자신을 돌아보는 성찰의 시간도 부족해 보였다.

고야의 창의력 점수가 예상과 달리 낮게 나온 이유도 이런 획일화된 지식 교육과 생각에 여지를 두지 않는 빡빡한 생활 패턴 때문이 아닌가 하는 염려가 들었다. 굳이 21세기가 요구하는 인재상이 '창의적인 인재'라 말하지 않더라도 아이에게 창의성은 자신이 가진 재능에 날개를 달아 줄 강력한 힘인 것만은 분명하다. 고야의 타고난 재능이 더욱 빛을 발하고 21세기가 원하는 진정한 인재로 성장하기 위해서는 창의력을 키울 수 있는 일상으로의 전환이 시급하다.

언어나 수학적인 부분에서는 이미 영재의 수준에 도달했고, 아이큐도 148로 상위 1% 안에 드는 고급 두뇌이지만 엄격하게 따지면 창의력이 부족한 고야는 반쪽짜리 영재라고 볼 수 있다. 즉, 지능과 창의력 모두 높은 수준을 갖춘 고급 영재는 아니라는 말이다.

물론 프로젝트에 함께 참여한 다른 아이들도 창의력이 그렇게 특출난 수준은 아니었다. 하지만 유독 고야의 창의력이 염려스러운 것은 다른 아이들과 달리 고야의 머릿속에는 놀고 싶다는 생각이 자리하고 있지 않을 뿐 아니라 여유로운 휴식을 즐길 만한 어떠한 요소도 없었기 때문이다.

결국, 세 명의 전문가는 고야의 창의력을 키우기 위해 '놀아라!'라는 특단의 솔루션을 제시했다. 아이들은 자유롭게 놀 때 창의력이 가장 잘 자란다. 단순한 장난감만으로도 아이들은 어른들이 미처 생각하지 못한 기발한 놀이를 만들어 낸다. 이런 기발한 창의력이 나오는 이유는 '심심해서', '재미있어서', '자유로워서'이다. 하지만 고야의 경우는 책을 읽는 것으로 모든 것이 만족되는 상황이기 때문에 심심할 틈이 없으며, 더 재밌거나 자유로울 필요를 느끼지 못했다. 이것이 바로 창의력 결핍의 가장 큰 원인이다.

오늘은 책을 읽지 않는 날!

'한 시간 동안 놀아라! 단, 책을 보면 안 된다'라는 미션이 떨어지자 고야는 방 안만 이리저리 오갈 뿐 딱히 어떻게 놀아야 할지 몰라 당황해 하는 기색이 역력했다. 잠시 침대 위로 올라가 장난감을 만지작거리기는 했지만 몇 분이 채 지나지 않아 놀기를 포기하고 그냥 드러누워 버렸다.

"엄마랑 놀아 볼까?"

그렇게 별다른 놀이 없이 한 시간이 흐른 후, '엄마와 함께 놀기'라는 새로운 미션이 떨어졌다.

"뭐 하고 놀까?"

놀기 힘들어 하는 고야를 위해 엄마가 나서기는 했지만, 엄마 역시 노는 것이 어색하기는 마찬가지였다. 엄마는 평소 집안일과 아이들의 학습에만 신경을 쓰느라 별달리 놀아 준 기억이 없다고 했다. 심지어는 최근 1년 동안 아이와 함께 놀이터에 간 적도 없으며, 고야 또래의 아이들이 즐겨하는 젠가나 부루마블과 같은 보드게임은 이름조차 생소해 했다.

엄마는 고야와 함께 종이접기 책을 보며 종이접기를 하기 시작했다. 하지만 그것도 잠시, 고야는 슬며시 책을 꺼내 읽기 시작했다. 1년에 한 번 가족과 함께 여행을 갈 때조차도 고야는 가방에 책을 한가득 챙겨 넣는다고 하니 책에 대한 고야의 애정이 얼마나 각별한지 알고도 남음이다. 하지만 놀이와 균형점을 찾지 못한 일방적인 책 읽기 습관은 그리 바람직한 것이 아니다. 따라서 이런 고야를 위한 본격적인 솔루션을 제시했다.

책 읽지 않는 날 정하기!

"책을 안 보면 뭘 하고 싶어? 자전거 타기?"

아빠가 먼저 고야의 의견을 물었다.

"비눗방울 놀이!"

"한강에 가서 자전거 타기!"

대답을 하는 고야의 표정이 여느 여덟 살 또래 아이들처럼 해맑기 그지없다.

책을 읽은 후에는 '4컷 그림 독후감'을 만들어라!

'4컷 그림 독후감'은 책을 보고 그 내용을 '지식'으로만 입력하는 1차 작업이 아니라, 상상력과 창의력을 발휘해 그림으로 표현하는 제2의 창조 작업이다. 처음 해 보는 것이라 그런지 '4컷 그림 독후감'을 완성하는 동안 고야는 조금 힘들어 하는 모습을 보였다. 하지만 완성된 '4컷 그림 독후감'을 보며 뿌듯해 했다.

창의력 쑥쑥! 세 번째 솔루션

글자 없는 책을 보고
나만의 글을
완성하라!

이번 솔루션에는 고야의 동생도 참여시켰다. 다섯 살인 고야의 동생은 또박또박 예쁜 글씨로 이야기를 완성시켜 나갔다. 고야 역시 이야기를 완성하는 데 도전했다. 둘의 글짓기를 비교한 결과, 고야는 감정보다는 사실에 더욱 치중한 글을 썼음을 알 수 있었다.

디지털카메라를 이용하여 인물, 정물, 풍경 등 소재에 상관없이 나만의 특별한 일상을 남겨 보라는 주문에 고야는 집 안 구석구석을 분주하게 오갔다. 소파 위에 놓인 줄넘기는 물론이고 식탁 위의 귤, 인형 등을 찍고 다니던 고야는 갑자기 책장에서 책을 한 권 꺼내 들었다. 그러고는 책 위에 귤을 올려놓고 찰칵대며 사진을 찍었다.

창의력 쑥쑥! 네 번째 솔루션

나만의 사진으로
일상을 자유롭게
표현하라!

"재밌다!"

잠시 후, 고야가 찍은 사진을 프린트해서 각 사진에 제목을 붙이는 미션을 주었다. '사탕 핀 꽂은 인형', '귀마개를 한 양' 등 나름내로 발상의 진환을 한 고야만의 독특한 제목들이 탄생되었다.

**가족과 함께
스킨십을 하며
신나게 놀아라!**

이 솔루션을 수행하기 위해 고야의 가족은 짝을 지어 신문지 위에서 버티는 놀이를 했다. 신문지의 크기가 점점 작아질수록 가족 간의 스킨십은 늘어갔고, 고야는 한 팀이 된 아빠에게 놀이의 기술까지 전수해 가며 즐거워했다. 이처럼 가족과 함께한다는 친밀감과 스킨십은 아이의 정서를 안정시킬 뿐만 아니라, 감각을 이용한 신체 놀이는 대뇌피질을 활성화시키는 장점까지 있다.

불과 몇 시간 전까지만 해도 책을 읽는 것이 놀이라고 말하던 고야는 어느새 놀이에 흠뻑 빠져 얼굴에 함박꽃이 피어났다. 모든 솔루션이 끝난 후에도 고야네 집은 오래도록 가족들의 웃음소리가 끊이지 않았다.

창의력도
내 맘대로!

창의력을 알아보는 토란스 TTCT 검사에서 프로젝트에 참여한 아이들 모두가 창의력에 적신호가 들어오는 안타까운 결과를 얻었다. 심지어는 지능지수가 영재와 맞먹는 고야조차도 창의력은 아주 낮은 것으로 나타났다. 이는 지능지수와 창의력은 그다지 관계가 없다는 것을 의미한다. 실제로 루이스 터먼이라는 미국의 한 심리학자가 실험을 통해 이러한 사실을 밝혀내기도 했다.

루이스 터먼은 아이큐가 140이 넘는 1,500명의 아이를 선발하여 무려 20년 동안이나 관찰을 했다. 그런데 아이러니하게도 이들 중 단 한 명도 '창조적인 사람'으로서의 능력을 보여 준 사람이 없었다. 오히려 아이큐가 140이 되지 않는다는 이유로 실험에서 탈락했던 한 소년이 성인이 된 후에 반도체를 발명하여 '노벨 물리학상'을 받았다.

창의력 계발의 세계적인 권위자인 영국의 에드워드 드 보노 박사 역시 "창의력은 습관, 훈련, 기대의 문제로 지능, 능력과는 관련이 없다! 창의적 사고 방법은 그 자체로 직접 학습을 해야 발전할 수 있는 것이다." 하고 말했다. 즉, 아무리 지능이 뛰어난 사람도 창의력에 관한 학습이 없으면 절대 창의력을 기대할 수 없다는 말이다.

그렇다면 창의력을 높이기 위해서는 어떤 노력을 기울여야 하는 것일까. 이를 알아보기에 앞서 아이들의 창의력을 좀 더 정확히 측정할 수 있는 테스트를 추가로 실시했다.

동그란 바퀴, 파란 하늘! 상식을 깨뜨려라!

아이들이 상상의 날개를 펼치고 창의력을 키우는 데 가장 큰 장애물은 무엇일까? 그것은 바로 자동차 바퀴는 둥글고, 하늘은 파래야 한다는 '상식'을 가장한 사고의 제한된 틀이다. 그리고 그 상식의 틀 안에서 아이를 키우고 가르치려는 부모의 잘못된 교육 습관이다.

그래서 엄마들이 아이들의 창의력을 키워 주기 위해 어떤 노력을 하고 있는지 살펴보기로 했다. 다섯 명의 아이에게 '네모난 바퀴를 그려라', '파란색이 아닌 색깔로 하늘을 칠하라', '얼굴이 아주 큰 자신의 모습을 그려라'라는 세 가지 미션을 던져 주었다. 물론 엄마들에게는 이 사실을 비밀로 하기로 아이들과 약속했다.

"그게 뭐야?"

"바퀴!"

"아휴, 난 네모 바퀴로 된 차가 굴러간다는 건 생각도 못하겠다."

동그란 바퀴는 많으니 네모난 바퀴를 그리는 것이라 설명하는 미지에게 할머니는 "네모난 바퀴는 굴러가지 않는다."며 한숨을 내쉬었다.

"동그라미 바퀴로 고쳐!"

할머니는 급기야 바퀴 모양을 동그랗게 고치라고 미지를 다그치기도 했다.

"미지야, 이제 바다 그려야 해. 바다는 무슨 색이지?"

"파란색인데, 나는 파란색으로 그리고 싶지 않아."

"휴, 세상에 노란 바다도 있니?"

미지가 칠해 놓은 노란색 바다를 본 할머니는 연신 한숨만 내쉬었다.

"얼굴이 그렇게 큰데 목이 너무 가늘면 부러지겠다. 그건 잘못된 거지."

상식을 깨는 일들은 무조건 잘못된 것이라고 말하는 사람은 미지 할머니뿐만이 아니었다.

고야 엄마는 고야가 그린 네모난 바퀴를 아예 지우개로 쓱쓱 지워 버리기까지 했다.

"제대로 그려."

"네모난 바퀴 그릴래."

엄마와 고야의 실랑이가 이어졌고, 엄마는 네모난 바퀴는 굴러갈 수 없다는 말로 고야를 설득하려 했다.

"난 내가 네모난 바퀴도 잘 굴러갈 수 있게 만들고 싶어."

"그러면 나중에 바퀴 밑에다가 스케이트 레일처럼 뭘 깔아야 될 수도 있겠네."

고야의 상상력과는 별개로 엄마는 과학적 접근으로 모든 것을 해석하려는 안타까운 모습까지 보였다.

20분 동안 이어진 첫 번째 테스트가 끝난 후, 아이들의 그림에 대한 엄마들의 반응에 근거하여 아이의 창의력을 키워 줄 수 있는 개별 조언이 이어졌다.

● **"내가 알아서 할 거야!", "엄마는 몰라도 돼!" 하고 말하는 아이**

언젠가부터 내 아이가 "내가 알아서 할 거야!", "엄마는 몰라도 돼.", "엄마는 상관하지 마." 하고 말하기 시작한다면 이는 엄마로부터 더 이상 정보를 얻을 수 없다는 뜻으로 해석하면 된다. 엄마로부터 많은 정보를 얻을 수 있고, 엄마의 조언이 나에게 도움이 된다면 아이는 반드시 도움을 얻고자 하는 신호를 보낸다. "엄마, 다음은 어떻게 하면 되지?", "엄마는 어떻게 생각해?"처럼 아이들이 먼저 질문을 하게 되는 것이다. 따라서 평소 아이와 많은 대화로 엄마의 머리에 다양한 정보와 아이디어가 샘솟고 있다는 이미지를 심어 주는 것이 좋다.

● 바다는 깊은 곳도 있다며 검은색으로 그리려는 아이

아이의 자율성을 존중해서 "그래, 바다는 깊은 곳도 있으니 그렇게 해." 하고 말하는 것에서 그치기보다는 아이의 생각에 대해 좀 더 깊이 있는 대화를 나누는 단계까지 발전시키는 것이 좋다. 바다 깊은 곳의 느낌에 대해 이야기를 나누는 등 아이의 창의적인 생각을 끌어내는 대화를 나누다 보면 아이의 창의력이 더욱 성장할 수 있다.

● "비밀이야. 더 이상 물어보지 마." 하고 말하는 아이

엄마라고 해서 아이의 모든 것을 일일이 다 알아야 하는 것은 아니다. 아이의 감정을 존중해 주는 것 역시 중요하다. 하지만 아이가 "비밀이야." 하고 말한다고 해서 엄마가 더 이상 묻지 않기보다는 '비밀'이라는 소재로 대화를 나누는 등 굳이 아이의 비밀을 털어놓게 하지 않고도 지금까지와 다르게 그림을 그리는 것에 대해 다른 각도로 대화를 유도할 수 있다.

● 시간이 다 되어 가는데도 다음 단계로 넘어가지 못하는 아이

"2분 남았습니다!" 하는 말에 엄마가 "빨리 다음 것 그려!" 하고 아이를 닦달하는 것은 아이의 생각을 가로막는 행위다. 물론 주어진 문제를 한정된 시간 안에 적절히

배분하여 잘 해결하는 것은 중요하다. 하지만 아이가 어떤 문제에 깊이 빠져 있을 때는 그 문제를 자세하게 다룰 수 있도록 도움을 주어야 한다.

● 평소보다 더 꼼꼼하게 잘 그리는 아이

주어진 과제에 대해 평소보다 열심히 임하는 아이에게 "아주 잘했어.", "잘 그렸네." 하는 칭찬의 피드백을 해 주는 것은 좋은 일이다. 하지만 창의성은 단순히 아이디어를 내는 것만으로 발달하는 것이 아니므로 무조건 칭찬하기보다는 엄마의 생각을 전달하되, 그 생각이 아이에게 또 다른 자료가 될 수 있도록 도움을 주는 것이 중요하다.

주어진 도구를 활용하여 문제를 해결하라!

아이들의 창의력을 테스트하기 위한 두 번째 과제로 '주어진 도구를 활용하여 티슈를 꺼내라!'라는 미션을 주었다.

아이들이 자유롭게 활용할 도구로 빨대 3개, 클립 2개, 면봉 3개, A4 종이 1장, 스티커 1장을 준비하였고, 각티슈는 테이블의 중앙에 올려 두었다. 테이블은 가로 세로 3미터의 검정색 사각형의 중앙에 있으며, 아이들은 이 검정색 사각형 안으로 들어가서는 안 된다. 그리고 시간은 20분으로 한정했다. 실제로 이 과제는 기존의 다른 테스트에서 창의력이 높은 소수의 아이들만이 해결한 문제였다.

이 테스트의 창의력 평가 기준은 아이들이 주어진 과제를 해결하기 위해 모든 재료를 사용하려고 노력하는지, 어떤 재료들을 조합하여 새로운 도구를 만들어 내는지, 얼마나 빠른 시간 안에 과제를 해결하는지 등이다.

● 실패가 두려워 시도조차 하지 못한 대로!

"못할 것 같은데요."

시작한 지 1분 만에 대로는 고개를 갸웃거리며 자신 없는 표정을 지었다. 그리고는 잠시 후 아이디어가 떠오른 듯 A4 종이를 이용하여 종이비행기를 접기 시작했다. 종이비행기를 날려 티슈를 꺼내 보려는 생각이었다. 하지만 만지작거리기만 할 뿐 선뜻 종이비행기를 날리지는 못했다.

"거리가 너무 멀어서 작은 비행기로는 안 될 것 같아요."

대로는 실패가 두려운 나머지 생각을 행동으로 옮기지 못하는 안타까운 모습을 보였다.

"시간이 더 많이 주어지면 어떻게 하겠니?" 하는 질문에도 대로는 계속해서 "못할 것 같다."는 대답을 하며 자신 없는 표정을 지었다. 결국 대로는 시도도 하지 못한 상황에서 주어진 과제 해결에 '포기'를 선언했다.

● 활용 가능성에 대한 생각이 부족한 고야!

고야는 처음 몇 분 동안 꼼짝 않고 골똘히 생각하는 모습을 보였다. 문제를 해결하기 위해 나름의 구상을 하는 것이었다. 구상을 마친 고야는 주어진 도구를 이용해

무언가를 만들기 시작했다.

"이건 필요 없어."

A4 종이는 옆으로 밀어 둔 채 고야는 빨대를 길게 이어서 면봉으로 심지를 채우고, 제일 끝에는 클립을 이용하여 고리를 만들었다. 하지만 안타깝게도 주어진 20분을 구상과 도구를 만드는 데 다 써 버린 고야는 자신이 만든 도구를 활용해 보지도 못한 채 시간이 종료되는 안타까운 결과를 맛보아야 했다.

실제로 고야가 만든 도구는 티슈에 닿기에는 턱 없이 부족한 길이였고, 주어진 도구 중 A4 종이를 함께 활용하지 않은 것으로 보아 도구를 최대한 활용하려는 의지도 부족해 보였다.

● 혼자 하기 힘들어 하는 명석이!

"어떻게 해야 해요?"

자신에게 주어진 테스트인데도 명석이는 오히려 전문가 선생님에게 질문을 던졌다.

"그건 명석이가 지금부터 생각을 해 봐야지."

"아휴, 생각하기 어려워."

그렇게 몇 분이 흐른 후 명석이는 뭔가가 생각 난 듯했지만 머릿속 구상을 말로만 설명할 뿐 행동으로 옮기지는 못했다.

"직접 행동으로 옮겨 보라."는 전문가 선생님의 말에 명석이

는 또다시 이것저것 질문만 던지며 시간을 보냈다. 그러고는 결국 자신이 구상한 것을 만들더라도 고정이 되지 않아 티슈를 뽑기 힘들 것이라는 혼자만의 결론을 내린 채 도전을 포기했다.

창의력은 혼자 문제를 해결하는 의지도 중요하지만 상호 의존적인 것도 굉장히 중요하다. 그런 면에서 볼 때, 명석이가 혼자 끙끙대기보다는 전문가 선생님에게 의견을 구한 것은 잘한 일이라고도 해석할 수 있다. 하지만 어떻게 해야 하는지 그리고 자신의 생각이 옳은지 계속해서 질문하고 확인하는 행동에서 엄마에게 의존하던 평소의 모습이 그대로 나타났다.

● 또래 수준의 아이디어에 머물고만 빛나!

빛나는 테스트가 시작되자마자 한치의 망설임도 없이 도구를 만들기 시작했다. A4 종이를 돌돌 말고, 그 끝에 다시 빨대를 끼워 연결시키더니 어느새 주어진 재료들을 모두 활용해 도구를 완성했다.

빛나는 검정색 사각형 외곽선에 발끝을 대고는 자신이 만든 도구를 티슈를 향해 쭉 뻗었다. 빨대의 끝에 붙여 둔 스티커가 티슈에 닿기만 한다면 티슈를 뽑아 올리는 것은 그리 힘든 일이 아니었다. 하지만 도구는 티슈에 닿을 듯 말 듯하며 애만 태웠다. 이후로도 빛나는 계속 이리저리 오가며 티슈에 팔을 뻗어 보았지만 결국 티슈를 뽑는 데는 실패했다.

빛나가 생각해 낸 아이디어는 도구가 티슈에 닿을 만큼 '최대한 길게 만들자'라는 것과 '도구의 끝에 스티커를 붙여 티슈

를 집어 올리자'였다. 그런데 이것은 적기 교육을 받은 또래의 아이들이라면 당연히 생각해 내는 수준의 도구 제작법에 불과했다.

● 주어진 문제를 재해석한 미지!

본격적인 도구 제작에 앞서 미지는 검정색 사각형 외곽선과 티슈 사이의 거리를 가늠해 보았다. 그러고는 전문가 선생님에게 질문을 던졌다.

"티슈를 그냥 뽑기만 하면 되나요? 손에 잡지 않고 있어도 되죠?"

티슈를 통에서 꺼내기만 하면 된다는 남다른 생각 덕분에 미지의 도구는 낚싯대의 원리를 이용한 다른 아이들의 도구와 많이 달랐다. 끝에 면봉을 끼운 두 개의 빨대에 스티커의 양 끝을 고정시키고 스티커의 끈적이는 면이 밖으로 노출되도록 했다. 그러고는 티슈 통을 향해 그냥 휙 던졌다. 티슈를 집어 올려야 한다는 고정관념을 깨고 그저 빼내기만 하면 된다는 생각에서 시작한 기발한 아이디어였다. 이것은 주어진 문제를 새롭게 재해석해 내는 창의적인 능력으로 볼 수 있다.

하지만 현실은 생각만큼 쉽지가 않았다.

"뭐가 더 있으면 될 것 같아?"

"이것보다 접착력이 더 강한 테이프요."

아이디어는 좋았지만 주어진 도구를 활용하여 티슈를 꺼내는 데는 미지 역시 실패하고 말았다.

● 최대한 길게, 돌돌 돌려 거침없이 쑤욱~ 영재 희주!

2010 대한민국 창의력 올림피아드에서 금상을 수상한 창의력 영재 희주는 제일 먼저 A4 종이를 사선으로 돌돌 말아 길게 만들었다. 돌돌 만 A4 종이와 빨대는 스티커로 연결하고, 빨대와 빨대는 클립으로 고정시켰다. 그리고 면봉 세 개를 제일 끝의 빨대 입구에 붙였다.

검정색 사각형 외곽선에 선 희주는 티슈를 향해 도구를 뻗었고, 도구의 끝에 고정된 면봉 세 개 사이로 티슈 한 장을 끼워 넣었다. 그러고는 돌돌 돌려 그것을 뽑아내는 데 성공했다. 주어진 도구를 모두 활용해서 막대의 길이를 최대한 길게 한 후, 면봉으로 젓가락 역할을 해 티슈를 뽑아낸 것이다.

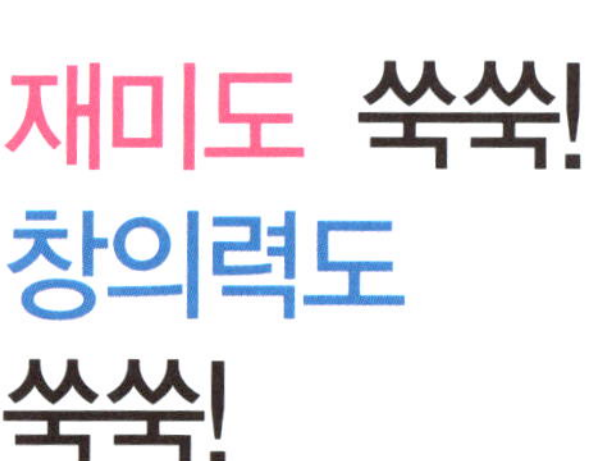

뇌를 발달시키는 오감 교육

인간은 오감을 통해서 뇌가 발달한다. 달달 외우는 공부가 아니라 손가락 끝에서 전해지는 느낌, 코로 맡는 냄새 등이 뇌를 더 튼튼하고 야무지게 발달시킨다. 따라서 몸으로 느끼고 다양한 표현을 하면서 스스로 개념을 세우는 '오감 교육'은 창의력 계발에 아주 큰 효과가 있다.

후각과 미각 후각과 미각 체험은 동시에 할 수 있다. 그래서 평소 의식적으로라도 눈을 가리고 냄새를 맡고 그 맛을 보는 활동은 아주 좋은 감각 경험이 된다. 아이에게 "사과는 무슨 맛이야?" 하고 물었을 때, 아이가 "사과는 사과 맛이지!" 하며 별 이상한 것을 다 묻는다는 반응을 보이면 내 아이의 창의력에 적신호가 들어왔음을 인지해야 한다.

시각 인간이 감각의 80%를 시각에 의존하는 만큼 시각 발달을 위한 놀이도 중요하다. 재미있는 그림이나 사진 등을 보여 주다가 "다음은 어떻게 될까?" 하고 질문을 던져라. 무언가를 보고 자신의 느낌을 말로 표현하는 놀이는 아이의 두뇌 계발에 큰 도움을 준다.

청각 청각은 항상 열려 있는 감각으로, 의식적으로 활용하지 않으면 가장 발달시키기 어렵다. 청각을 발달시키려면 부드러운 소리, 큰 소리, 차 소리, 종 소리 등을 녹음해서 차이점이 무엇인지 아이 스스로 발견하게 하는 것이 좋다. 또한 동물의 소리를 비롯해 집 안의 온갖 소리, 즉 세탁기가 돌아가는 소리나 설거지하는 소리, 도마 소리 등 사물을 통해 나오는 소리를 들려주어 소리에 대한 변별력을 길러주는 것도 좋다.

촉각 뇌에서 가장 넓은 면적을 차지하는 것이 바로 손을 관할하는 부위이다. 뇌의 핵심 부분인 운동중추 사령실 면적의 30%가 손에 해당하기 때문이다.

촉각을 자극하는

'마법의 상자' 놀이

먼저, 안을 들여다 볼 수 없는 비밀 상자를 준비하고 그 안에 미리 사물을 넣어 둔다. 그런 다음 상자에 난 작은 구멍으로 아이의 손을 넣게 하여 어떤 모양인지, 만졌을 때 어떤 기분이 드는지 등을 자유롭게 말하게 한다. 단, 사물의 이름은 절대 말하면 안 된다는 규칙을 미리 정해 둔다.

시각을 청각으로, 미각을 촉각으로!

오감 문장 만들기

'오감 문장 만들기'는 시각을 청각으로, 미각을 촉각으로와 같이 다른 감각을 서로 연결하는 훈련이다. 예를 들면, '파란 하늘은 네모 소리가 난다.', '사과는 봄비가 내리는 맛이 난다.'와 같은 문장을 만들면 된다. 이것은 오감 교육이 선행되면 더 효과적으로 할 수 있는 솔루션이다.

다음의 표처럼 처음에는 엄마가 미리 문장의 틀을 잡고, 아이에게 네모 안에 들어갈 말을 만들게 하는 것이 좋다. 단, 여기서 명심해야 할 것은 '정답은 없다'는 사실이다. 아이가 써 놓은 답을 보며 '맞다', '틀리다'로 평가해서는 안 된다. 평가는 창의력을 막는 최악의 조건이다. 처음에는 아이가 문장을 완성하지 못하거나 자신이 써 놓고도 "이건 너무 단순해." 하며 실망감에 빠질 수도 있다. 하지만 이러한 훈련을 계속해서 반복하다 보면, 자신도 모르는 사이에 창의력이 쑥쑥 자라나 있을 것이다.

창의력 쑥쑥! 오감 문장 만들기

빨간 노을은   소리가 난다.

엄마 목소리는   맛이다.

방귀 냄새는   감촉이 난다.

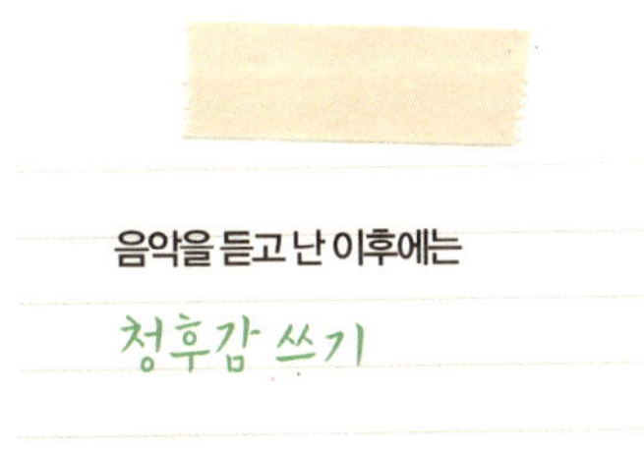

음악을 듣고 난 이후에는 청후감 쓰기

책을 읽고 독후감을 쓰듯 음악을 들은 후 '청후감'을 쓰는 것도 창의력 증진을 위한 좋은 훈련법이다. 청후감은 가사가 없는 음악, 특히 제목을 모르는 상태에서 음악을 듣고 무한대로 상상력을 펼쳐 그 줄거리를 만들어 보고 느낌을 적는 훈련이다.

'백조의 호수'를 들려주면 대부분의 아이가 백조가 고요한 호수에서 우아하게 춤을 추는 내용을 생각하는 것에서 끝맺음을 한다. 하지만 상상력을 펼쳐서 음악을 듣는다면, 다른 이야기를 만들어 낼 수도 있다. 아이들에게 "이 음악은 차이코프스키의 백조의 호수야!" 하고 말하며 외우게 하기보다는 무한한 상상력을 펼칠 수 있는 시간을 준다면 아이들의 창의력은 100배 더 높아질 수 있다.

내 아이의 창의력을 죽이는 말! 말! 말!

● 하나, "그런 엉뚱한 생각이 어디 있어!"

창의력의 시작은 엉뚱한 발상이다. 아이가 엉뚱한 질문과 행동을 하더라도 이상하게 생각하지 말고 놀라운 능력이라고 봐야 한다. 아이의 창의력을 향상시키고 싶다면 '맞다, 틀리다'라는 잣대를 대지 말고, "와! 어떻게 그런 대단한 생각을 한 거야?"와 같이 그 의견에 지지를 해 주며 발상의 폭을 제한하지 말아야 한다.

● 둘, "너는 무슨 말이 그렇게 많니!"

아이가 말이 많고 질문이 많다는 것은 아주 좋은 현상이다. 그만큼 사물에 대한 관심이 많고 호기심이 왕성하다는 의미이니 말이다. 이때 "너는 무슨 말이 그렇게 많니!" 하며 아이의 호기심을 막아서는 안 된다. 아이의 창의력이 향상되길 원한다면 아이의 질문에 적극적으로 응해 주는 것이 좋다.

한편 "저건 뭐야?", "왜?", "어떻게?" 등 끝없는 아이들의 질문에 당황한 나머지 "나중에 크면 저절로 알게 돼!" 혹은 "너는 몰라도 돼! 정해진 규칙이야!" 하고 대충 말하고 넘어가는 부모도 있다. 이처럼 모르는 내용을 적당히 알려주고 넘어가려는 태도는 아이가 어른에 대한 신뢰감을 형성하는 것에 방해가 된다.

완벽하게 답하려고 하기보다는 아이의 궁금증에 대해 유연한 태도를 취하는 것이 좋다. 사물의 이치나 전문적인 지식이 요구되는 분야라 할지라도 부모가 알고 있는 범위 안에서 아이의 눈높이에 맞춰 대답한 뒤 여러 방법으로 관련 내용을 찾아 말해 주는 노력이 필요하다. 이런 모습을 보고 아이가 '우리 엄마 무식한가 봐! 인터넷을 찾고 있어!'라고 생각하지는 않는다. 오히려 모르는 것을 인정하고 자료를 통해 답을 찾으려는 모범적인 태도는 아이의 학습에 큰 도움을 줄 수 있다.

●셋, "넌, 왜 이렇게 빈둥빈둥거리니!"

무언가를 계속하는 아이들보다 빈둥거리는 아이들이 생각을 더 많이 하게 되고, 그만큼 창의력도 풍부해진다. 우리가 명상을 하거나 창조적인 아이디어를 떠올릴 때 그리고 새로운 연상 작업을 할 때 발생되는 뇌파가 바로 '알파파'다. 쉴 틈 없이 바쁜 아이들은 이런 알파파를 발생시키면서 창조적인 작업을 할 기회가 적어 사고력이 깊어지기 어렵다. 아이들에게 빈둥거릴 수 있는 여유를 주는 것도 창의력을 높이는 부모의 기술이다.

노규식 원장님이 전하는
'게으른 아이가 창의력이 풍부하다!'

우리 뇌에는 뇌가 활동할 때 나오는 전기적 파장인 뇌파가 존재한다. 이 뇌파는 주파수에 따라 느린 뇌파, 중간 뇌파, 빠른 뇌파로 나뉘는데, 뇌의 활동 상태에 따라 많이 나오는 뇌파가 달라진다.

우리가 깊은 잠을 자거나 잠이 막 들려고 할 때에는 3~8Hz의 주파수를 가진 비교적 느린 뇌파가 많이 나오고, 공부를 열심히 하거나 문제를 풀 때에는 15~18Hz의 주파수를 가진 뇌파가 나온다. 이를 '베타파'라고 한다.

20Hz 이상의 주파수를 가진 뇌파는 불안하거나 걱정이 많아 머릿속이 복잡한 경우에 많이 나온다. 바쁘게 학원을 다니고 계속 문제를 푸는 아이들은 많은 베타파가 발생한다. 계속 바쁘게 머리를 쓰면 20Hz 이상의 빠른 뇌파가 늘어나며 불안감이 높아지는 경우를 관찰할 수 있다.

한편, 8~12Hz 정도의 빠르기를 가진 뇌파를 '알파파'라고 한다. 알파파는 우리가 명상을 하거나 창조적인 아이디어를 떠올릴 때, 새로운 연상 작업을 할 때 많이 발생하는 뇌파다. 알파파는 편안하고 이완된 상태에서 머릿속이 자유로운 연상할 때 가장 많이 발생한다. 이와 반대로 너무 바쁘거나 계속 문제를 해결해야만 하는 상황이나 눈으로 무엇인가를 보고 논리적으로 사고를 해야 하는 상황에서는 활동도가 매우 억제된다. 그러므로 쉴 틈 없이 바쁜 아이들은 알파파를 발생시키면서 창조적 연상을 할 기회가 적어 사고가 깊어지기가 어렵다.

반면에 자주 빈둥거리는 아이들은 머릿속에서 알파파를 발생시켜 자신이 알고 있는 것들을 이리저리 조합하고 새로운 연상을 함으로써 사고력의 깊이를 키울 수 있다. 따라서 내 아이를 창의적으로 키우고 싶다면 아이들에게 이런저런 생각을 할 충분한 시간을 주어야 한다. 단, 공부하는 것이 안쓰러워 쉬는 시간 동안 게임을 하도록 하는 실수는 범하지 말아야 한다. TV를 보거나 게임을 하는 동안 아이들은 한꺼번에 많은 정보와 자극을 받게 된다. 이러한 강렬한 자극 역시 알파파의 활동 기회를 빼앗는 요인이 될 수 있다는 것을 잊지 말아야 한다.

PART 3

두뇌를 알면
학습법이 보인다

좌 · 우뇌 두뇌 유형별 맞춤 학습법은 따로 있다

좌뇌우세형 아이 VS 우뇌우세형 엄마의 두뇌 궁합을 맞춰라!

우뇌우세형 아이 VS 좌뇌우세형 엄마의 두뇌 궁합을 맞춰라!

부모를 위한 TIP
좌뇌 강화를 위한 생활 습관 VS 우뇌 강화를 위한 생활 습관

　　　　　　내 자식을 이 세상에 학습을 잘 수행하는 능력을 가진 '굿 러너'로 만들기 위해서 고민하지 않는 부모는 없을 것이다. 그래서 수많은 교육서를 탐독하고, 인터넷 등을 뒤지며 효과적인 교육법을 찾느라 많은 시간을 투자하는 것이 아닌가. 하지만 어쩐 일인지 내 아이에게 딱이다 싶은 비법은 잘 찾아지지 않는다. 설령 찾는다 하더라도 아이가 순순히 잘 따라주지 않는 등 이런저런 부작용이 나타난다. 결국은 "어떻게 가르치느냐를 아는 것은 교육의 위대한 기술이다!"라는 스위스의 문학가 헨리 프레데리크 아미엘의 말처럼 내 아이에게 적합한 학습법을 알아내고, 거기에 맞게 교육하는 것이 엄마들이 풀어야 할 가장 큰 숙제이다.

　　내 아이에게 적합한 학습법을 찾기 위해서 먼저 알아야 할 것이 있다. 그것은 바로 내 아이의 두뇌 유형이다. 아이가 무엇을 잘하는지, 무엇을 어려워하는지, 두뇌의 어느 부분이 뛰어난지 혹은 부족한지 등을 먼저 알아야 올바른 학습법을 제시할 수 있다.

　　아이들의 경우는 아동용 뇌선호도 검사와 웩슬러 검사, 다중지능 검사 등을 통해 두뇌 유형이 '좌뇌우세형'인지 '우뇌우세형'인지, 아니면 '중뇌형'인지를 판별할 수 있다. 이러한 두뇌 유형은 아이의 좌뇌와 우뇌 가운데 어느 쪽이 강하냐에 따라 다르게 나타난다. 그리고 어느 쪽 뇌가 발달했느냐에 따라 아이의 성향도 달라지고 관심 분야도 달라진다.

우리의 뇌에서 우뇌는 음악을 듣거나 그림을 보거나 어떤 이미지를 떠올리는 기능을, 좌뇌는 말을 하거나 계산하는 것과 같은 논리적인 기능을 관장한다. 천재 수학자이자 물리학자인 아르키메데스는 대표적인 좌뇌우세형이다. 그는 고지식하고 융통성이 부족하여 환경 적응력이 떨어진 것으로도 유명하다. 한편, 창의적 사고력이 뛰어난 반면 규칙에 따르는 것을 참지 못한 독창적 예술가인 피카소는 우뇌우세형의 대표적 인물이다. 그리고 수학, 과학, 의학, 건축, 예술 등 모든 분야에서 천재적인 업적을 남긴 레오나르도 다빈치는 중뇌형의 대표적 인물이다.

역사 인물들을 통해서도 알 수 있듯, 좌뇌우세형인 사람은 덜 창의적이지만, 동일한 사물을 보더라도 논리적이고 치밀하게 보는 섬세한 면이 있는 반면, 우뇌우세형인 사람은 대부분 창의적이고, 사물을 보더라도 전체적이고 직관적으로 보는 성향이 있다. 그리고 중뇌형은 말 그대로 양쪽 뇌가 비교적 골고루 활성화되어 좌뇌우세형과 우뇌우세형의 특성을 모두 가진다. 하지만 중뇌형이라 할지라도 완전한 균형보다는 어느 한쪽으로 더 우세한 성향을 보이게 마련이다.

두뇌 유형별 특징

좌뇌우세형

- 융통성이 없으며 고지식한 편이다.
- 익숙한 환경, 익숙한 물건을 좋아한다.
- 한 번에 한 가지 일을 순차적으로 진행한다.
- 무언가를 물어봤을 때 말로 설명하는 것을 좋아한다.
- 말로 설명할 때 잘 기억한다.
- 숙제나 공부 등 해야 하는 일은 미리미리 끝내는 편이다.
- 공부나 숙제를 혼자 할 때 더 잘한다.
- 논리적이고 체계적이다.

우뇌우세형

- 상상력이 좋고 호기심이 많으며 엉뚱한 생각과 말을 하는 편이다.
- 호기심이 많아 새로운 것을 좋아한다.
- 여러 가지 일을 동시에 진행한다.
- 무언가를 물어봤을 때 그림을 그려 설명하는 것을 좋아한다.
- 그림, 사진 등 눈으로 볼 때 더 잘 기억한다.
- 종종 숙제나 일이 밀리고 마감 시간이 되어서야 움직인다.
- 공부나 숙제는 옆에 누가 있어야 더 잘한다.
- 직관적이고 감정적이다.

* 내 아이 두뇌 유형 테스트지와 각 두뇌 유형별 특징은 부록 부분을 참고하기 바란다.

좌 · 우뇌 두뇌 유형별 맞춤 학습법은 따로 있다

"도대체 너는 누굴 닮아서 그렇게 산만하니?" 꾸짖기도 하고 달래 보기도 하지만 좀처럼 나아지지 않는 아이의 나쁜 학습 습관 역시 아이의 두뇌 유형을 알면 쉽게 고칠 수 있다. 무언가를 설명하면 쏙쏙 잘 알아듣는 아이, 집중하지 못하고 산만한 아이, 시키지 않아도 혼자서 공부하는 아이, 시험 직전에 한꺼번에 벼락치기 하는 아이 등 아이마다 학습 성향에서 다양한 차이가 있는 것도 바로 이러한 두뇌 유형의 영향이 크기 때문이다.

대부분의 인간은 좌뇌와 우뇌 중 한쪽이 더 발달하고, 한쪽이 덜 발달하는 불균형한 모습을 보인다. 이러한 뇌 발달 유형에 따라 효과적인 학습법이 따로 있다. 따라서 무조건 공부하라고 압박하기보다는 내 아이가 어느 쪽 뇌가 더 우세한지를 파악하고 그것에 맞는 학습법을 제시하는 것이 효과적이다. 이와 더불어 아이의 발달된

뇌의 장점을 강화시키고 덜 발달된 뇌의 단점을 보완시키려는 노력도 중요하다.

한편, 아이의 뇌 유형 못지않게 중요한 것이 바로 부모의 뇌 유형이다. 아이들은 유아기, 아동기 등을 거치는 성장 과정에서 누군가에게 의지하게 되는데, 이때 자신을 양육하고 교육하는 부모에 의해 많은 영향을 받는다. 따라서 부모의 뇌 유형도 함께 파악하여 아이에게 도움이 되는 방향으로 조력하면 아이의 올바른 성장이나 학습능력 향상에 큰 도움이 될 수 있다.

아이와 부모의 두뇌 궁합이 맞지 않으면 아이의 학습 스타일과 부모의 교육 방식이 달라 충돌이 일어날 가능성이 크다. 이런 경우 부모는 아이의 특성에 맞는 두뇌 계발법을 통해 아이에게 좀 더 다가서야 한다.(부모 두뇌 유형 테스트지와 부모 아이 두뇌 궁합별 학습 가이드는 부록 부분을 참고하기 바란다.)

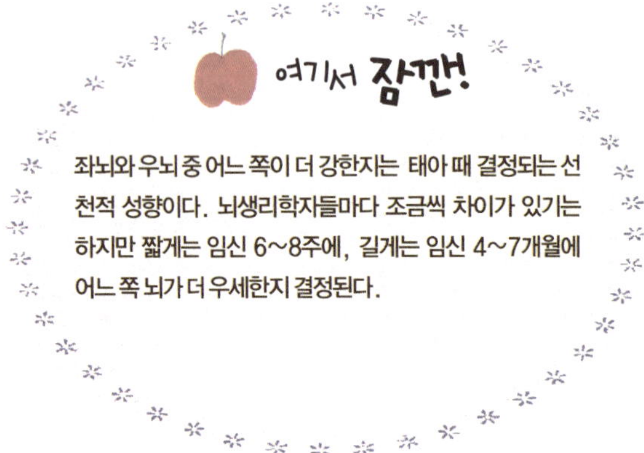

미지 가족의 두뇌 유형!

두뇌 유형 검사 결과, 미지는 '좌뇌우세형'이었다. 좌뇌우세형 아이는 대부분 숙제나 과제를 알아서 하는 편이다. 그래서인지 미지는 평소에 혼자서 숙제를 잘 해결한다.

한편, 미지 할머니는 보통 좌뇌우세형, 아빠는 강한 좌뇌우세형이었다. 미지의 경우처럼 가족이 모두 '좌, 좌, 좌'인 경우, 학습적인 면으로 보면 아이가 공부를 잘할 확률이 높다. 관계적인 면에서도 같은 두뇌 유형끼리는 잘 맞을 수도 있다. 하지만 경우에 따라서 가족 모두가 논리적이고 체계적인 좌뇌형일 경우, 전반적인 분위기가 냉랭하고 삭막할 수 있다. 마치 비가 오지 않아 메마른 논바닥처럼 사이가 건조해질 위험이 있는 것이다. 이런 경우, 가족 관계의 개선을 위한 시간과 대화를 가지며 정서적인 면에도 더욱 신경을 써야 한다.

좌뇌가 발달한 아이의 정서적 측면 개선을 위한

'향기 목욕'

미지의 경우처럼 좌뇌가 발달된 아이들은 정서적인 측면을 개선시키기 위해 평소에 '향기 목욕'을 즐기는 것이 좋다. 향기 목욕은 두뇌 계발에도 도움이 된다고 하니 일거양득의 효과를 얻을 수 있다. 실제로 한 실험에서 중학생에게 장미 향기를 1분 동안 흡입하게 한 후에 뇌파를 측정해 보니 집중력과 기억력을 향상시키는 뇌파, 즉 알파파가 흡입 전보다 좌뇌와 우뇌에서 각각 3.2%, 3.4% 증가하는 놀라운 결과가 나타났다.

대로 가족의 두뇌 유형!

두뇌 유형 검사 결과, 대로는 '우뇌우세형'이었다. 대부분의 우뇌우세형의 아이들이
그렇듯 대로 역시 가만히 앉아 있는 것을 싫어하고, 새로운 것을 좋아한다.

　대로의 엄마와 아빠 역시 모두 보통의 우뇌우세형이었다. 대로의 경우처럼 가족
이 모두 '우, 우, 우'인 경우, 학습적인 면으로 보면 아이가 공부를 잘할 가능성은 조
금 떨어진다. 우뇌우세형 아이는 집중력이 약하다는 단점이, 우뇌우세형 부모는 체
계적이고 논리적으로 설명하는 능력이 조금 약하다는 단점이 있다. 그래서 부모는
학습에 관해 설명을 할 때 "네가 생각해 봐!" 하고 말하거나 설명을 하다가 마무리
를 잘 하지 못하는 경우가 많다. 하지만 우뇌우세형 아이는 부모가 공부에 대해 잔

가족 안에서 좌뇌의 특성을 배울 수 없는 아이를 위한
'좌뇌 정독법 훈련'

가족 모두가 '우, 우, 우'인 경우, 집안에 좌뇌의 특성을 배우고 받아들일 요소가 없으니 이것을 보충해 주는 학습 습관이 필요하다. 대부분의 우뇌우세형 아이들은 책을 자세히 읽는 것을 싫어해서 속독을 하는 경우가 많다. 이런 경우 '좌뇌 정독법 훈련'으로 섬세하고 꼼꼼한 학습 습관을 기르는 것이 좋다. 좌뇌 정독법 훈련은 독서에 대한 계획표를 세우고, 책을 읽을 때도 목차부터 단계적으로 읽어 나가는 것이 포인트다. 물론 엄마는 그때마다 '독서타임 체크 노트'를 만들어서 기록을 해야 한다. 또한 우뇌우세형 아이들은 수학 문제를 풀 때도 공식의 활용보다는 대충의 감으로 문제를 푸는 경향이 강하기 때문에 많은 문제를 풀게 하기보다는 한 문제를 주고 식과 공식을 자세히 쓰게 하는 것이 좋다. 그래야만 좌뇌가 발달한다. 이때, 큰 종이를 벽에 붙여서 문제 하나를 적고, 그곳에 식과 공식을 쓰면서 풀게 하면 아이가 더 재미있어 한다.

우뇌우세형 아이의 산만함을 개선시키기 위한
'10분 집중력 훈련'

우뇌우세형 아이의 산만함을 개선시키고 집중력을 높이기 위해서는 평소 '10분 집중력 훈련'을 하는 것이 좋다. 가만히 앉아 있는 것을 싫어하는 우뇌우세형 아이에게 "무조건 오래 앉아 있어!" 하는 것은 오히려 집중력을 떨어뜨리는 결과를 초래한다. 그래서 "딱 10분만 완벽하게 집중해 봐!"같이 짧은 시간을 정해 주며 집중력을 발휘할 수 있도록 유도하는 것이 좋다. 예컨대 공부할 때는 알람시계를 놓고 주어진 시간 안에 과제를 마치도록 훈련시키는 것이다. 이러한 방법으로 10분을 완벽하게 집중하게 되면 단계별로 시간을 늘려 나가는 것이 좋다. 이것은 자신이 얼마 동안 집중했다는 사실을 몸으로 확인할 수 있기 때문에 아이의 자기만족도도 높일 수 있다.

소리를 한다 하더라도 그다지 스트레스를 받지 않는 경향이 있다.

대로의 경우처럼 "다 아는데 왜 해?" 하며 익숙한 것에 싫증을 잘 내는 우뇌우세형 아이는 복습보다 예습을 하는 것이 효과적이다. 그리고 집중력이 조금 떨어지기 때문에 너무 긴 시간 동안 한 과목만 공부하기보다는 여러 과목을 번갈아 가면서 공부를 하는 것이 더 효과적이다.

빛나 가족의 두뇌 유형!

두뇌 유형 검사 결과, 빛나는 우뇌우세형, 엄마는 보통의 좌뇌우세형, 아빠는 중뇌형이었다.

좌뇌우세형인 엄마는 목표를 잘 제시하고 문제를 체계적이고 단계적으로 설명하는 능력을 가지고 있다. 엄마의 이러한 능력은 빛나에게 연기 지도를 할 때 잘 나타난다. 하지만 안타깝게도 교육에서만은 좌뇌우세형의 장점을 잘 발휘하지 못하고 있다. 엄마는 '공부는 혼자 하는 것'이라는 강한 소신으로 빛나의 학습에는 그다지 관심을 두지 않는다. 덕분에 가정에서의 빛나는 학습에서 거의 방치 상태나 마찬가지다. 물론 엄마가 처음부터 빛나의 학습에 관심이 없었던 것은 아니다. 좌뇌우세형인 엄마는 시간을 관리하여 체계적으로 지도하려고 했지만 빛나는 다른 생각을 하거나 엄마가 가르치는 것을 건성으로 듣곤 했다. 심한 경우, 완벽함을 원하는 엄마 때문에 몰래 답안지를 베끼는 행동도 했다. 게다가 이미 있는 문제집도 다 풀지 않은 상태에서 자꾸만 새 문제집을 사려고 했다. 그것은 새로운 것을 좋아하는 우뇌우세형 아이의 특성이다. 하지만 좌뇌우세형 엄마는 그것을 절대 용납하지 않는다. 결국 다툼이 잦아지자 엄마는 언제부턴가 빛나의 학습에 관심을 두지 않으려 노력했고, 그것이 지금의 방치 상태로까지 이어진 것이다.

우뇌가 발달한 아이를 위한 '시각 자극 공부법'

우뇌우세형 아이를 교육할 때는 '공부는 책상 앞에 앉아 책과 문제집을 보며 하는 것'이라는 선입견을 버리고 다양한 매체를 활용해 보는 것이 좋다. 배우가 꿈인 빛나의 경우 시각적인 학습 자극이 더욱 효과적이기 때문에 아이가 좋아하는 텔레비전을 활용하여 외국 애니메이션을 보며 영어를 교육하면 학습 효과가 크다. 이때 시각적 자극 없이 청각만을 활용한 영어 테이프 듣기는 우뇌우세형 아이에게 그다지 도움이 되지 않는다.

우뇌우세형 아이는 암기를 할 때도 시각적 자극을 활용하는 것이 더 효과적이다. 예컨대 아이가 이해하기 어려워 하는 부분이나 암기하기 힘들어 하는 내용을 디지털카메라로 찍어 벽에다 붙여 놓고 외우게 하면 좋은 효과를 얻을 수 있다. 암기 효과는 물론 학습 이해도 역시 향상될 것이다.

명석이 가족의 두뇌 유형!

두뇌 유형 검사 결과, 명석이는 좌뇌우세형, 엄마는 보통의 우뇌우세형, 아빠는 중뇌형이었다.

좌뇌우세형 아이는 우뇌우세형 아이보다 지시와 지도에 잘 따르는 경향이 있다. 그래서인지 명석이는 학교나 학원에서 말을 잘 듣고 엄마의 의견에 크게 반발을 하지 않는다. 일반적으로 좌뇌는 학업과 관련된 부분, 즉 학업에 성공하기 위해 필요한 기능 및 능력과 밀접한 관련이 있다. 그래서 서울대나 하버드대와 같이 좋은 학교에 입학을 하거나 좋은 직장에 취직하기에는 우뇌우세형 아이보다 좌뇌우세형 아이가 더 수월할 수 있다. 하지만 안타깝게도 그 후 직장에서 제대로 살아남을지는 미지수다. 일반적으로 좌뇌우세형 아이는 사회성이나 창의력이 떨어지는 경우가 많기 때문이다. 다행히도 현재 명석이는 미술, 피아노, 수영 등 다양한 영역을 익힘으로써 사회성과 창의력을 키우고 있다. 이것은 부족한 우뇌의 활동을 자극하고 계발시키는 좋은 방법 중 하나다. 명석이처럼 좌뇌의 기능이 더 우세한 아이들은 음악으로 신경 세포를 자극하여 우뇌의 감각을 깨워 주는 것이 좋다. 특히 피아노처럼 양손을 사용하는 것은 우뇌 계발에 큰 도움을 준다. 피아노를 연주하면 우뇌 피질을 자극하고, 대뇌 운동을 활발하게 해 주어 기억력이 좋아지고 학습능력이 높아진다.

그 밖에도 그림을 그릴 때 왼손으로 색칠을 하는 등 왼손을 자주 사용하면 우뇌가 발달하는 데 도움을 줄 수 있다. 한편, 우뇌우세형인 엄마는 체계적이고 논리적이기보다는 자유분방한 쪽에 더 가깝다. 그로 인해 사실상 명석이의 학습과 스케줄을 체계적으로 관리·감독하는 것이 힘들다. 하지만 명석이가 외동아들이다 보니 엄마가 의식적으로 신경을 많이 쓰고 있어서 그다지 큰 염려는 없어 보였다. 오히려 엄마가 잘하려는 의지가 너무 강해 명석이의 자율성을 떨어뜨리지는 않을지 우려가 되는 부분이 있다.

좌뇌형 아이는 시간표 정리, 정해진 시간 안에 숙제하기 등 학습을 스스로 할 수 있는 어느 정도의 기본 소양을 갖추고 있기 때문에 엄마가 마음을 편히 가지고 관리자가 아닌 리더로서의 역할을 해 주는 것이 좋다.

좌뇌 성향을 더 살릴 수 있는 '스케줄 다이어리 작성'

좌뇌우세형인 명석이의 경우, 자신의 좌뇌적인 성향을 잘 활용하는 훈련이 필요하다. 현재 명석이는 엄마의 지나친 관리·감독으로 인해 스스로 하거나 체계적으로 할 수 있는 좌뇌의 특성을 전혀 살리지 못하고 있다. 따라서 명석이는 스스로 하는 습관을 키우기 위해 자신의 생활에서 스스로 스케줄 매니저가 될 필요가 있다.

먼저 '스케줄 다이어리'를 만들어 스스로 생활 계획표를 짜고 학원 일정, 공부하는 시간 등을 알아서 기록하고 지켜 나가도록 유도해야 한다. 그 다음에 엄마와 통화하는 횟수를 체크해서 그 횟수를 반으로 줄이게 만든다. 또한 엄마에게 물어보려고 했던 것을 스케줄 다이어리에 적고, 나는 어떤 선택을 했다는 것을 기록하게 한다. 그러고는 하루를 마감할 때 그 부분에 대해서 엄마와 대화를 나눈다. 마지막으로 자신이 한 일 중에서 가장 잘 했다 싶은 일에 대해서 사진을 찍어서 스케줄 다이어리에 붙이고 이유를 적도록 유도한다. 이는 자신의 일을 스스로 하고 관리하는 좌뇌 훈련뿐만 아니라 함께 사진이라는 매체를 통해 우뇌 계발에도 도움을 줄 수 있다.

고야 가족의 두뇌 유형!

두뇌 유형 검사 결과, 고야는 좌뇌우세형, 엄마와 아빠는 중뇌형이었다.

고야와 엄마는 뇌유형이 다르지만 엄마가 고야의 학습을 봐 주는 것에는 별다른 문제점이 없는 편이다. 부모가 중뇌형인 경우는 좌뇌와 우뇌의 강점을 모두 살려 줄 수 있기 때문이다. 물론 경우에 따라서는 양쪽 다 해 주지 못하는 반대의 상황도 발생할 수 있다.

고야와 같은 좌뇌우세형인 아이는 학습의 수준은 높은 데 비해 창의력이 떨어질 수 있다. 따라서 창의력을 높이기 위해서 여행이나 체험, 음악 · 미술 활동 등과 같이 우뇌를 발달시키는 활동이 필요하다.

고야의 경우는 청각이 발달했기 때문에 청각을 이용한 창의력 교육을 진행하는 것이 좋다. 청각을 이용한 대표적인 창의력 교육으로는 음악 활동을 들 수 있다. 고대 그리스 철학자 플라톤은 일찍이 "교육을 위해서 다른 어떤 것보다 효과적인 도구는 음악이다."고 말했다. 특히 음악은 듣는 것에서 끝내는 것이 아니라 음악의 느낌을 그림으로 꼭 그리는 것이 중요하다. 그리고 '우뇌 속독법 훈련'을 통해 우뇌 발달을 위해 지속적으로 노력하는 것이 좋다.

우뇌를 더욱 발달시킬 수 있는 '우뇌 속독법 훈련'

'우뇌 속독법 훈련'은 책을 한 번 읽은 후에 책을 덮고 그 느낌을 이미지로 떠올려 보는 훈련법이다. 우뇌를 발달시키기 위해 속독을 하는 것은 상상의 여지를 두기 위해서이다. 물론 내용을 정확하게 이해하고 파악하는 정독도 좋지만 이렇게 논리적으로 이해하고 나면 우뇌를 움직여서 빈 곳을 상상으로 이어 볼 여지가 없다. 따라서 속독을 하고 전체적인 문맥을 파악한 후에 세부 상황을 상상으로 메워 보는 훈련은 우뇌 계발에 큰 도움이 된다.

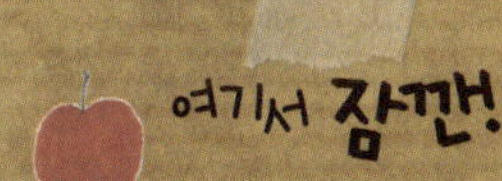

▶우뇌 속독법 진행 방법

① 초시계로 1분 동안 평상시에 책 읽는 속도를 잰다.

② 그 다음 책을 통해 느낀 점을 말로 표현하게 한다.

③ 그 후, 1분의 시간을 주고 400자 정도의 글을 모두 읽어 보라고 한다.

*초등학교 2, 3학년 속독 : 1분에 350~ 400자 정도

좌뇌우세형 아이 VS 우뇌우세형 엄마의 두뇌 궁합을 맞춰라!

명석이와 엄마의 사례

다섯 명의 아이와 엄마들의 두뇌 궁합 결과에서도 알 수 있듯 엄마와 아이의 궁합이 '좌뇌 아이 + 우뇌 엄마' 또는 '우뇌 아이 + 좌뇌 엄마'일 경우, 아이와 엄마의 학습에 대한 태도가 전혀 다르기 때문에 학습에 어려움이 따를 수 있다. 이럴 경우 아이의 학습을 위해 아이와 엄마의 두뇌 궁합을 맞추려는 노력이 무엇보다 시급하다.

먼저, '좌뇌 아이 + 우뇌 엄마'의 대표적 케이스인 명석이의 가족에게 맞춤 솔루션을 제시하기 위해 명석이의 일상을 살펴보았다.

"재미있는 학원은 빨리 가고 싶고, 재미없는 학원은 늦게 가고 싶어요."

학교를 마친 후 명석이는 하루에 많게는 7개의 학원에 다니고 있다. 싫어하는 분야의 학원, 별다른 재미를 느끼지 못하는 학원에 갈 때는 명석이의 발걸음도 느려진다. 하지만 이내 엄마에게서 "학원에 잘 가고 있지?"라는 확인 전화가 걸려와 게으름을 피울 여유가 없다.

"이건 수영 가방, 이건 영어 학원 가방……."

어느새 미술 학원까지 찾아온 엄마는 가방을 열어 명석이에게 일일이 내용물을 확인시켜 준다. 가방에는 간식도 들어 있다.

"수영하고 나서 영어학원 갈 때 먹어."

간식을 언제 먹어야 할지도 엄마가 정해 준다. 엄마가 함께할 수 없을 때는 언제나 오늘처럼 미리 와서 일일이 지시를 하고 가고, 그것도

모자라 중간 중간 전화를 해서 잘 하고 있는지를 확인한다. 흡사 매니저를 보는 듯하다.

명석이 엄마와 같은 '매니저형 엄마'들은 대부분 자신이 아이를 위해 많은 것을 희생하고 있고, 바람직하게 잘 하고 있다고 생각한다. 하지만 결코 그렇지만은 않다. 아이의 모든 스케줄을 엄마가 짜고 관리함으로써 아이 스스로 생각하고 판단할 수 있는 힘을 죽이는 큰 위험이 있다.

미술, 수영, 영어, 피아노 등 이어지는 학원 스케줄에 명석이의 어깨는 점점 처져 갔다. 명석이의 체력이 빡빡한 스케줄을 제대로 소화해 낼 수 있을지도 염려가 되지만 아이가 생각하고 쉴 수 있는 여유가 전혀 없다는 것도 큰 문제점이었다.

저녁이 다 되어서야 집으로 돌아온 명석이는 식사를 마친 후 자신의 방으로 들어

가 본격적인 공부를 시작했다. 하지만 칭찬보다는 평가하기에 바쁜 엄마 때문에 명석이는 공부하는 내내 엄마의 눈치를 보느라 바빴다.

> **김영훈 원장**
> 대부분의 우뇌우세형 엄마들이 체계적으로 계획을 짜고 가르치는 것을 힘들어 합니다. 그래서 아이를 많은 학원에 보내는 겁니다. 이러한 것이 좌뇌우세형이 아닌 아이에게는 좋은 방법일 수 있지만 명석이처럼 자기 스스로 할 수 있는 좌뇌우세형 아이에게는 강점을 죽일 위험이 있습니다.

● '두뇌 궁합 맞추기' 첫 번째 솔루션! – 아이가 직접 생활 계획표를 짜게 하라

좌뇌우세형 아이들은 원칙을 중요하게 생각하고, 어떻게든 질서를 잘 지키려고 하는 성향이 강하다. 따라서 공부의 양과 계획, 심지어는 노는 것까지 스스로 계획하도록 하는 것이 좋다. 이것은 우뇌우세형 엄마에게 길들여진 명석이의 좌뇌를 깨우고 스스로 하는 좌뇌적 성향을 높이기에 좋은 방법이다. 실제로 자신의 의지대로 계획표를 짜 본 명석이는 평소보다 노는 시간을 더 늘리거나 주어진 계획을 어기지 않았다. 일일이 간섭하고 챙기지 않으면 하지 않을 것이라던 엄마의 염려를 무색하게 할 만큼 아이 스스로 잘 해낸 것이다.

● '두뇌 궁합 맞추기' 두 번째 솔루션! – 간섭형 엄마의 말투를 교정하라

스스로 공부하는 좌뇌우세형 명석이에게 가장 필요한 것은 스케줄 체크나 평가가 아니라 엄마의 따뜻한 격려이다. 우뇌우세형 엄마가 무심코 사용하는 말들 중에 아이의 좋은 좌뇌적 강점을 꺾는 말들이 있을 수 있다. 물론 엄마 입장에서는 아이를 위해 하는 말일 테지만 아이는 기분이 나빠지고 우울해질 수 있다.

실제로 우울한 사람에게 어떠한 문제를 제시하고 풀게 한 후에 뇌의 활동을 촬영한 결과, 뇌 전체가 거의 활동을 하지 않았다. 반면, 우울한 감정이 없어진 다음에 문제를 풀었을 때는 뇌 전체가 활발히 활동하였다. 이는 우울한 상태에서 공부하는 것은 비효율적이라는 것을 의미한다. 따라서 엄마가 자신의 말투를 생각해 보고 필요하다면 교정을 하는 노력이 필요하다.

이를 위해, '엄마가 많이 사용하는 말 베스트 20'을 뽑아 보는 것이 좋다. 그런 후에 엄마가 생각할 때 자신이 평소 많이 사용하는 말과 아이가 생각했을 때 엄마가 많이 사용하는 말을 20개씩 뽑은 다음, 그 말 중에 계속 사용했으면 하는 말과 사용하지 않았으면 하는 말을 뽑으면 된다.

이에 대해 명석이는 엄마가 더 이상 "빨리 해", "마음대로 해", "혼난다" 등의 부정적인 말들은 사용하지 않았으면 했고, "very good!", "사랑해", "귀여운 우리 아가"와 같은 따뜻한 말들을 더 많이 해 줬으면 좋겠다고 말했다. 명석이와 같은 좌뇌우세형 아이는 조금만 기분을 좋게 해 주어도 흥이 나서 스스로 더 잘 하는 성향이기에 엄마는 평소 자신이 사용하는 말 중 아이의 마음을 상하게 하거나 기분을 우울하게 만들었던 말들을 체크하여 긍정적이고 따뜻한 칭찬의 말로 바꿀 필요가 있다.

● '두뇌 궁합 맞추기' 세 번째 솔루션! – 도전! 스마일 맘 만들기

논리적이고 이성적인 성향이 강해 감성력이 떨어질 수 있는 좌뇌우세형 아이는 따뜻하게 대해 주는 엄마를 통해 안정된 정서가 만들어진다. 반면, 엄마가 차가운 표정을 지으면 아이는 자신이 엄마에게 평가를 받는 듯한 느낌을 받아서 심리적으로 위축되고 학습 의욕도 떨어질 수 있다. 따라서 엄마는 '스마일 맘'이 될 수 있도록 노력해야 한다.

'스마일 맘'이 될 수 있는 방법 하나를 제시하도록 하겠다. 먼저 도화지에 절반을 나눠서 한쪽은 'Smile', 한쪽은 'Angry' 라인을 만든다. 그리고 날짜를 적어 그 날마다 스티커를 붙이면 된다. 엄마가 하루에 몇 번 웃었고, 몇 번 찡그렸는지 해당 칸에 스티커로 표시하는 것이다. 이것을 시각적으로 드러내 놓으면 엄마는 평소 의식적으로라도 덜 찡그리게 되고 더 많이 웃게 되는 효과를 얻을 수 있다.

우뇌우세형 아이 VS 좌뇌우세형 엄마의 두뇌 궁합을 맞춰라!

빛나와 엄마의 사례

'우뇌 아이 + 좌뇌 엄마'의 대표적 케이스인 빛나 가족에게 맞춤 솔루션을 제시하기 위해 먼저 빛나의 일상부터 살펴보았다. 배우가 꿈인 빛나는 연기력이 곧 경쟁력이라는 믿음으로 학교를 마친 후 곧장 연기학원으로 향했다. 순간 암기력이 뛰어난 우뇌우세형 아이답게 빛나는 대사도 완벽하게 암기하고 연기도 곧잘 해냈다. 연기학원이 끝난 후 빛나는 피아노 학원으로 향하고, 다시 엄마와 함께 구민회관으로 이동해 다른 친구들과 함께 합창 연습을 했다.

"노래를 하면 아무래도 정서적으로 좋은 심성이 길러질 것 같아요."

평소 '공부는 혼자 하는 것'이라며 빛나의 학습에는 거의 관심을 보이지 않던 엄마도 빛나의 예능 활동만큼은 아주 적극적으로 조력하는 모습을 보였다.

“자, 네가 가수라고 생각하고 해 봐.”

저녁이 다 되어서야 집으로 돌아온 빛나는 다시 옷을 예쁘게 갖춰 입고 엄마 아빠 앞에서 아이돌 가수의 흉내를 냈다. 그리고 잠시 후에 엄마와 함께 연기 연습을 했다. 엄마는 상대 배우가 되어 빛나보다 더 열심히 연습에 임했다.

“시선이 따라와야지!”

체계적인 성향이 강한 좌뇌우세형 엄마는 빛나의 예능 수업에서만큼은 엄청난 열정을 쏟아 냈다.

모든 예능 수업이 끝나니 밤 10시였다. 다른 아이들이 잠자리에 들 늦은 시각에 빛나는 그제서야 홀로 공부를 시작했고, 엄마는 조용히 옆에서 뜨개질을 했다.

빛나의 일상을 살펴본 결과, 아이의 하루가 대부분 학습보다는 기능을 익히는 것에 투자되고 있다는 문제점이 드러났다. 늦은 밤이 되어서야 겨우 공부를 시작했지만 이마저도 도움을 주는 사람이 없다 보니 빛나는 모르는 문제가 나오면 그냥 덮어두고 만다. 혼자 공부하기 힘든 우뇌우세형 빛나에게 논리적이고 체계적인 좌뇌우세형 엄마의 학습 지도가 절실한 상황이었다.

한편, 빛나에게는 또 다른 학습 난관이 있었다. 그것은 바로 빛나의 주변 환경이 너무나 정돈되어 있지 않다는 점이었다. 가뜩이나 집중력이 약하고 호기심이 많은 우뇌우세형 아이에게 정돈되지 않은 환경은 학습에 큰 방해 요소가 되므로 빠른 시일 안에 개선을 하는 것이 좋다.

김영훈 원장

엄마는 좌뇌우세형이기 때문에 체계적이고 논리적인 반면, 인간친화력이 약하기 때문에 아이에게 포근하게 대하며 정서적 안식처 역할을 하는 능력이 부족합니다. 그래서 빛나가 문제를 풀 때도 혼자 풀게 합니다. 그런데 우뇌우세형 아이는 혼자 공부하는 것을 힘들어 합니다. 엄마의 도움이 절실한 상황이죠.

정철희 교수

혼자서는 학습하기 어려운 우뇌우세형 빛나는 엄마에게 학습에 대한 도움을 청하고 있습니다. 그런데도 엄마는 유독 학습에서만큼은 일관되게 외면하고 있네요. 거의 방치 수준입니다. 엄마가 연기를 지도하는 열정의 10분의 1 정도만 학습에 쏟아도 빛나에게 큰 도움이 될 듯합니다.

'두뇌 궁합 맞추기' 첫 번째 솔루션!

집중할 수 있는
환경으로
공부방을 개선하라

호기심이 많고 집중력이 낮은 우뇌우세형 아이는 눈에 보이는 것이 많으면 공부에 제대로 집중하지 못하는 경향이 있다. 엄청난 양의 인형과 옷가지들로 산만하기 이를 데 없는 빛나의 방은 집중력을 흐트러뜨리는 큰 요소가 되고 있어 공부방 개선이 시급한 문제로 떠올랐다. 따라서 공부방을 집중할 수 있는 환경으로 개선하는 것이 필요하다.

하지만 정작 빛나의 공부방은 전혀 개선되지 않았다. 엄마는 "거실에서 공부하면 된다."는 이유로 정리를 미루었던 것이다. 하지만 집중력이 떨어지는 우뇌우세형 아이가 거실에서 공부를 하게 될 경우, 가족들과 접촉하는 횟수가 늘어 더욱 집중하지 못하게 될 우려가 있다.

'두뇌 궁합 맞추기' 두 번째 솔루션!

엄마가
아이 곁에서
학습을 도와라

빛나는 한 가지에 집중하는 시간이 매우 짧고 누군가와 함께해야 공부가 잘 되는 우뇌우세형 아이이다. 따라서 혼자 외롭게 공부하기보다는 엄마가 함께하는 것이 공부에 더욱 효과적이다. 또한 잠잘 시간이 다 되어서야 공부를 시작하는 학습 스케줄을 좀 더 이른 시간으로 앞당기는 노력이 필요하다.

"앞으로는 빛나 혼자 공부하는 게 아니라 엄마가 옆에서 도와줄게."

엄마의 다정한 말에 빛나는 마냥 좋아했지만, 책상 앞에 앉은 지 15분이 지나도록 연필을 깎거나 머리를 긁는 등 산만한 모습을 보였다.

"여기 틀린 거 있는데?"

빛나가 문제를 풀어 나가는 동안 엄마는 옆에서 해답지를 힐끔거리며 즉석에서 채점에 나섰다. 좌뇌우세형의 꼼꼼한 특징을 잘 보여 주는 모습이지만 이것은 우뇌우세형 아이에게 절대 해서는 안 되는 행동이다. 감정에 예민한 우뇌우세형 아이는 문제가 맞고 틀린 것에 따라 기분이 수시로 변하므로 집중력이 떨어질 수 있다.

오히려 빛나와 같은 우뇌우세형 아이에게는 집중력을 발휘할 수 있는 문제의 개수를 정해 몰아서 풀게 한 뒤 나중에 아이와 함께 채점을 하는 것이 좋다. 이때 오답의 원인을 스스로 생각하고 풀이 과정을 생각해 볼 수 있는 시간적 여유를 주는 것이 효과적이다.

"혼자서 공부할 때는 그냥 해답지를 보고 했는데, 엄마와 같이 공부하니까 진짜 재미있었어요."

엄마와 함께 공부를 한 빛나는 매우 즐거워했고, 공부에 더욱 집중하는 모습을 보였다.

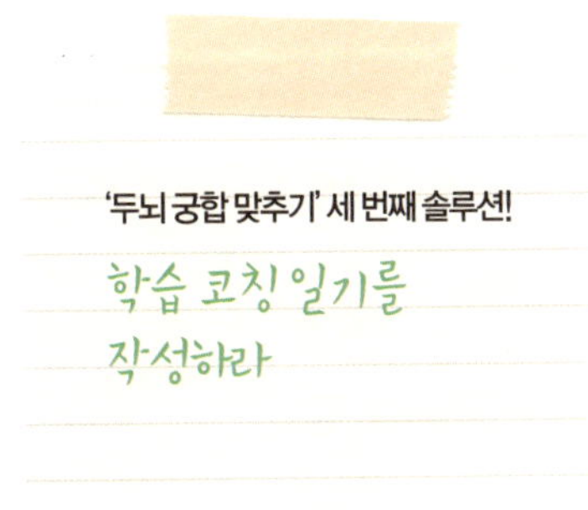

'두뇌 궁합 맞추기' 세 번째 솔루션!

학습 코칭 일기를 작성하라

공부는 단지 성적을 올리기 위해서 하는 것이 아니다. 아이의 두뇌 발달을 위해서도 공부는 반드시 필요하다. 이때 우뇌우세형 아이에게는 좌뇌우세형 엄마의 꼼꼼하고 체계적인 관리가 큰 도움이 된다. 따라서 엄마가 아이의 학습 태도에 대해 꾸준히 관찰하고 확인

할 수 있도록 하는 '학습 코칭 일기'를 작성하는 것이 좋다.

'학습 코칭 일기'의 작성 방법은 그리 어렵지 않다. 먼저 노트를 세 칸으로 구분해서 나누고, 첫 번째 칸에는 함께 학습한 날짜와 과목, 학습을 시작한 시각과 끝낸 시각을 적는다. 가운데 칸에는 학습에 임하는 아이의 태도나 반응을 적고, 마지막 칸에는 엄마의 느낌을 적으면 된다. 이렇게 매일매일 학습 코칭 일기를 작성하다 보면 엄마와 아이가 어떤 자세로 학습을 진행하고 있는지 스스로 파악하게 되어 잘못된 점을 개선하는 데도 많은 도움이 된다.

빛나의 엄마는 계획을 잘 세우는 좌뇌우세형답게 빛나의 학습 코칭 일기 작성에 적극적인 모습을 보였다. 이때 주의해야 할 점은 도움을 주는 것까지는 좋지만 지나치게 간섭하면 아이의 자율적 의지가 꺾일 수 있다는 것이다. 학습 코칭 일기는 아이가 책임감을 느끼고 스스로 이행할 수 있도록 아이의 의견을 더 많이 존중해서 만들어야 한다. 엄마의 의견과 충돌되는 부분이 있다면 가능한 한 아이에게 충분히 설명해 주어야 하고, 가급적이면 아이의 의견을 수용하는 적당한 양보도 필요하다. 이때, 내용보다는 아이의 실천을 칭찬하는 것이 아이의 의욕을 더 높일 수 있다.

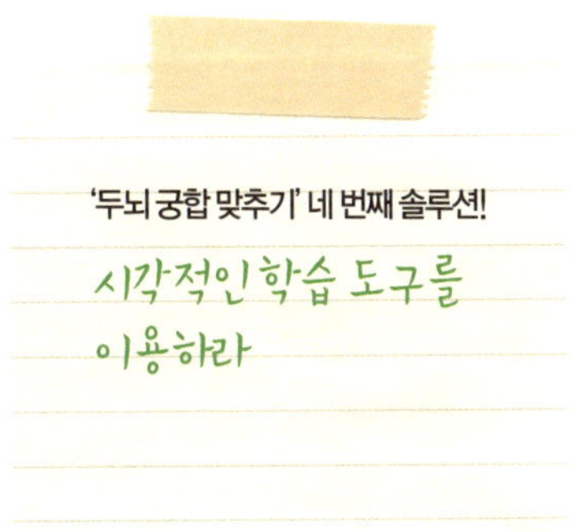

한 과목에 오랜 시간 동안 집중하지 못하는 경향이 강한 우뇌우세형 아이인 빛나는 홀로 책상 앞에 우두커니 앉아 공부를 하다 보니 틀린 것을 또 틀리는 일이 종종 있다. 이런 경우 학습 시간을 늘린다 해도 실력은 제자리걸음일 위험이 크다.

귀로 듣고 글을 읽는 것보다 이미지로 보는 시각 학습에 강한 우뇌우세형 아이는 학습에도 영화나 비디오, 그림, 도표처럼 시각 자료를 적극 활용하는 것이 효과적이다. 따라서 시각 학습 도구를 이용하는 것이 좋다.

우뇌우세형 아이들에게는 단순히 글을 읽고 문제를 푸는 것이 반복되는 스스로 학습법은 효과가 낮은 반면, 시청각 도구를 이용한 공부법은 두 배 이상의 학습 효과를 기대할 수 있다. 실제로 빛나는 시청각 자료로 영어를 학습하면서 발음도 따라 하고, 동작도 따라하는 등 흥미를 가지는 모습을 보였다.

좌뇌 강화를 위한 생활 습관
VS 우뇌 강화를 위한 생활 습관

좌뇌 강화를 위한 생활 습관

- 일상생활의 사소한 일들을 기록하라.

- 기록된 사항들을 재확인하고 중요한 일, 급한 일 등을 가려내서 일을 조직적으로 처리하라.

- 그 날, 그 달, 그 해에 해야 할 목표를 세워 목표 달성을 위해 노력하라.

- 매사 합리적으로 생각하는 습관을 가져라. 또한 운에 맡기고 무작정 해 보려는 생각을 버려라.

- 어떤 일을 처음 시작할 때는 실험을 해 보고 결과를 검토하여 최선의 방법을 찾으려고 노력하라.

- 통화 시 상대방의 이야기를 분석하며 들어야 할 때는 오른쪽 귀로 전화를 받아라.

- 모든 계산은 항상 정확하게 하라.

- 모르는 것은 이해가 될 때까지 파고들어 물어보아라.

- 혼자 조용히 있는 시간을 많이 가지고 일기를 써라.

- 매사에 차분히 생각하라.

- 친구나 윗사람에게 보고할 때는 순차적으로 기록하여 말하라.

- 매일매일의 활동을 시간표와 계획표에 따르도록 노력하라.

- 무슨 일이든지 총괄적으로 보지 말고 세밀하게 나누어 그 원인과 결과를 분석하라.

- 모든 일을 숫자로 표시하라.

우뇌 강화를 위한 생활 습관

● 전화를 받을 때는 왼쪽 귀를 사용하라.

● 낙서하듯 그림을 그려라. 특히 자신의 사진을 거꾸로 놓고 그리면 효과적이다.

● 농담을 자주 하고 노래를 즐겨 불러라.

● 산책을 자주 하여 긴장을 풀어라.

● 책상에 앉아 있을 때도 몸을 자주 뒤로 기대고, 눈을 감고 공상에 잠겨라.

● 눈을 감고 어렸을 때 살던 마을의 이모저모, 옛날에 살던 집과 학교, 친구들의 모습을 될 수 있으면 자세히 머릿속에 그려 보라.

● 대화를 할 때는 상대방의 눈을 주시하라. 그리고 상대방의 말에 주의를 기울여라.

● 과거의 일, 사람, 지식을 서로 연결해 보는 습관을 길러라.

● 여러 가지 색깔, 향기, 소리, 상대방의 기분에 관심을 가지고 호기심을 가져라.

● 사물을 통괄적으로 보고 각 부분이 서로 어떻게 관계 맺고 있는지 살펴라.

● 예술 작품, 유행하는 옷, 이성 친구의 옷차림 등을 유심히 보고 거기에 담겨 있는 멋을 찾아보라.

● 자신과 관계 없는 일이라도 관심을 가지고, 원하지 않는 일에도 마음의 문을 활짝 열어라.

● 대화를 할 때는 자주 몸짓을 하고 크게 웃어라.

PART 4

떠 먹여 주는 공부는 가라

아이의 학습 주도성을 제로로 만드는 "바쁘다, 바빠!" 워킹맘

아이의 학습 주도성을 되찾아라!

밖에서는 완벽한 모범생! 집에서는 공부 NO!

엄마가 바뀌면 아이의 두뇌가 달라진다!

부모를 위한 TIP
정철희 교수님이 전하는 '내 아이 학습 동기 200% 올리는 법!'

제아무리 정성 들여 음식을 만들어다 바쳐도 정작 먹을 사람이 수저조차 들지 않는다면 산해진미가 무슨 소용일까. 공부도 마찬가지다. 아이의 두뇌 유형을 파악하고, 부모와의 두뇌 궁합까지 맞춰 가며 내 아이에게 딱 맞는 공부법을 찾았다 하더라도 아이가 제대로 이행하지 않으면 그만이다. 그것은 먹을 수 없는 산해진미이니 그림의 떡과 다를 바 없다.

가뭄에 콩 나듯 TV 인터뷰에서나 볼 법한 "공부가 제일 재밌어요!" 하고 말하는 대견한 아이가 바로 내 아이였으면 하는 부모가 어디 한둘이겠는가. 하지만 음식도 먹을 사람이 식욕이 당겨야 먹듯, 공부도 스스로 마음이 내켜야 하는 법이다.

물론 대다수의 아이가 학교와 학원, 학습지 등으로 많은 시간을 공부에 할애한다. 하지만 엄마가 시켜서, 선생님이 시켜서 하는 공부는 제대로 머릿속에 흡수되기 어렵다. 또한 학습에 대한 의욕을 떨어뜨리고, 타인에 의존하는 그릇된 학습 습관을 형성시킨다.

　이런 '엄마주도적 학습 습관'은 학습의 난이도가 높아지고, 아이가 사춘기를 겪으면서 제 나름의 고집이 생기면 슬슬 부작용을 보이기 시작한다. 몸은 학원에 있지만 머리는 TV나 컴퓨터 앞에 있는 날이 늘게 되고, 때문에 성적은 점점 하향곡선을 그리게 된다. 하지만 공부가 좋아서 스스로 하는 '자기주도적 학습 습관'을 가진 아이는 학습 난이도가 높아질수록 진가를 발휘한다. 그들에겐 명확한 목표가 있고, 그 목표가 공부를 해야 하는 분명한 이유가 된다. 따라서 누가 뭐라 하지 않아도 스스로 학습 계획을 세우고, 그것을 실천하고, 심지어는 반성까지 한다.

　한 조사 결과, 일반대 입학생들은 44%가 학습 계획을 세우고 그중 단 13%만이 계획대로 실천한 반면, 서울대 입학생들은 72%가 학습 계획을 세우고 무려 67%가 계획대로 실천하는 학습 습관을 가지고 있다고 한다. 이것만 보아도 스스로 공부하는 아이가 좋은 대학에 갈 확률이 높음을 알 수 있다. 뿐만 아니다. 하버드대, 스탠퍼드대 등 외국의 명문 대학들이 신입생 선발 기준으로 자기주도적 학습 습관을 보고 있고, 국내의 유명한 외고, 국제고, 과학고 등도 2011년부터 자기주도 학습 전형을 도입했다. 즉, 각종 인증시험이나 경시대회 수상 실적은 배제하고 자기주도적 학습 능력을 평가하는 시험을 치르는 것이다. 이처럼 변화하는 국내외 각 명문 학교의 신입생 선발 기준은 21세기가 어떤 인재를 원하는지를 분명하게 말해 준다. 이제 떠먹여 주는 것이 아닌, 스스로 계획하고 실천해서 성취한 진짜 자기 실력만이 인정받을 수 있는 시대가 온 것이다.

아이의 학습 주도성을 제로로 만드는 "바쁘다, 바빠!" 위킹맘

대로와 엄마의 사례

웩슬러 검사에서 126이라는 높은 지능지수가 나왔음에도 불구하고 대로에게 공부는 언제나 귀찮고 하기 싫은 일이다. 학교에서 돌아온 대로를 기다리는 것은 엄마의 환한 웃음이 아니라 화이트보드에 가득 찬 검정 글씨들이다. 직장에 다니는 엄마는 매일같이 대로가 집에서 해야 할 과제들을 미리 적어 둔다. 때문에 대로에게 공부란 엄마가 집으로 돌아오기 전에 어서 빨리 해치워야 하는 골칫거리와 같은 것이다.

엄마 역시 대로의 공부를 돌봐주는 일이 결코 즐겁기만 한 것은 아니다. 직장에서 하루 종일 일에 시달리다 보면 집에서만큼은 편안하게 쉬고 싶은 것이 솔직한 심정이다. 하지만 엄마가 아니면 딱히 대로의 공부를 돌봐줄 사람이 없기에 엄마는 지친 몸을 일으켜 세워 대로 옆에 앉는다. 하지만 마음과 달리 무의식적으로 "빨리! 빨

리!"를 외치며 아이를 다그쳤다. 할 일은 많은데 시간은 부족하고, 그러다 보니 마음만 계속 분주해지는 워킹맘의 전형적인 모습이다.

학교를 마치고 집으로 돌아온 대로는 책상 없이 아무데나 엎드려 엄마가 내준 숙제부터 해치우기 시작한다. 숙제를 다 해 놓지 않으면 엄마에게 혼이 나거나 심지어는 회초리까지 맞는 경우도 생기기 때문이다.

"이런 거 원래 다 알잖아요. 왜 해야 하는지 잘 모르겠어요."

대로는 쉬운 문제를 반복적으로 풀어야 하는 상황에 짜증이 날 때도 있다. 엄마는 아이의 학습능력에 대한 고려 없이 그저 분량 채우기 식의 과제를 제시하고 있었다. 대로가 잘 모르는 문제를 물어 올 때도 엄마의 이런 결과 중심적 교육 태도는 그대로 드러났다.

"수학 문제 어려운 것 물어 봐도 엄마가 잘 대답해 주지 않으세요."

엄마는 자상한 설명으로 아이의 학습 이해력을 높이기보다는 그날그날 학습할 분량을 제시하고 점검하는 것에 치중하고 있었다. 자기주도 학습의 기본인 '공부 과정에 대한 관심'이 전혀 없는 것이다.

"엄마가 내준 숙제 다 했어?"

퇴근해서 돌아온 엄마의 첫마디는 "우리 아들 하루 종일 잘 지냈어?"가 아닌, "숙제 다 했어?"다.

"일기쓰기 빼고는 다 했어."

할머니가 차려준 저녁 식사를 하다 말고 대로는 엄마에게 숙제 검사를 받아야 했다. 식사할 때는 그냥 즐겁고 재미난 이야기만 나누면 얼마나 좋을까. 하지만 마음이 급한 엄마는 이런 대로의 마음은 아랑곳하지 않고 식사하는 내내 공부 이야기만 한다.

밥상을 치우고, 어지럽혀진 집을 청소하고, 대로와 동생을 돌보면서도 엄마의 잔소리는 끊이지 않는다.

"글씨 예쁘게 써. 여기다 손 딱 짚고!"

일기를 쓰는 대로 옆에서 엄마는 일기의 내용보다는 대로의 비뚤어진 글씨와 자세를 먼저 지적한다. 이런 엄마의 잔소리 앞에서 대로는 집중은커녕 학습 의욕마저 상실할 지경이다.

"이걸 선생님이 알아보시겠어?"

"알아보겠구만."

계속되는 엄마의 글씨 타령에 참다 못한 대로가 툴툴거리며 말대꾸를 하자 엄마는 큼지막한 회초리를 들고 와서는 대로 옆을 지켰다.

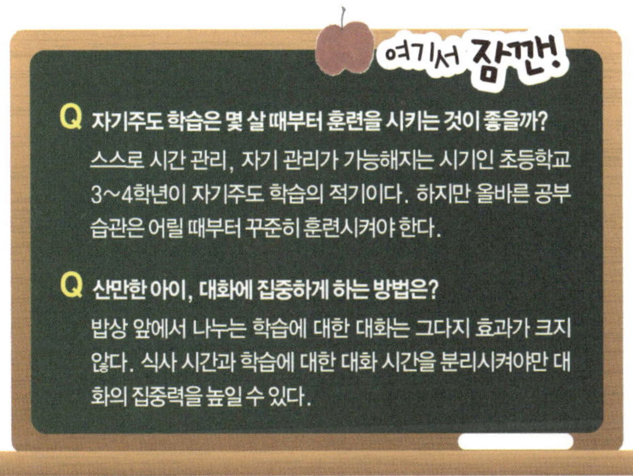

정철희 교수

엄마가 매일 대로가 해야 할 일을 계획하고 적어 두는 것은 좋은 일입니다. 하지만 그 계획표 안에는 아이의 생각이 담겨 있어야 합니다. 특히 대로와 같은 아이는 자기가 결정하게 하는 것이 좋습니다. 자기가 결정한 것에만 열정을 보이기 때문이죠.

김영훈 원장

엄마가 미리 계획을 짜서 지시하고 검사하는 '엄마주도 학습'을 하고는 있지만, 사실 아이는 공부를 하기보다는 그냥 시간 때우기에 가까운 모습을 보입니다. 그렇기 때문에 126이라는 높은 지능지수를 가지고도 성적이 잘 나오는 않는 거죠.

노규식 원장

학습은 아이의 특성을 파악하는 것이 우선되어야 합니다. 아이에 대한 정보가 필요한데 맞벌이로 바쁜 부모님은 그럴 여유가 없는 것 같습니다. 주말을 이용하여 대로와 많은 대화를 나누며 아이에 대한 정보를 수집해야 합니다.

아이의 학습 주도성을 되찾아라!

아이의 특성 파악은 전무한 상태인 데다 과정은 중요하게 생각하지 않고 오로지 결과만 보는 엄마! 물론 직장과 가정 생활을 동시에 해야 하고, 아이의 교육까지 신경 써야 하는 워킹맘이기에 대로의 학습 계획을 짜 주고, 검사하는 것만으로도 엄마의 하루는 숨 가쁠 지경이다.

늘 시간과 일에 치이는 워킹맘일수록 아이가 자기주도 학습을 할 수 있도록 교육해야 한다. 아이가 제 스스로 공부에 대한 의욕을 보이고, 계획을 짜고 실행하면 엄마의 몸과 마음이 편안해진다. 게다가 엄마의 이런 편안한 마음은 아이가 그토록 바라는 엄마의 환한 웃음으로까지 연결될 수 있어서 아이의 정서적인 안정까지도 가져올 수 있다. 따라서 대로의 잃어버린 학습 주도성을 찾고 자기주도적인 학습 습관을 갖게 할 네 가지 솔루션을 제시하였다.

'아이의 학습 주도성 되찾기'
첫 번째 솔루션!

회초리를 버려라

대로의 집에는 유독 회초리가 많다. 늘 "바쁘다, 바빠!"를 외치는 워킹맘인 엄마는 가장 빠른 시간 내에 대로의 태도를 변화시킬 수 있는 것은 회초리만한 것이 없다고 생각한다.

하지만 엄마의 생각과 달리 4학년 이전의 아이에게 회초리를 사용하는 것은 학습에 전혀 도움이 되지 않는다. 오히려 부작용만 낳을 뿐이다. 아이 스스로 인정하지 못하는 체벌은 반성이 아닌 반항심으로 이어질 수 있기 때문이다.

또한 회초리와 같은 것으로 공포 반응과 학습을 연결시키다 보면 감정을 담당하는 뇌의 변연계를 자극하여 공포감이 높아진다. 엄마가 만들어 내는 공포 분위기 속에서 마지못해 공부를 하더라도 그것이 머릿속에 제대로 들어올 리 만무하다. 게다가 이것이 습관화되면 아이가 공부하는 것을 싫어하게 되어 자기주도적 학습 의지가 점점 사라지고, 결국에는 누가 억지로 시켜야만 공부하는 아이가 되고 만다.

회초리의 부작용은 여기에서 그치지 않는다. 많이 맞을수록 아이의 두뇌는 약해져 공부를 잘하지 못하게 된다. 한 조사 결과, 체벌을 받고 자란 아이는 그렇지 않은 또래 아이에 비해 뇌의 용적이 80% 정도에 불과한 것으로 나타났다. 특히 의욕이나 집중력, 주의력을 관장하는 뇌의 전두엽 부분이 19% 더 작아졌다고 한다. 뇌 전두엽의 발달이 지연되거나 멈추게 되면 인지능력은 물론 주의력이 떨어져서 학습능력 역시 떨어지게 되는 것이다.

대로와 같은 저학년 아이들의 자기주도적 학습 의지를 고취시키는 데는 '칭찬'

만한 것이 없다. 아이에게 가급적이면 자주 칭찬을 해 주되, 점수나 결과보다는 열심히 노력한 학습의 과정을 칭찬해 주면 아이는 자신의 노력이 인정받고 있다고 여겨 더욱 열심히 하려는 의지를 보인다. 굳이 훈육을 위한 회초리가 필요하다면, 아이와 엄마 간에 서로 합의하여 선택한 하나의 회초리만을 사용하는 것이 좋다.

첫 번째 솔루션에 대해 충분히 이해한 엄마는 대로가 선택한 회초리 단 한 개만을 남겨 두고 모두 버리기로 결정했다. 대로 역시 회초리가 사라진 만큼 엄마와 더 많은 대화를 나누며 서로 간의 문제를 해결해 나가겠다는 약속을 했다.

**'아이의 학습 주도성 되찾기'
두 번째 솔루션!**

역경지수를 높여라

혼자서 공부를 하다 보면 무수히 높은 벽에 부닥치게 된다. 이때 좌절을 하느냐, 극복을 하느냐에 따라 스스로 공부를 계속할 수 있느냐가 결정된다. 어려운 문제를 만날 때마다 책을 덮어 버린다면 혼자 공부하는 힘은 점점 줄어들 수밖에 없다.

어려운 일을 만났을 때 이겨내는 힘, 그것이 바로 역경지수(Adversity Quotient)다. 역경지수는 미국의 커뮤니케이션 이론가 폴 스톨츠가 발표한 개념으로써, 인간은 역경에 부딪히면 무조건 도망가는 유형, 그 자리에 주저앉아 현상 유지를 하려는 유형, 그 장애물을 기어 올라가 기필코 정복하고야 마는 유형과 같이 크게 세 가지 유형으로 나뉜다고 한다. 물론 후자로 갈수록 역경지수가 높은 사람이다.

역경지수가 낮은 아이들은 대부분 작은 실수나 실패에도 쉽게 좌절하고 우울해하며, 조금이라도 어려운 문제는 일단 피하고 보자는 소극적인 모습을 보인다. 그리고 급기야는 문제로부터 도피하기 위해 게임을 하거나 놀이를 하는 등 학습과 더욱 멀어지는 행동을 한다. 하지만 역경지수가 높은 아이들은 어려운 일이 닥쳐도 쉽게 물러나지 않는다. 오히려 도전의식을 불태우는 등 문제 해결에 대한 강한 의지를 보인다. 게다가 이렇게 도전과 노력을 통해 얻은 성취와 성공 경험은 아이의 자신감과 자존감을 높이는 데도 큰 역할을 한다. 역경지수는 어렸을 때의 경험이 크게 좌우하기 때문에 지금 내 아이의 역경지수를 파악하고 높이는 훈련을 하는 것이 좋다.

내 아이의 역경지수를 파악하기 위한 간단한 방법으로는 아래와 같은 것이 있다.

내 아이 역경지수 간단 체크!

	O	X
체크1　조금만 노력하면 풀 수 있는 쉬운 문제를 좋아한다.	☐	☐

방법: 엄마는 쉬운 수학 문제와 어려운 수학 문제를 들고 아이에게 어떤 것을 풀 것인지 선택하라고 한다. 그리고 그 이유를 물어본다.

체크2　"나는 할 수 없어! 이것은 너무 어려워!" 란 말을 자주 한다.	☐	☐

방법: "수학 문제를 잘 풀 수 있을 것 같니? 못 풀 것 같니?"라고 묻는다.

체크3　쉽게 포기하거나 학습을 하다가 주위가 산만해질 때가 많다.	☐	☐

방법: "15분 동안 다 풀어야 돼." 하고 엄마는 자리를 비운다. 그 후 아이의 자세를 몰래 관찰한다.

체크4　과제를 주면 바로 하지 않고 미루면서, 시간이 부족했다는 변명을 한다.	☐	☐

방법: 15분 뒤 엄마가 다시 들어가서 과제를 다 했는지 물어보고 반응을 본다.

체크5　어려운 일이 있으면 혼자 하지 않고 엄마에게 도와 달라고 한다.	☐	☐

방법: 채점을 하고 틀린 문제가 있거나 덜 푼 것은 "엄마랑 같이 할래? 아니면 혼자서 더 해 볼래?" 하고 묻는다.

*O가 0~2개일 경우, 역경지수는 보통 수준! 이때는 완벽한 역경지수가 될 수 있도록 조금 더 노력하면 된다.
*O가 3~5개일 경우는 역경지수가 낮은 편! 이때는 아이의 역경지수를 향상시키기 위해 많은 노력이 필요하다.

아이의 역경지수를 높이기 위해서 무엇보다 우선되어야 할 것은 부모의 '관용'이다. 아이의 실수나 실패에 대해 부모가 너그러운 마음으로 기다려 주어야만 아이의 실패가 또 다른 경험이자 성공으로 가는 소중한 자산으로 발전할 수 있다.

역경지수를 높이는 구체적인 방법은 첫째, '작은 성공 경험'을 많이 쌓는 것이다. 성공 경험은 자신감을 심어 주고 이것은 큰 역경을 만났을 때 대처할 수 있는 발판이 된다. 따라서 아이가 실패한 문제를 회피하지 않고 그것에 다시 도전해서 성공을 맛볼 수 있도록 기회를 주며, 그것을 통해 '나는 할 수 있다!'는 생각을 많이 가지도록 해 주는 것이 중요하다. 이때 아이의 실력보다 조금 높은, 그러나 조금만 더 노력하면 성공할 수 있는 목표를 설정해 주는 것이 좋다.

둘째, 다른 사람의 성공 경험을 배우는 것도 역경지수를 높이기 위한 아주 좋은 방법이다. 위인전 같은 것을 읽고 '나도 할 수 있다!'라는 생각을 통해 간접경험을 쌓는 것도 역경지수를 높이는 데 큰 도움이 된다.

마지막으로, 마음속으로 도전에 성공할 때를 그려 보거나 어떤 역경을 만났을 때 헤쳐 나가는 방법을 상상해 보는 것만으로도 역경지수를 높일 수 있다. 단순히 눈을 감고 상상하는 것만으로도 시각인지(Visual perception)를 할 때 발현되는 후두엽의 시각중추에서 반응이 일어난다. 따라서 역경을 만났을 때 이겨내는 법을 상상하는 것만으로도 역경을 만났을 때 극복할 수 있는 놀라운 힘이 될 수 있다.

아이의 역경지수를 높이기 위해 또 하나 명심해야 할 것이 있다. 아이에게만 역경을 극복하라고 할 것이 아니라 부모가 먼저 모범을 보여야 한다는 것이다. 부모가 역경이 닥쳤을 때 어떻게 대응하느냐가 그대로 아이에게 학습되기 때문이다.

한편, 두 번째 솔루션을 수행하며 다소 놀라운 결과를 볼 수 있었다. 평소 산만하고 끈기가 부족해서 역경지수가 낮을 것이라 예상되었던 대로의 역경지수가 꽤 높게 나온 것이다. 역경지수를 테스트를 하는 동안 엄마가 곁에서 지시하고 평가하던 평소의 말투를 자제하고 대로에게 관심을 보이며, "미안하다", "잘한다" 등 아이의 정서를 안정시켜 주는 말들을 해 주었기 때문이다. 이처럼 엄마의 노력이 아이의 태도에 큰 변화를 일으킬 수 있다.

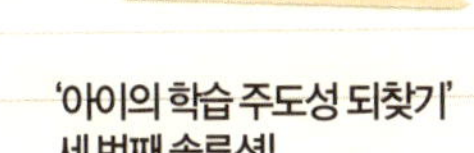

자기주도 학습을 위해서는 무엇보다도 시간을 지배하는 것, 자신의 시간을 관리하는 방법이 중요하다. 그래서인지 새 학기가 시작될 때마다, 방학이 시작할 때마다 엄마와 아이는 머리를 싸매고 계획표부터 짜기 바쁘다. 그런데 계획표라고 해서 모두 효과가 있는 것은 아니다. 예컨대 우리가 일반적으로 동그라미를 그려 피자 조각 나누듯 계획표를 짜는 '동그라미 계획표'는 실천적인 면에서 그다지 효과가 크지 않다. 사람은 매일매일 똑같은 일상을 보내며 살 수 없기 때문이다. 이렇게 하루하루가 똑같은 계획표를 짠다는 것은 계획을 실천하지 않겠다는 것과 같다.

시간을 지배하기 위해서는 일주일 동안의 계획을 미리 세우는 '주간 계획표'를 짜는 것이 효과적이다. 이때 시간 단위로 쪼개어 구체적인 계획을 짜는 것이 좋다. 구체적인 계획은 대충의 계획이나 아무런 계획이 없는 것보다 효율이 4배나 더 높다. 절대로 지킬 수밖에 없는, '마법의 주간 계획표'를 짜는 구체적인 요령은 다음과 같다.

'마법의 주간 계획표' 작성하는 방법

① 요일, 시간 별로 칸을 만든다.

② 학교, 학원 및 일상적으로 정해져 있는 의식주에 관한 필수 사항을 먼저 기록한다.

③ 꼭 해야 하는 일은 엄마와 아이가 분홍색 종이에 적고, 하고 싶은 일은 아이만 노란색 종이에 적고 서로 상의하여 계획표에 붙인다. 이때 종이는 떼었다 붙였다 할 수 있는 것으로 하여 변경이 가능하도록 한다.

④ 잘 지킨 계획에는 웃는 스티커를, 잘 지키지 못한 계획에는 찡그린 스티커를 붙여 주어 아이 스스로 실천에 대한 평가를 하게 한다.

이렇게 주간 계획표를 짜면 수면, 식사, 학습, 노는 시간 등 일주일, 즉 168시간의 쓰임새를 한눈에 파악할 수 있어 자기주도학습의 계획이 가능해진다. 한편 '마법의 주간 계획표'를 만들 때 주의할 점은 지금까지의 계획표와는 달리 아이의 뜻이 많이 담기도록 만들어야 한다는 것이다. 그래야만 아이는 훨씬 더 열정적으로 계획을 지키고자 노력한다.

'아이의 학습 주도성 되찾기'
네 번째 솔루션!

엄마의 학습 지도 방식을 바꿔라

대부분의 아이는 자신이 싫어하는 과목을 공부할 때 집중력이 현저히 떨어진다. 이럴 경우, 엄마들은 윽박을 지르거나 달래거나 혹은 아이가 원하는 보상을 해 줌으로써 아이의 학습을 유도한다. 하지만 이런 일관성 없는 엄마의 교육 태도는 아이로 하여금 학습의 주체가 자기 자신이라는 사실을 잊게 만들 위험이 있다.

스스로 공부하는 아이를 만들기 위해서는 부모의 '스터디 스킬'이 필요하다. 엄마와 함께하는 공부 시간에 엄마가 이러한 스터디 스킬을 발휘하여 아이가 자기주도 학습을 잘할 수 있는 토대를 만들어 두는 것이 매우 중요하다.

스터디 스킬 하나

아이의 마음을 읽는 '맞장구 스킬'

'맞장구 스킬'은 학습 시작 전에 몸 풀기 느낌으로 아이와 공감할 수 있는 학습에 관한 질문을 던지는 것이다. 자기주도 학습이라고 해서 무조건 혼자서 공부하는 것을 의미하지는 않는다. 혼자 해결하기 힘든 어려운 문제를 만났을 때는 부모나 선생님에게 도움을 청하는 것이 효율적이다. 이때 무엇보다 아이의 학습을 지도하는 사람과 아이와의 긍정적인 관계가 중요하다. 학습을 시작할 때 "자! 책 펴! 여기서부터 풀어!"라고 하면 아이의 학습 흥미도는 곤두박질친다. 먼저, "오늘 학교에서 어떤 수업이 가장 재미있었어?", "어떤 과목이 가장 재미가 없었어?", "선생님이 오늘 어떤 이야기를 해 주셨니?" 등을 묻고 "어머! 속상했겠구나!", "와, 대단한데!" 등 아이의 말에 맞장구를 쳐 줘서 아이의 학습에 대한 엄마의 관심을 표현하고 아이의 마음을 읽어 주는 시간을 가져야 한다.

스터디 스킬 둘

아이의 생각하는 힘을 키우는 '되돌이표 질문 스킬'

'되돌이표 질문 스킬'의 방법은 의외로 간단하다. 아이의 질문에 즉각적인 답을 제시해 주지 말고 자기주도적으로 생각을 이끌어 낼 수 있게 되묻기를 하면 된다. 아이가 "이건 왜 이렇게 되는 거지?" 하고 물으면 "응! 그게 궁금했구나! 대로는 그게 왜 그렇게 된다고 생각해?", "그 방법 말고 다른 방법은 뭐가 있을까?" 등 거꾸로 아이의 생각을 유도하는 질문을 하는 것이다. 아이의 질문에 곧장 답을 주다 보면 아이는 생각하는 시간을 갖기가 힘들고, 생각의 폭도 그만큼 줄어든다. 따라서 답을 말해 주기보다는 역질문을 해서 아이가 스스로 생각함으로써 해답을 찾게 해야 한다.

스터디 스킬 셋

집중력과 시간 관리 능력을 길러주는 '타이머 스킬'

'타이머 스킬'은 아이가 학습을 할 때 스스로 시간을 정하게 하는 방법으로, 예를 들어 10문제에 몇 분, 한 장에 몇 분처럼 아이 스스로 시간을 정하여 집중력을 높이고 시간 관리를 할 수 있게 하는 것이다. 학습을 할 땐, 먼저 "이 한 장을 풀려면 시간이 얼마나 걸릴 것 같아?", "10문제가 있는데 얼마 만에 풀 수 있을 것 같아?" 하고 묻고 아이 스스로 시간을 정하게 한다. 그리고 5분이면 5분, 10분이면 10분, 이렇게 짧은 시간으로 정해 알람시계나 타이머를 맞춰 놓은 후 그 시간 안에 문제를 푸는 규칙을 정한다. 이렇게 하면, 그 시간 동안 아이가 놀라운 집중력을 발휘할 뿐 아니라 공부를 게임으로 생각하며 재미를 느끼기까지 한다. 또 이것이 습관화되면 아이는 엄마가 없는 상태에서도 스스로 공부를 하려고 하고 공부 시간을 관리하는 능력까지도 기를 수 있다.

스터디 스킬 넷

성취감을 높이는 '목표 점수 정하기 스킬'

9개 맞춘 것보다 1개 틀린 것에 더 집착하는 것이 엄마들이다. 그렇다 보니 아이는 90점을 받고도 성취감을 느끼기가 힘들다. 이렇게 성취감을 느끼지 못하는 아이는 자기 주도 학습을 할 수가 없다. 학습을 할 때, 먼저 아이에게 "이제 10문제를 풀 텐데 몇 개나 맞출 수 있을 것 같아?" 하는 질문을 한 후, 5개면 5개, 8개면 8개 등 스스로 목표 점수를 정하게 한다. 그리고 목표 점수를 달성했을 경우 주어지는 포상과 목표 점수를 달성하지 못했을 때 받을 벌칙을 사전에 약속한다. 문제를 모두 푼 후, 아이가 목표 점수를 달성하면 칭찬과 함께 즉각적인 보상을 해 준다. 틀린 개수로 혼을 내기보다는 아이 스스로 정한 목표치의 달성 여부로 평가가 이루어지기 때문에 아이는 학습에 대한 성취감을 느낄 수 있다.

밖에서는 완벽한 모범생! 집에서는 공부 NO!

미지와 할머니의 사례

올백! 전교 1등! 밝고 싹싹한 성격! 게다가 얼굴까지 예쁜 미지는 대한민국 모든 엄마가 꿈에 그리는 아이다. 미지는 학교는 물론, 학원에서의 학습 태도도 거의 완벽에 가깝다. 학급 일에 솔선수범하는 모습을 보이기도 하고, 적극적으로 손을 들어 발표를 하기도 하며, 칠판에 나가 어려운 문제도 척척 풀어 낸다. 친구들 사이에서 인기도 많아 미지의 주변에는 늘 친구가 끊이지 않는다.

그런데 이토록 완벽한 모범생 미지가 집에만 들어오면 180도 바뀌어 버린다. 의젓하던 미지의 모습은 온 데 간 데 없이 사라지고 할머니에게 떼를 쓰거나 어리광을 부리기 일쑤다. 더욱 심각한 것은 숙제 외에 공부를 하는 일이 없다는 사실이다. 4학년이 되면서 학습량도 늘고 난이도도 높아졌지만 어쩐 일인지 미지는 집에서는 전

혀 공부를 하지 않는다. 애완동물 토토와 장난을 치거나 이불 위에서 뒹굴거리며 텔레비전을 보는 등 무료한 시간만 보내는 것이다.

"추운!"

"Cold!"

"시원한!"

"Cool!"

집안일을 대충 마무리한 할머니가 미지의 영어 숙제를 봐 주기 위해 미지 옆에 앉으셨다. 하지만 미지는 여전히 발 장난을 치거나 드러눕는 등 학습에 적극적인 모습을 보이지 않는다.

"어제!"

"Yesterday!"

"에이, 틀렸지! 예스터데이는 토요일이지."

부족한 것은 미지의 학습 의지만이 아니다. 공부를 하다 어려운 부분이 나와도 딱히 물어볼 사람이 없다. 그나마 할머니가 미지의 학습을 돌봐주시지만 이 역시 학년이 올라갈수록 많은 어려움이 따른다. 영어에 익숙하지 않은 할머니는 이렇게 종종 미지에게 잘못된 지식을 전하기도 한다. 가정에서 미지의 학습을 올바르게 돌봐줄 사람이 절실한 상황이지만 직장일로 바쁜 아빠는 주말을 제외하곤 얼굴 보는 것도 힘든 실정이다.

고학년이 되면 저학년과는 달리 학교나 학원의 수업만으로는 상위권을 유지하기가 힘들다. 따라서 미지처럼 집에서의 시간들이 전혀 학습에 활용되지 않고, 게다가 교육적 자극도 전혀 없는 아이의 경우 학년이 높아질수록 성적이 하락할 위험이 아주 높다.

노규식 원장

미지가 학교에서의 모습과는 너무 다르게 집에서는 무료하고 어두워 보입니다. 정서적으로 우울한 아이의 뇌는 활발하게 움직이지 않습니다. 따라서 지적인 활동이나 목표지향적인 활동을 하기가 힘듭니다. 미지의 정서를 밝게 하기 위해 아버님의 노력이 더욱 필요해 보입니다.

김영훈 원장

공부 자체도 문제이지만 지금의 미지는 제대로 된 학습 환경을 갖추는 것과 집에서도 학습의 의욕을 나타낼 수 있는 동기부여가 필요합니다.

정철희 교수

미지의 경우처럼 학원을 하나 정도 다니는 아이들은 자기주도 학습이 반드시 필요합니다. 그렇지 않으면 집에서의 시간들이 너무나 의미 없이 사라져 버리게 되고, 결국엔 친구들에게 뒤처져 버리게 됩니다.

'공부 의욕 팍팍 살리는'
첫 번째 솔루션!

마음껏 놀아 줘라

외적 동기를 통해서는 말을 잘 듣는 아이를 만들 수는 있지만 자기주도적인 아이를 만들기는 어렵다. 자기주도적인 의지는 내적 동기가 있어야만 생겨날 수 있고, 이러한 내적 동기를 갖게 하기 위해서는 아이가 자신을 소중하게 느끼고 자신의 능력을 믿는 긍정적인 마음, 즉 자존감이 높아져야 한다.

정서적으로 우울한 아이의 자존감이 높을 가능성은 매우 낮다. 따라서 미지가 가정에서도 활력을 얻을 수 있도록 가족들이 도와주어 학교에서 얻은 인정을 내적인 동기로 이어가게 만들어야 한다. 즉, 외부의 인정이 공부에 대한 즐거움이나 지적 호기심으로 전환될 수 있도록 정서적인 면을 더욱 강화하여 내적 동기를 부여해 줄 필요가 있다.

자기주도 학습에 필요한 공부의 뇌를 열게 하는 것은 바로 '정서'이다. 아이의 정서를 좀 더 밝게 만들면 뇌가 활발하게 움직여 학습에도 도움이 된다. 따라서 미지처럼 집에서의 일상이 무료한 아이들의 경우 가족과 즐거운 시간을 더욱 많이 가질 필요가 있다.

특히 미지의 경우 아빠의 변화가 무엇보다 절실하다. 항상 바쁜 아빠는 집에서도 피곤함이 잔뜩 묻어 있는 표정이고, 미지가 아빠 주위를 오가며 말을 붙이고 스킨십을 해도 별다른 반응을 보이지 않는다. 따라서 아빠가 좀 더 적극적으로 미지와 교감하고, 주말을 이용하여 동네 공원 같은 곳에서 가벼운 산책이나 공놀이를 하는 등 아이와 함께 놀아 주는 것이 아이의 정서는 물론 학습에도 큰 도움이 된다.

밖에서는 표정이 아주 밝고 풍부한 아이인 미지는 집에만 오면 우울하고 어두운 모습을 보인다. 놀이 교육을 통해 살펴본 미지의 심리 상태에서도 이런 우울하고 외로운 마음이 잘 드러났다.

우선 미지가 그린 그림에는 사람이 등장하지 않는다. 사람을 그리도록 권유했더니 선생님 앞에서 손을 들고 발표하는 여자아이를 그렸다. 자기 자신의 모습을 그린 것이다. 미지의 그림에는 창문이 그려져 있었다. 이것은 미지의 대인관계 욕구를 상징한다. 즉, 미지에게는 대인관계 욕구가 있지만 그럴 기회가 적어서인지 실제적인 사람과의 관계는 위축된 상태였다.

모래놀이를 할 때도 미지의 이런 심리는 그대로 나타났다. 따뜻한 오후의 풍경을 만들어 보라는 말에 미지는 작은 집과 사람 인형 하나 그리고 동물 몇 마리를 모래상자에 옮겨 놓았다. 그런데 특이한 점은 개와 토끼 등 동물들은 서로 쌍을 이루고 무리지어 있는 데 반해 사람은 외롭게 홀로 앉아 책을 읽고 있었다. 그런데 미지는 그마저도 사람이 아니고 장난감 로봇이라고 했다. 미지의 상상 속에서조차 가족들, 특히 아버지가 등장하지 못하고 있는 것이다. 이것은 미지의 마음에서 아버지와 심리적 거리가 멀다는 것을 상징적으로 나타내는 것으로 볼 수 있다.

미지의 마음에서 이런 우울함을 걷어 내기 위해서는 가족들, 특히 아빠가 의도적으로라도 말을 많이 하고 많이 웃을 필요가 있다. 드라마를 보면서 같이 이야기를 하든, 식사를 하며 농담을 주고받든 아이가 웃으며 말을 하게 할 수 있다면 무슨 방법이든 좋다.

'공부 의욕 팍팍 살리는'
세 번째 솔루션!

자기 평가의 시간을 가져라

자기주도 학습을 하기 위해서는 자기 평가의 시간을 가질 필요가 있다. 자기주도 학습 노트, 신문 포트폴리오 등 아이가 스스로 공부 목표를 정한 뒤, 공부 목표를 지킨 개수만큼 "참 잘했어요!" 도장을 찍어 주며 스스로를 칭찬하게 하는 것이다. 이때 가족들도 아이를 칭찬해 주면 더욱 효과가 크다. 이것은 공부의 즐거움과 성취감을 느끼게 하는 것은 물론이고 자존감까지 올릴 수 있는 좋은 방법이다.

복습하는 습관을 키워 주는
'자기주도 학습 노트'

초등학교 고학년이 되면 학습량이 눈에 띄게 늘면서 배운 내용을 자기 것으로 만드는 복습의 과정이 반드시 필요하다. 자기주도 학습 노트는 이런 복습하는 습관을 키우기 위한 것이다. 자기주도 학습에서 중요한 것은 바로 습관이기 때문에 같은 장소에서 일정한 시간에 반복적으로 학습을 하여 그것이 습관이 되게끔 하는 것이다.

'자기주도 학습 노트'에는 한 과목당 10분씩, 하루 세 과목을 복습하고 그것을 기록하면 된다. 구체적인 작성 방법은 먼저 날짜를 쓰고 복습을 시작한 시각과 끝난 시각을 쓴다. 그 다음, 복습할 과목과 주제를 적은 후 그날 배운 내용을 서술형으로 일기처럼 작성하면 된다.

이때, 10분 동안 한 과목을 복습하는 이유는 정해진 짧은 시간 안에 집중력을 발휘할 수 있도록 유도하고, 더불어 아이에게 성취감을 심어 주기 위해서이다.

**'공부 의욕 팍팍 살리는'
네 번째 솔루션!**

롤모델을 정해
공부의 동기를 심어 줘라

학교나 학원에서는 누구보다도 열심히 공부하지만 집에서의 학습은 거의 제로인 미지를 위해 롤모델을 정하라는 솔루션을 주었다. 김연아 선수는 어릴 때부터 미셸 콴을 자신의 롤모델로 삼고 그녀처럼 되기 위해 열심히 노력했고, 하버드대와 존스홉킨스대 박사과정을 동시에 합격한 금나나는 노벨상을 두 번이나 받은 퀴리부인을 롤모델로 삼고 끊임없이 노력했다. 이처럼 닮고 싶은 사람, 즉 롤모델이 생기게 되면 아이는 그 사람처럼 되기 위해 더욱 노력하게 된다. 이것은 장기적인 목표의식을 갖게 하는 데도 효과적이다.

아나운서나 기상 캐스터가 되는 것이 꿈인 미지는 자신의 롤모델로 기상 캐스터 이문정 씨를 꼽았다. 미지는 롤모델의 사진을 종이에 붙이고, 그 아래에 자신이 쓰고 싶은 말을 써서 책상 앞에 붙여 두었다. 자신의 롤모델 사진을 늘 가까이에 두고 학습에 대한 자극을 받기 위해서였다.

미지처럼 일찍부터 자신의 꿈을 설정해 두는 것은 학습 동기를 유발하기에 아주 좋다. 물론 꿈은 아이의 진로 발달 단계에서 언제든 바뀔 수 있다. 하지만 현재 꿈을 가지고 있느냐 없느냐 그리고 현재 무슨 꿈을 가지고 있느냐는 아주 중요하다. 이 꿈이 아이의 학습 동기를 유발시키고 도전의 원동력이 되어 줄 수 있기 때문이다.

엄마가 바뀌면
아이의 두뇌가
달라진다!

아이의 두뇌를 계발하기 위한 각종 솔루션을 제시한 이후, 아이들에게 많은 변화가 찾아왔다. 먼저, 엄마의 변화이다. 모든 것을 일일이 지시하던 '간섭형 엄마', 아이의 공부에는 전혀 관심이 없던 '외면형 엄마', 과정은 무시한 채 결과만 중요시하던 '결과 중시형 엄마' 등이 사라지고 아이의 두뇌 유형에 맞는 학습법을 찾고, 나아가 자기주도 학습의 기초를 마련해 주는 '현명한 엄마'의 모습만 남게 되었다. 그 다음은 생활의 변화이다. 도저히 공부방이라고 할 수 없을 만큼 온갖 것이 쌓여 있던 산만한 방이 어느덧 책상과 책장이 갖춰진 정돈된 공부방으로 재탄생했고, 틈만 나면 책을 보며 지내던 일상이 가족과 함께 놀이를 즐기며 창의력을 키우는 생활로 조금씩 바뀐 것이다. 엄마들이 변하면 아이들의 두뇌 역시 자연스럽게 공부를 향해 열리게 마련이다.

사랑한다면 손을 놓아라

사사건건 간섭하던 엄마 때문에 100% 엄마 의존형 아이로 자라던 명석이는 솔루션들을 수행하며 크게 변화된 모습을 보였다. 엄마가 시키지 않아도 책을 읽고 독후 활동을 하는가 하면, 엄마가 꿰차고 있던 학원 스케줄도 이제는 명석이의 머릿속으로 모두 옮겨져 왔다.

명석이는 학원 시간에 맞추어 미리미리 준비하는 모습을 보였고, 심지어는 엘리베이터를 기다리는 시간까지 계산하는 등 지각을 하지 않으려는 노력까지 했다. 엄마의 간섭이 사라진 자리에 자신의 의지와 노력이 들어서게 된 것이다.

스스로 자립하기 위한 이런 명석이의 노력 덕분에 엄마도 개인 시간이 늘어나게 되어 하루가 훨씬 여유로워졌다. 명석이 역시 행복하기는 마찬가지다. 엄마의 지시 없이 스스로의 의지로 공부하고 움직이니 기분도 좋아지고, 자신이 뭔가를 해 냈다는 성취감도 커졌다.

하지만 모든 것이 순탄한 것만은 아니었다. 명석이는 자신이 짠 계획표를 지켜야 한다는 의지와 자신이 원하는 것을 하고 싶다는 욕구 사이에게 갈등을 겪기도 했다. 공부 시간 도중에 친구에게서 같이 놀자는 전화가 걸려온 것이다. 이제 겨우 아홉 살인 명석이에게 "같이 놀자"는 친구의 유혹은 쉽게 뿌리칠 수 없을 만큼 달콤한 것이었다. 부탁도 하고 애교도 부리며 엄마와 실랑이를 해 보지만 엄마의 대답은 단호했다.

"친구가 놀자고 한다고 해서 놀 거면 계획표는 왜 짰어?"

결국 엄마의 반대로 친구와 노는 것이 무산되자 명석이는 실망을 넘어 좌절하는 모습까지 보였다.

"기분 정말 안 좋거든. 나 지금 폭발하려고 그래!"

비록 혼잣말이긴 했지만 자신의 감정을 겉으로 드러내고 나니 명석이의 기분은 한결 나아진 듯했다. 명석이는 잠시 후 안정을 되찾고 다시 공부에 집중했다.

엄마가 명석이의 간식을 사러 잠시 외출한 사이에 아빠로부터 전화가 걸려 왔다.

"공부하는 거 힘들지? 힘들면 오늘은 공부하지 않아도 돼."

같이 놀자는 친구의 전화보다도 더 달콤한 유혹이다. 하지만 명석이는 아빠의 따뜻한 위로에 다시 공부 의지가 살아난 듯 혼자 다시 공부에 집중하는 모습을 보였다. 더군다나 외출에서 돌아온 엄마가 간식을 주려고 하자, 공부가 끝나고 나서 먹겠다며 계획표에 충실한 모습을 보였다. 유혹과 갈등의 과정 속에서 공부 시간을 지켜내는 경험을 통해 명석이는 한층 더 성숙된 모습으로 변화해 가고 있었다.

사고력을 죽이는 단순 암기는 이제 그만!

저학년 때는 곧잘 좋은 성적을 받아오던 아이가 학년이 올라갈수록 성적이 떨어지기 시작한다면 내 아이의 성적이 단순 암기의 결과가 아닌지 의심해 보아야 한다. 아이의 성적이 이해와 사고가 아닌 단순 암기와 반복 훈련의 결과라면 초등학교 고학년만 올라가도 성적은 급격하게 추락한다.

성적이 우수한 명석이를 대상으로 아이의 기초학력 수준을 검사할 수 있는 카이스 배트(KISE-BAAT) 검사를 실시했다. 이는 아이가 정규교육을 어느 정도 따라가고 있는지, 앞으로 잘 따라갈 수 있는지를 체계적으로 알아보는 검사로, 읽기와 쓰기, 수학 세 분야를 검사하여 아이의 기초학력이 또래와 비교하여 어느 정도 위치에 있는지를 알 수 있다.

특히, 국어에서 낱말을 이해하는 능력이 부족한지, 독해 능력이 부족한지, 수학에서 도형 분석 능력이 부족한지, 계산 능력이 부족한지 세부 사항까지 파악할 수 있어서 아이의 학습을 지도할 때 많은 도움을 줄 수 있다. 학력지수 점수는 200점 만점에 평균이 100점이다.

명석이의 기초학력검사 결과, 읽기 점수는 101점, 쓰기 점수는 94점, 수학 점수는 103점으로 또래와 비교했을 때 떨어지는 부분 없이 평균 정도의 점수가 나왔다. 하지만 이것은 명석이가 평소 학교에서 받는 성적과 비교할 때 다소 낮은 점수였다.

왜 이렇게 학교 성적보다 낮은 기초학력검사 점수가 나왔는지는 명석이가 받은 각 항목별 점수에서 그 답을 찾을 수 있다. 항목 점수는 100점이 만점으로 보통 25점에서 75점 사이를 중간 정도로 보는데, 명석이의 경우 읽기 영역 검사에서 문장을 완성하거나 짧은 글을 이해하는 능력이 다른 항목과 비교해 현저히 낮은 것으로 나타났다. 이는 곧 명석이의 학습이 겉으로 봐서는 유창하고 진도가 빠르지만 사실상은 이해하고 활용하는 능력이 떨어진다는 것을 의미한다.

쓰기 영역에서도 이와 비슷한 결과가 나왔다. 어휘 구사력이나 글 구성력이 평균 이하의 점수를 보이는 심각한 상황이었다. 이것은 명석이가 단순암기 단답형 문제에는 강하지만 자신의 생각을 쓰는 장문의 답 풀이는 어려워하고 있다는 것을 의미한다.

수학 영역에서도 연산은 거의 만점 수준이지만 도형, 측정, 확률과 통계 영역에서는 낮은 점수가 나왔다. 이것은 명석이가 사고와 응용이 필요한 영역에서 힘을 발휘하지 못할뿐더러 고학년에 올라가서 더욱 복잡해진 연산 영역까지도 어려워할 위험이 크다는 것을 의미한다.

　명석이의 이러한 검사 결과가 그다지 놀랍지 않은 것은 이것이 공부의 질보다는 양에 더 편중된 대한민국 아이들의 전형적인 모습이기 때문이다. 이렇게 이해나 사고, 응용 등 학습의 질적인 부분은 무시한 채 양에 치중하는 학습을 하는 경우 '연습왕'이나 '계산왕'은 되기 쉽지만, 생각하고 유추하는 분야에서는 전혀 실력을 갖출 수 없다. 게다가 이런 아이들은 초등학교 고학년이 되면서 만나게 되는 추상적인 사고를 요하는 문제에서 점수를 잃기 쉬워 성적은 하락할 수밖에 없다. 따라서 아이의 학습에서 질적인 부분에도 더욱 신경을 써야 한다.

학습놀이로 사고력 UP!

사고력이 약한 아이들은 긴 글을 이해하는 언어 능력이 떨어진다는 특징이 있다. 이것은 짧은 내용의 문제를 이해하고 답을 찾는 단답형 문제에 너무 익숙해져 있기 때문이다. 따라서 아이의 사고력을 향상시키기 위해서는 평소 긴 글을 읽고 요약하는 훈련을 해 둘 필요가 있다.

● '언어능력 업그레이드' 첫 번째!
– 학습 놀이 핵심 단어를 기억하라

　글을 읽고 내용을 모두 기억하기란 어려운 일이다. 긴 글을 읽고 잘 기억하기 위해서는 '핵심 단어' 위주로 언어의 체계를 만들어 가는 방법이 효과적이다. 글을 읽으면서 핵심 단어만 잘 기억하면 관련 내용이 머릿속에 쭉 떠오르게 된다. 글을 읽으며 핵심 단어를 잘 기억하는 학습 놀이로는 '나는 어떤 단어일까요?'라는 것이 있다.

'나는 어떤 단어일까요?' 학습 놀이 방법

① 교과서나 문제집, 일반 책을 준비하여 페이지를 정해 아이와 엄마가 함께 읽는다.

② 읽은 부분에 나오는 단어를 몇 개 선택하여 첫소리, 즉 '초성'만 써서 5~10개 정도의 문제를 만든다. 예를 들어 병아리란 단어가 있다면 'ㅂ', 'ㅇ', 'ㄹ'이라고 쓰면 된다. 단, 엄마는 내용에서 핵심 단어 위주로 단어를 선택하여 아이가 책을 읽을 때 자연스럽게 핵심 단어에 신경 쓰도록 유도한다.

③ 엄마와 아이가 서로 문제를 바꾸어 초성만 보고 읽었던 단어들을 생각해서 답을 쓴다.

④ 책을 보며 서로 정답을 확인하도록 한다.

● **'언어능력 업그레이드' 두 번째!**

– 새로운 문장을 만들어라

　단어 하나하나의 뜻은 잘 알고 있지만 그것을 활용하여 문장을 구성하는 능력이 떨어진다면 대학입시의 중요한 부분인 논술에서 좋은 점수를 받기란 힘든 일이다. 배운 단어를 활용하는 것만큼 어휘력 향상에 도움이 되는 것은 없다. 그래서 알고 있는 단어로 새로운 문장을 만드는 학습 놀이를 하면 아이의 단어 활용 능력을 높일 수 있다.

'새로운 문장 만들기' 학습 놀이 방법

① 교과서나 문제집, 일반 책을 준비하여 읽을 페이지를 정해 아이와 엄마가 함께 읽는다.

② 그 안에서 문장으로 만들기를 원하는 단어를 각각 몇 개씩 선택하여 서로 바꾸고 새로운 문장을 만든다.

③ 뜻을 모르는 단어는 사전을 이용해 단어의 뜻을 먼저 알아보고 문장을 만든다.

국어사전을 통해서 단어의 뜻을 잊지 않도록 익히려면 평균 다섯 번 정도 같은 단어를 찾아야 한다. 그러나 대부분의 아이는 단어의 뜻을 알고 익히기 위해 그렇게까지 정성을 기울이지 않는다. 아이가 배운 단어를 잘 활용할 수 있게 하기 위해서는 실생활에서 많이 사용할 수 있도록 문장을 만들어 보고, 대화를 나눌 때 자주 사용하는 등 엄마의 의도적인 행동이 필요하다.

공부를 잡으면 재능도 잡을 수 있다!

공부보다 연기하는 것을 더 좋아하는 빛나는 연기에 관련된 학원만 다니고 있어서 집에서의 학습이 더욱 필요한 상황이다. 하지만 엄마 역시 아이의 연예계 진출에만 관심이 쏠려 있어 아이의 학습에는 거의 무관심한 외면형, 회피형 엄마의 모습을 보였다. 이런 빛나의 학습을 위해 아이의 공부방 환경을 개선하고, 아이의 학습을 곁에서 도우는 등 여러 가지 솔루션을 엄마에게 주었다. 그 후 빛나의 집에도 많은 변화가 일어났다.

엄마는 빛나가 공부할 때는 가급적 곁에 있어 주려 노력했다. 빛나는 이런 엄마의 변화에 어색해 했지만 시간이 흐르자 어느 정도 적응하는 모습을 보였다. 하지만 부작용도 있었다. 틀린 문제를 즉석에서 지적하는 엄마의 조급함 때문에 빛나는 차라리 자기 혼자 공부하는 편이 더 낫겠다는 생각을 하기도 했다. 엄마도 힘들기는 마찬가지였다. 아이에게 도움을 줄 일이 거의 없는데도 계속 곁에 앉아 있어야 하니 마치 벌을 서는 기분이 든 것이다.

그런데 엄마가 아이의 공부에 관심을 가진다는 것은 꼭 학습에 관한 도움을 주는 것만 의미하지는 않는다. 아이의 곁에서 정서를 함께 나누는 것도 아이의 두뇌 계발과 학습 의욕을 높이는 데 엄청난 영향을 준다. 이 부분을 간과하다 보니 엄마와 빛나에게 부작용들이 나타난 것이다.

다행히 빛나의 두뇌 계발 맞춤 솔루션이 진행되면서 이런 부작용들보다는 긍정적인 면이 더욱 많이 생겨났다. 공부방 벽지를 집중력을 높여 주는 초록색으로 바꾸고, 빛나의 학습 진행 상황을 스스로 파악하고 개선할 수 있도록 '학습 코칭 일지'도 작성했다. 그리고 빛나의 학습도 엄마와 아빠, 오빠가 과목별로 나누어 도움을 주는 등 집안 분위기가 빛나가 학습하기 좋은 방향으로 개선되었다. 무엇보다 놀라운 것은 엄마의 태도였다. 오로지 빛나의 연기 활동에만 관심을 두던 엄마가 '연기를 잘하기 위해서는 공부도 잘해야 한다'는 생각을 가지게 된 것이다. 학습에 대한 자기주도적 습관을 형성시켜 두면 그것이 연기에까지 긍정적 영향을 미친다는 전문가 선생님의 조언이 큰 역할을 한 듯했다.

엄마는 빛나에게 내친김에 당분간 연기학원을 그만두고 공부학원만 다니자고 했지만 빛나는 연기와 공부 둘 다 하고 싶어 했다. 공부가 아무리 중요해도 자신의 꿈을 이루기 위한 노력을 중단하기는 싫은 것이다.

김영훈 원장

연기에 대한 아이의 잠재력을 무시한 채 오로지 공부만을 외치는 것은 아이의 의욕을 꺾는 일입니다. 아이 두뇌의 약점은 학습을 통해 보완해 주어야 하지만 기존에 가지고 있던 빛나의 장점들, 즉 연기하고 표현하고 하는 것들은 계속 북돋워 줄 필요가 있습니다.

내 아이의 마음을 읽는 눈

연기냐, 공부냐에 있어 서로의 의견이 달랐던 빛나와 엄마는 전문가의 도움으로 다시 합의점을 찾았다. 빛나가 연기를 좋아하는 만큼 연기학원은 그대로 다니기로 하고, 대신 집에서의 학습에 더욱 신경을 쓰자는 결정을 내린 것이다.

그런데 가정에서의 학습에서 엄마와 빛나가 넘어야 할 산은 여전히 높기만 하다. 공부하는 빛나의 옆자리만 지켰을 뿐 자신의 역할을 제대로 하지 못한 엄마, 자신의 감정을 모르는 엄마 때문에 공부하는 내내 지루함을 느꼈던 빛나를 돕기 위한 특별한 솔루션이 필요했다.

아이의 두뇌 계발과 자기주도적 학습 습관을 기르기 위해서는 무엇보다도 아이의 감정에 대한 이해가 우선되어야 했다. 따라서 엄마가 좀 더 빛나의 마음을 이해하여 정서적으로 다가설 수 있고, 학습 또한 효율적으로 할 수 있는 새로운 솔루션을 제시하였다.

● '내 아이의 마음을 읽어라' 첫 번째 솔루션!

– 엄마의 지도 방식을 바꿔라

엄마와 아이가 역할을 바꾸어 공부를 가르치는 장면을 연출해 봄으로써 서로의 마음을 좀 더 가깝게 느껴 보기 위한 역할극이 진행되었다.

역할극이 시작되자 빛나는 "제대로 앉아!", "허리 펴고!", "연필 제대로 잡아!" 하며 엄마의 공부하는 자세를 지적했다. 공부보다는 자세에 더욱 집착하는 엄마의 평소 모습을 빛나가 그대로 흉내낸 것이다.

"자, 이제 이거 설명 해 봐."

"이거 내가 다 아는 거야. 설명 안 할래."

엄마는 평소 빛나에게 문제에 대해 설명해 보라는 말을 자주 한다. 그것이 빛나에게 스트레스로 작용했는지 역할극을 하는 동안 엄마에게 "이거 설명해 봐." 하는 말을 자주했다. 이런 역할극을 통해 엄마는 늘 지시하고 강요만 하던 자신의 지도 방식에 문제가 있었음을 깨닫고, 지도 방식을 바꿀 필요성을 절감했다. 따라서 다음과 같은 세 가지 코칭 전략을 제시하고자 한다.

학습 코칭 전략 하나!

공부할 분량과 목표를 아이 스스로 분명히 이해하고 있다는 것을 인지시켜 자신감을 심어 준다. 즉, 공부할 단원의 목표를 아이에게 먼저 설명하고, 아이가 그것을 충분히 이해했으면 칭찬해 준다.

학습 코칭 전략 둘!

아이의 장점을 이용한 학습 방법으로 '나 홀로 공부'도 지루하지 않게 동기를 심어 준다. 빛나처럼 연기를 잘하고 좋아하는 아이는 앞에 인형을 놓아 두고 자신이 선생님이 되어 공부를 가르치도록 하는 것도 좋은 방법이다. 아이가 즐겁게 공부를 할 수 있을 뿐만 아니라 인형에게 잘 설명하기 위해 문제에 대해 좀 더 정확하게 이해하려는 노력과 학습에 대한 책임감까지 유도할수 있다.

학습 코칭 전략 셋

우뇌우세형 아이들은 일정 시간을 정해 놓고 한 발자국 뒤에서 지켜봐 주는 것이 집중력을 높이는 데 효과적이다. 이때 감탄사 등 엄마가 지켜본다는 신호를 보내는 것이 좋다. 이는 공부하는 아이에게 정서적인 안정감을 주는 효과가 있다.

● '내 아이의 마음을 읽어라' 두 번째 솔루션!

– 놀이학습을 통해 아이의 마음을 읽어라

친화력이 떨어지는 우뇌우세형 아이인 빛나의 경우, 자신의 정서와 감정을 파악하고 학교나 또래집단 등 사회적 상황에도 이 감정을 적절하게 표현할 수 있도록 부모가 도와주어야 한다. 이러한 정서 지능은 사회성하고도 연관이 깊기 때문에 정서 지능을 키워 두면 친화력이 높아지는 것은 물론이고, 빛나의 장래희망인 연기자가 되는 데도 큰 도움이 된다.

자신의 감정을 파악하고 표현하는 힘을 키우기 위한 놀이학습으로는 단어를 몸으로 표현하고 답을 맞히는 '감정 표현 스피드 퀴즈'가 있다.

〈감정 표현 스피드 퀴즈〉놀이 방법

1. 감정을 표현하는 단어를 종이에 적는다.

   (기쁘다 / 슬프다 / 놀랍다 / 우울하다 / 행복하다 / 고독하다 / 부끄럽다 / 뿌듯하다 / 불쌍하다 / 외롭다 / 화난다 / 흥분된다 / 무섭다 / 감사하다 / 짜릿하다 / 상쾌하다 / 섭섭하다)

2. 감정표현이 적힌 종이를 엄마(아빠)가 들어 아이만 볼 수 있도록 한다.

3. 제한 시간 1분 동안 아이가 단어를 표정이나 행동으로 표현하면 맞은편에 앉은 아빠(엄마)가 무슨 단어인지 맞추면 된다.

산만한 아이는 가라! 집중력 UP!

맞벌이 가정의 대표적인 아이인 대로의 자기주도 학습을 위한 특별 솔루션을 제시한 이후 대로는 훨씬 밝아진 모습을 보였다. 엄마와 자신이 함께 계획표를 세운 덕분에 공부를 해야 할 분량이나 시간이 훨씬 줄어들었고, 계획표 실행에 대한 평가 또한 회초리가 아닌 스티커를 붙이는 것으로 대신하게 되었다.

하지만 엄마는 걸핏하면 계획표를 어기기 일쑤인 대로 때문에 솔루션 수행 이전보다 마음이 더 힘들어졌다. 체벌을 자제하기로 약속했으니 회초리를 들 수도 없고, 그렇다고 아이가 계획표를 어기며 노는 것을 그냥 내버려 둘 수도 없는 노릇이었다.

이처럼 제 스스로 만든 계획표임에도 불구하고 그것이 무용지물이 되어버린 가장 큰 원인은 쉽게 집중하지 못하는 대로의 산만한 성격에서 찾을 수 있었다. 물론 엄마가 출근 전에 한 번 더 그날의 시간표를 아이에게 확인시켜 주고, 학습에 필요한 준비물을 미리 챙겨 주는 과정을 소홀히 한 잘못도 있다. 하지만 아홉 살인 대로는 의지만 있다면 시간표를 확인하거나 학습 준비물을 챙기는 일 정도는 스스로 충분히 할 수 있다. 그럼에도 불구하고 시간표를 잘못 기억하거나 준비물이 없다는 등의 이유로 공부 시간에 밖에 나가서 놀거나 TV를 보았다. 심지어는 공부를 하는 순간조차도 누워서 뒹굴거리거나 손에 장난감을 쥐고 있는 등 제대로 집중하지 못하는 모습을 보였다.

집중력은 성적에도 아주 큰 영향을 미치지만 일상생활을 할 때도 없어서는 안 될 중요한 능력이다. 따라서 '우리 아이 얼마나 산만할까?'라는 체크리스트를 통해 대로의 집중력을 좀 더 정확하게 체크한 후, 집중력을 높일 수 있는 특별 솔루션을 제시하였다.

우리 아이 얼마나 산만할까?

1. 가만히 앉아 있지 못하고 손발을 계속 움직이거나 몸을 꿈틀거린다. ☐
2. 차분히 자리에 앉아 있기가 어렵다. ☐
3. 상황에 맞지 않게 과도하게 뛰어다니거나 기어오른다. ☐
4. 조용히 노는 것이 어렵고 신체적으로 위험한 활동을 한다. ☐
5. 질문이 끝나기도 전에 불쑥 그 질문에 대답한다. ☐
6. 단체로 움직이는 경우에 차례를 기다리기가 어렵다. ☐
7. 말을 필요 이상으로 너무 많이 한다. ☐
8. 다른 사람을 자주 방해하고 참견한다. ☐

위 8개의 항목 중 6개 이상이 내 아이에게 해당하면 산만하고 주의력이 부족한 아이로 볼 수 있다.

대로는 6개의 항목에 체크가 되어 산만하고 주의력이 부족하다는 결과가 나왔다.

● '집중력 UP!' 첫 번째 솔루션!

– 다르게 읽는 부분을 찾아라

상대의 말을 끝까지 듣지 않고, 책을 읽을 때도 대충대충 읽어 버리는 집중력이 낮은 아이들은 시각과 청각 두 가지 감각을 동시에 사용하여 학습하면 집중력과 기억력을 높이고 집중 시간 또한 두 배로 늘릴 수 있다.

다르게 읽는 부분을 찾아라

1. 교과서, 일반 책(만화책 포함), 교과서나 일반 책복사본, 필기도구를 준비한다.
2. 엄마는 복사본을 보고 아이는 원본을 본다.

3. 2~3페이지 분량의 글을 읽으며 아이에게 엄마가 다르게 읽는 부분에 표시하도록 한다.

4. 정해진 분량을 모두 읽고 난 후에 아이가 다른 부분을 올바르게 표시했는지 엄마와 함께 확인해 본다.

5. 엄마가 다르게 읽은 부분에 표시를 하지 못한 것이 있으면 엄마가 어떻게 읽었는지를 확인시켜 준다.

6. 다른 내용으로 2~3회 반복한다.

실제로 '다르게 읽는 부분을 찾아라' 놀이학습에서 대로는 12개 중 10개를 찾아 내는 높은 집중력을 보였다. 이 놀이학습은 필요 없는 자극들에 주의를 분산시키지 않고 주어진 글에 끝까지 주의를 집중해야 하기 때문에 아이의 집중 시간을 늘려 주는 효과가 크다. 또한 필요한 자극들에 적절하게 반응하는 능력을 기르는 데도 효과를 얻을 수 있다.

● '집중력 UP!' 두 번째 솔루션!
－거꾸로 청기 백기 게임

'거꾸로 청기 백기 게임'은 주의집중력 중에서도 행동 억제 능력이 부족한 대로에게 아주 적합한 놀이학습이다. 귀에 들리는 깃발 색깔과 반대의 색, 즉 "청기!"라고 하면 백기를, "백기!"라고 하면 청기를 들면 된다. 놀이의 규칙이 간단한 만큼 만만하게 보기 쉬운데, 생각만큼 쉽지 않은 놀이다. 지시를 듣고 그것에 반대되는 색을 올리는 행동을 정확하게 하기 위해서는 순간 집중력과 판단력이 필요하다. 이는 순간적으로 잘못 상황을 판단하면 게임에서 지기 때문에 지시 사항에 끝까지 집중하려고 노력하게 된다. 게임을 하는 동안 우리 뇌의 주위 체계가 관여를 하게 되므로 이 훈련을 통해 행동 억제를 관장하는 부분이 활성화되어 훈련 효과를 얻을 수 있다.

　이 게임에 익숙해지면 우리가 흔히 알고 있는 '청기 백기 게임', 즉 지정한 색의 깃발을 올리고 내리는 게임을 응용해 좀 더 복잡하게 행동을 지시하고 제어하는 명령을 내림으로써 집중력과 행동 억제 능력을 키우는 훈련을 하면 된다.

● '집중력 UP!' 세 번째 솔루션!

－ 소리 내어 책 읽기

　'소리 내어 책 읽기'는 초기 독서력 향상은 물론 아이가 책의 세계에 쉽고 빠르게 몰입할 수 있게 도와주며, 집중력을 길러 주는 아주 좋은 방법이다. 큰소리로 책을 읽으면 매우 빠르게 책의 세계로 빨려 들어가기 때문에 두뇌는 잡다한 생각을 떨치고 집중할 수 있게 된다.

또 아나운서 흉내를 내듯 자연스럽게 소리 내서 읽기 연습을 하다 보면 단기기억이 장기기억으로 갈 확률이 높아져 기억력에도 상당한 도움을 준다. 특히 일어선 자세로 소리 내어 읽는 것은 집중력과 기억력을 더욱 높일 수 있는 좋은 방법이다. 한편, 아이가 소리 내어 읽은 것을 녹음해서 다시 들려주는 것도 집중력을 발휘하는 데 효과적이다.

작은 변화로 내 아이의 열정을 UP!

밖에서는 완벽한 모범생인데도 집에서는 학습이 전혀 이루어지지 않던 미지. 이런 미지의 학습 의욕을 자극하고 정서적 안정감을 갖게 해 주기 위한 솔루션을 제시한 이후, 미지의 모습은 한층 밝아졌다. 하지만 여전히 미지는 자신이 필요로 하는 부분이나 바람 같은 것을 겉으로 드러내는 것에는 주저하는 모습을 보였다.

"저는 이대로도 괜찮아요."

심지어 미지는 자신의 공부방이나 책상을 가지고 싶은 마음조차도 억누르고 있었다. 아빠와 할머니, 오빠 그리고 미지가 모두 각자의 방을 가질 수 있는 형편이 아님을 알기에 미지는 공부방을 갖고 싶다고 생각하는 것이 지나친 욕심이라 여기는 듯했다.

그런데 이런 미지에게도 공부방이 생겼다. 방이 두 개인 까닭에 하나는 아빠와 오빠가 함께 사용하는 '신사들의 방'으로, 다른 하나는 할머니와 미지가 함께 사용하는 '숙녀들의 방'으로 꾸미며, '숙녀들의 방'에 미지만의 책상을 들여 놓고 미지 나이에 맞는 다양한 종류의 책을 갖춰 둔 것이다. "저는 이대로도 괜찮아요." 하고 말하던 애어른 같던 모습은 온 데 간 데 없이 사라지고 미지는 환하게 웃으며 마냥 좋아했다. 게다가 공부방이 생긴 이후 미지는 한 번도 바닥에 엎드려 공부를 하지 않았다. 자신의 새 책상에 앉아 공부를 하고 책을 읽으며 미지는 행복해하는 모습을 보였다.

이처럼 공부방은 아이의 학습 의욕과 밀접한 관계가 있다. 특히 공부하기 싫어하는 아이들의 경우, 공부방을 갖게 해 주거나 공부방의 배열을 바꾸어 주는 것만으로도 학습 의욕을 높이는 데 효과가 크다. 배열을 바꿀 때는 출입문의 대각선 위치에 책상을 두는 것이 좋다. 문이 책상 바로 옆에 있게 되면 자꾸 문을 바라보면서 산만해지기 쉽고, 출입문이 책상의 뒤쪽에 있어 전혀 보이지 않으면 뒤가 자꾸 궁금해지기 때문이다.

공부방에서 또 하나 중요한 것이 조명이다. 조명은 빛에 의한 시각적인 것에 영향을 주지만 시각 말고도 다른 뇌 발달이나 뇌 기능에 영향을 준다는 연구 결과도 있다. 조명만 바꿔도 아이들의 안질환이 65% 정도나 없어지고, 피로감이나 정서적인 면도 30~40% 정도 개선된다고 한다.

게다가 공부하는 과목에 따라 조명의 색온도를 달리해 주면 학습 효과를 더욱 높일 수 있다. 예컨대 미술이나 음악과 같은 예술 과목은 감성적 능력에 도움을 주는 색온도가 낮은 조명이 효과적이고, 수학과 과학 같은 과목은 이성적인 판단력을 올려 주는 높은 색온도의 조명에서 공부하는 것이 효과적이다.

한편, 미지의 학습 의욕을 높이기 위한 또 한 번의 깜짝 이벤트가 벌어졌다. 평소 미지의 롤모델이었던 이문정 기상 캐스터가 미지의 집에 방문한 것이다. 미지는 이문정 기상 캐스터를 직접 만나게 된 것이 꿈만 같은지, 입가에 웃음이 사라지지 않왔다. 자신의 롤모델과 함께하며 평소 궁금한 점들을 묻고, 직업에 대한 구체적인 정보도 수집하고, 직접 그 직업을 체험해 보는 소중한 시간을 가지면서 미지는 자신의 꿈에 대해 더욱 강한 확신을 키워 갔다.

공부방과 책상이 생기고 롤모델과의 만남을 통해 미지는 공부에 대한 열정을 새록새록 키웠다. 그런데 미지가 가정에서의 학습을 더욱 잘할 수 있기 위해서는 한 가지 더 필요한 것이 있었다. 바로 가정에서도 학습을 도와줄 학습 멘토였다.

집에서의 학습에서 도움을 받을 곳이 마땅치 않았던 탓에 그동안 미지는 혼자 공부를 하다 모르는 부분이 나오면 이내 포기하고 말았다. 하지만 미지처럼 가정 형편이 어렵고, 가정에서 학습 멘토가 없을 경우 가까운 지역아동센터에서 운영하는 공부방에 가면 많은 도움을 받을 수 있으니 참고하기 바란다. 인터넷 검색이나 해당 구청에 문의를 하면 자신의 집에서 가까운 공부방을 쉽게 찾을 수 있다. 단, 희망자가 많을 경우에는 소득이 낮은 정도에 따라 우선순위가 정해진다.

집에서 무료한 시간을 보내던 지금까지의 모습과는 달리 미지는 앞으로 지역아동센터에서 운영하는 공부방에 들러 훌륭한 학습 멘토들로부터 도움을 받기로 했다. 학교와 학원에서 보여 주었던 완벽한 수업 태도와 열정을 이제 가정에서도 이어 갈 수 있게 된 것이다.

창의력까지 키우니 확실한 영재가 탄생!

상위 0.05%에 해당하는 높은 지능지수에도 불구하고 창의력이 위험 수준으로 밝혀진 고야에게 '책을 놓고 무조건 놀아라!'라는 특별 솔루션을 내린 이후 고야의 가족들에게도 작은 변화가 찾아왔다. 책을 읽는 것이 노는 것이라고 말할 만큼 책 읽기를 즐겼던 고야가 책을 읽는 시간을 줄이고 가족과 함께 노는 시간을 갖기 위해 노력하는 모습을 보인 것이다. 엄마와 아빠는 아이들과 함께 주말을 활용하여 야외에서 자전거를 타거나 인라인을 즐기는 등 고야의 창의력에 물꼬를 트는 솔루션들을 순탄하게 진행해 나갔다.

한편, 고야가 영재의 가능성을 확인받은 이후, 이것이 단순히 '가능성'으로만 남을 것인지, 아니면 확실한 영재로 판정될 것인지가 마지막 관문으로 남았다. 이를 확인하기 위해 고야는 영재 교육원을 찾아 '영재 판별 테스트'를 받기로 했다. 만약 고야에게 영재 판정이 내려진다면 하루 빨리 영재 학습에 대한 방향 제시가 필요했기 때문이다.

'영재 판별 테스트'에는 교육을 통한 후천적인 지능을 알아보는 웩슬러 검사와 100% 타고난 유전적 지능을 평가하는 레이븐 검사가 실시된다. 영재로 판정되고, 영재 교육원에 입학할 수 있기 위해서는 웩슬러 검사 결과 130 이상의 지능지수, 레이븐 검사 결과 상위 10% 안에 드는 지능지수가 나와야 한다.

두 시간에 걸친 테스트 결과, 고야는 웩슬러 검사에서 상위 0.4% 안에 해당하는 두뇌임이 밝혀졌다. 특히 언어성 검사에서 151이라는 높은 지능지수가 나왔다. 이것은 영재들 중에서도 상위에 해당하는 높은 지능지수였다. 레이븐 검사 역시 상위 2% 안에 드는 높은 지능지수가 나와 고야는 '타고난 잠재성을 많이 가진 아이, 타고난 능력이 아주 뚜렷하게 보이는 아이', 즉 영재임이 분명했다.

우리나라, 나아가 인류의 미래를 이끌어 갈 영재임이 밝혀진 이상 고야는 잠재력을 밖으로 표출할 수 있는 적절한 환경과 체계적인 영재 교육을 통해 자신의 영재성을 활짝 꽃 피우는 일만 남았다.

정철희 교수님이 전하는
'내 아이 학습 동기 200% 올리는 법!'

자기주도 학습을 잘하는 아이들의 공통점은 어려움을 인내하면서까지 공부하고 싶은 분명한 이유, 즉 '학습 동기'가 있다는 것이다.

어떤 아이들은 이런 동기가 주변으로부터 인정을 받거나 물질적 보상 등과 같은 외적 원천에서 오기도 하고, 또 다른 아이들에게는 일을 잘 했을 때 느끼는 자기만족과 같은 내적 원천에서 온다. 하지만 동기는 내적인 것이 더 지속력이 있다. 외적 원천으로 인해 동기화된 아이들은 대부분 외적 보상의 원천이 줄어들거나 사라지면 동기를 잃어버리기 쉽지만, 내적으로 동기화된 아이들은 외적 보상이 높아지고 낮아지는 것과는 무관하게 자신의 동기를 유지할 수 있기 때문이다.

학습에 대한 내적 동기가 없는 학습은 아무리 많은 시간과 노력을 들였다 하더라도 충분한 효과를 얻지 못한다. 따라서 아이가 스스로 세운 계획을 지키거나 목표를 달성했다면 자신을 충분히 칭찬하도록 해 자아존중감과 자신감을 높일 수 있도록 해야 한다.

반대로 계획을 지키지 못했거나 다른 유혹에 빠지는 등 바람직하지 않은 행동을 했을 때에는 아이가 스스로 자신을 꾸짖게 해 다시는 그런 행동을 하지 않도록 통제하는 것이 필요하다.

아이의 힘만으로 버겁게 느껴진다면 부모가 격려와 조언을 줄 수 있고 동기유발의 다양한 방법을 소개해 주는 것도 좋은 방법이다.

아이의 학습 동기를 키워 주는 구체적인 방법으로는 다음과 같은 것들이 있다.

● 스스로 자신의 미래를 그려보게 하라

학습에 대한 흥미를 느끼도록 하기 위해서는 스스로 자신의 미래를 그려 보는 일이 우선이다. 미래에 대한 꿈을 키우다 보면 구체적인 목표가 생기고, 목표를 위해 어떻게 준비를 해야겠다는 생각이 들게 된다. 이것은 자연스럽게 학습 동기를 심어 주는 효과가 있다.

● 아이의 수준을 잘 파악하라

아이가 가장 좋아하거나 싫어하는 과목은 무엇인지, 그 이유는 무엇인지, 노력해도 성적이 잘 오르지 않는 과목은 무엇인지 등을 살펴보고 대화를 통해 해결책을 찾는 일이 바람직하다. 필요한 정보를 부모가 제공하거나 함께 찾는 노력은 아이에게 좋은 자극이 된다.

● 아이가 성취감을 맛보게 하라

아이가 성취감을 맛보게 하려면 적절한 학습 목표와 분량이 어느 정도인지 파악을 한 뒤 조금씩 늘려 나가도록 지도해야 한다. 그럴 때 아이들의 자신감과 도전정신도 함께 자라게 된다. 또한 공부와 무관한 작은 일에도 칭찬을 아끼지 않는 부모들의 인내심과 여유가 필요하다.

PART 5

이것만은 피하자
체크! 체크!

체크 1. 음식_ 영재 두뇌 식품 VS 둔재 두뇌 식품

체크 2. 환경_ 내 아이의 주위부터 살펴라

체크 3. 건강_ 몸도 마음도 건강한 영재되기!

부모를 위한 TIP
늦잠 자는 아이가 성적도 쑥쑥!'

　　오랜 시간 공들여 쌓은 탑도 어디선가 날아온 작은 돌멩이 하나에 허무하게 무너질 수 있다. 내 아이의 두뇌도 마찬가지다. 좌뇌·우뇌 교육법, 자기주도 학습법, 창의력 강화법, 집중력 강화법 등 다양한 정보와 솔루션을 통해 내 아이의 두뇌를 깨우려 노력하는 동안 우리가 미처 깨닫지 못한 생활 속 숨은 방해 요소들이 한순간에 공든 탑을 무너뜨릴 수 있다.

　　내 아이의 영재 두뇌를 파괴하는 대표적인 방해물이 '음식'인 것만 보아도 방해 요소들이 얼마나 가까이에서 내 아이를 위협하고 있는지 잘 알 수 있다. 물론 아이가 섭취하는 모든 음식이 아이의 두뇌를 망치는 것은 아니다. 하지만 우리가 무심코 건네는 음식들 중에 내 아이의 두뇌를 망치고, 엄마의 수고를 물거품으로 만들어 버리는 것이 있음은 분명하다. 따라서 이것저것 두뇌를 좋게 한다는 음식을 찾아 먹이기 이전에 내 아이를 둔재 두뇌로 만드는 것부터 멀리하게 하는 지혜가 필요하다.

　　내 아이의 영재 두뇌를 파괴하는 두 번째 방해물은 '환경'이다. 내 아이 두뇌를 영재 두뇌로 만들고, 공부의 달인으로 키우고 싶은 것이 모든 부모의 마음일 테지만 이런 부모들의 뜻과 달리 아이들은 "공부를 하고 싶은데 집중이 안 된다!"거나 아예 "공부가 하기 싫다!"는 말을 하곤 한다. 이런 경우 아이가 공부하는 곳의 환경을 꼼꼼하게 살펴볼 필요가 있다. 무엇이 내 아이의 공부를 방해하고 있는지 파악해야 한다. 환경적인 악 요소를 파악하여 차단해 주는 것 역시 부모들이 챙겨야 할 몫이다.

내 아이의 영재 두뇌를 파괴하는 세 번째 방해물은 '건강'이다. 제아무리 영재의 두뇌를 가졌다고 해도 건강이 좋지 않다면 제대로 된 학습능력을 발휘하기 힘들다. 게다가 "꼴지라도 좋다. 튼튼하게만 자라다오!"라는 부모들의 바람처럼 내 아이의 건강은 학습능력과는 무관하게 가장 우선적으로 신경 써야 할 부분이기도 하다.

> **체크 1** **음식**
>
> # 영재 두뇌 식품 VS
> # 둔재 두뇌 식품

우리 두뇌의 다양한 활동, 즉 해마를 활동시키고 뉴런을 움직이고, 신경자극을 전달하는 등에 필요한 에너지원은 포도당이다. 포도당은 일반적으로 음식의 섭취를 통해 만들어진다. 이처럼 음식과 뇌는 떼려야 뗄 수 없는 관계이기 때문에 무엇을 얼마나 먹느냐는 물론 무엇을 먹지 말아야 하는지도 두뇌 계발에서 아주 중요한 요소다. 음식을 통해 나쁜 성분들을 섭취하게 된다면 당연히 두뇌에도 그 영향이 가기 때문이다.

음식이 두뇌와 학습에 얼마나 밀접한 관계가 있는지는 요즘 아이들에게 많이 나타나는 ADHD, 즉 주의력 결핍·과잉 행동 장애의 주요 원인이 음식에 있다는 연구 결과만 보아도 잘 알 수 있다. 이 연구를 통해 ADHD 증세를 보이는 어린이에게 인공향료나 인공색소가 없는 음식을 먹였더니 과잉 행동 증상이 50%나 개선되었다는 놀라운 결과가 나타났다.

브레인 푸드로 아이의 뇌력 200% UP!

음식만 잘 섭취해도 내 아이의 두뇌가 영재 두뇌가 될 수 있다. 뇌에 좋은 음식은 대뇌의 신경세포가 원활하게 활동할 수 있도록 도와줄 뿐만 아니라, 두뇌 활동의 주요 에너지원을 만들어 학습의 능률을 더욱 올려 주기 때문이다.

실제로 영국의 한 초등학교에서는 식단을 바꾸는 것만으로 학생들의 성적을 2배 이상 올리는 놀라운 일이 있었다. 이 초등학교는 집중력과 기억력에 좋은 현미, '두뇌 영양제'로 불리는 과일, 대표적인 녹색 채소 브로콜리, 으깬 감자 샐러드 등 두뇌에 좋은 음식으로 식단을 바꾸었다. 그 결과, 2005년도 19점에 그쳤던 영어 성적이 2년 후에 무려 79점으로 향상되었다. 뿐만 아니라 수학, 과학 등의 성적도 2배 이상이나 향상되었다.

식단의 변화만으로도 성적의 향상을 기대할 수 있는 만큼 두뇌에 좋은 식품들을 꼼꼼하게 체크하여 아이의 식탁에 올리는 지혜가 필요하다.

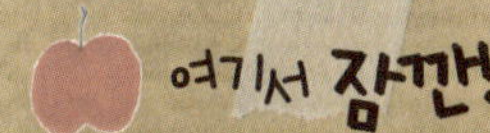

ADHD (주의력 결핍·과잉 행동 장애)란?
주로 아동기에 나타나는 장애로, 평소 주의력이 부족하여 자주 산만해지고 쉴 새 없이 움직이는 과잉 활동 증세를 보이며, 자신의 행동을 스스로 조절하지 못하는 충동적인 행동을 보이는 상태를 말한다. 이러한 증상들을 대수롭지 않게 생각해 치료하지 않고 방치할 경우 여러 방면에서 어려움이 지속되고, 심하면 청소년기와 성인기가 되어서도 그 증상이 남는 경우도 있다.

● **견과류** 호두, 호박씨, 잣 같은 견과류는 단백질과 불포화지방산이 풍부할 뿐 아니라 비타민 B와 E도 풍부한 식품이다. 비타민 B1, B2, B6 같은 것들은 뉴런에 추진력을 생기게 해 주거나 억제력을 생기게 만들어 주

고, 비타민 E는 뇌의 노폐물을 제거하는 데도 큰 역할을 한다. 단, 소금을 첨가하거나 볶은 견과류는 오히려 해가 된다.

● **마늘** 비타민 B1이 풍부한 대표적인 식품이다. 비타민 B1이 부족하면 두뇌 활동이 원활하게 이루어지지 못해 정서적으로 불안해진다. 따라서 오랫동안 공부를 지속할 수 없다. 마늘은 아이가 진득하게 책상에 앉아 공부를 할 수 있도록 도움을 주는 식품이다.

● **칼슘 식품** 멸치나 뱅어포, 우유 등에 많이 든 칼슘은 뼈를 튼튼하게 만들어 주며 나아가 두뇌 기능에 아주 중요한 역할을 하는 영양소이다. 칼슘은 진정 효과와 지구력을 키우는 데 도움을 준다. 칼슘이 부족하면, 조바심이 생기고 성급해져서 집중력이 떨어질 수도 있다.

● **등푸른 생선** 고등어, 꽁치, 삼치와 같은 등푸른 생선에는 뇌에 좋은 지방인 오메가3(불포화지방산)가 많이 들어 있다. 우리의 뇌세포는 두 겹의 지방막으로 둘러싸여 있어서 항상 질 좋은 지방이 필요하다. 지방 중에 유일하게 불포화지방산이 뇌 속의 신경세포까지 도달하여 뇌를 활성화시킬 수 있다.

● **달걀노른자** ‘뇌의 먹이’라고 불릴 정도로 뇌 활동에 절대적으로 필요한 성분인 ‘레시틴’이 들어 있다. 레시틴이 많이 든 달걀노른자나 콩류 등을 많이 섭취하면 두뇌의 회전이 원활해지고, 기억력이 좋아진다. 또한 뇌의 노화를 방지하게 되어 치매

예방에도 좋다. 실제로 독일과 미국에서 이루어진 한 실험에서 레시틴이 풍부한 음식을 먹은 사람의 기억력이 25%나 향상되었다는 결과도 나왔다.

● **콩·두부** 콩은 밭에서 나는 고기라 불릴 만큼 많은 단백질을 함유하고 있다. 특히 콩에 포함된 단백질에는 기억력을 향상시켜 주고, 집중력을 높여 주는 아세틸콜린, 단백질, 칼슘, 레시틴이 풍부하게 들어 있다.

● **브로콜리** 뇌세포는 서로 의사소통을 하는데, 이때 미네랄과 비타민을 필요로 한다. 특히 브로콜리에는 세포 간의 정보 전달에 필요한 엽산이 많이 들어 있어서 집중력과 기억력을 높이는 효과가 있다.

● **양배추** 비타민 C와 미네랄, 생리활성물질이 풍부해 피로회복 및 스트레스 해소에 좋고, 뇌졸중 예방 효과도 뛰어나다.

● **미역** 두뇌 발달에 깊이 관여하는 갑상선호르몬의 주성분인 요오드와 머리를 맑게 해 주고 피로를 풀어주는 데 효과적인 칼륨이 많이 함유되어 있다. 다시마 역시 비타민 A와 B군이 다량 함유되어 있어 두뇌에 좋은 식품이다.

● **감자** 대표적인 알칼리성 식품인 감자에는 기억력과 사고력을 향상시키는 비타민 B1과 B2가 다량 함유되어 있다. 그리고 비타민 C와 E, 철분이 풍부하여 꾸준히 섭취하면 집중력이 좋아지는 효과가 있다.

● **호박** 호박에는 비타민과 무기질이 풍부하게 함유되어 있다. 특히 호박씨에 들어 있는 레시틴 성분은 두뇌 계발에 아주 좋다.

● **김** 두뇌 활동을 활발하게 하는 비타민 B2와 성장에 도움을 주는 타우린이 다량 함유되어 있다. 하지만 조미되어 나오는 김에 묻어 있는 식용유나 들기름 등은 시간이 경과하면 산화되기 때문에 뇌세포를 노화시킬 수 있다. 따라서 조미되지 않은 김을 구입하여 식사 때마다 즉석에서 구워 먹는 것이 좋다.

● **들깨가루** 리놀렌산, 올레산 등 필수지방산을 함유하고, 피를 공급해 뇌혈관의 노화를 방지하는 데 도움이 된다. 하지만 공기 중에 오래 노출되면 포화지방산으로 변질되므로 오히려 뇌혈관을 노화시킬 위험이 크다. 따라서 들깨는 그때그때 필요한 만큼만 가루를 내어 사용하는 것이 좋다.

● **정제되지 않은 곡식류** 필수아미노산과 필수지방산은 물론 집중력과 기억력에 좋은 아연이 많이 포함되어 있다. 따라서 백미보다는 정제되지 않은 현미나 보리, 콩 등이 함유된 잡곡밥을 먹는 것이 뇌의 힘을 길러 주어 성적 향상에 도움이 된다.

● **신선한 과일** 섬유질은 물론 각종 비타민, 칼슘, 철, 칼륨 등이 두뇌의 퇴화를 막아 주어 '두뇌 영양제'라고 불린다. 특히 사과에는 기억력을 향상시키는 아연이 많이 함유되어 있다.

● **카레** 카레에 들어 있는 강황에는 쿠르쿠민이라는 색소가 있다. 이것은 산화를 방지하고 염증을 감소시켜 뇌의 치매 진행을 지연시키는 역할을 한다.

내 아이의 뇌를 죽이는 달콤한 유혹

두뇌에 좋은 음식들을 이렇게 가까이 두고도 정작 내 아이의 손이 자주 향하는 곳은 뇌를 망가뜨리는 둔재 식품들이다. 둔재 식품 대부분이 아이들이 좋아하는 단맛이나 자극적인 향, 심지어는 알록달록 예쁜 색깔까지 가지고 있기 때문이다.

뿐만 아니다. 뇌에 좋은 음식이 엄마의 정성스런 손길을 거쳐야 식탁에 오를 수 있는 반면, 두뇌를 망치는 음식은 슈퍼나 길거리 등에 거의 무방비 상태로 널려 있어서 아이들이 섭취하게 되는 빈도가 아주 높다. 게다가 가끔은 엄마들이 이런 둔재 음식들을 부추기는 경우도 있다. 바쁘다는 이유로, 귀찮다는 이유로 종종 접하게 되는 즉석식품이나 가공식품, 심지어 음식점에서 시켜 먹는 음식에 이르기까지 엄마 표 음식이 아닌 많은 음식이 내 아이의 뇌를 망치는 둔재 식품에 해당된다.

좀 더 구체적으로 살펴보면, 냉동 만두, 냉동 돈까스와 같은 가공 냉동식품은 몸속 무기질 중의 하나인 아연을 없애 뇌 기능을 둔화시킨다. 그리고 라면, 피자, 햄버거와 같은 패스트푸드에 많이 함유된 불포화지방산은 그것이 연소되는 과정에서 과산화지질이 생기게 된다. 이는 뇌를 피로하게 만드는 원인이 된다.

자장면, 탕수육 등 음식점에서 사 먹는 음식에는 인공 조미료가 다량으로 들어 있을 확률이 높다. 인공 조미료의 대표 MSG(L-글루타민산나트륨)가 지나치게 많아지면 우리의 두뇌는 심각한 피해를 입게 되며, 심한 경우 각막이 파괴되고, 성장까지 저하될 수 있다.

아이들이 즐겨 먹는 간식인 콜라 같은 탄산음료와 과자, 사탕, 아이스크림 등에는 설탕이 많이 들어 있다. 많은 사람이 설탕을 단순히 아이의 이를 썩게 하고 비만을 일으키는 원인으로만 알고 있다. 하지만 설탕은 뇌에도 아주 좋지 않은 식품이다. 아이가 설탕이 많은 식품으로 배를 채우면 혈액 내 당분, 즉 혈당이 급격히 올라갔다가 몇 시간이 지나면 급격하게 떨어지게 된다. 이렇게 갑작스럽게 혈당이 떨어지면 두뇌 회전을 위한 안정적인 연료 공급이 원활하게 이루어지지 않아 집중력이 분산되고, 행동 기능이 떨어지게 된다.

설탕의 위험은 여기서 그치지 않는다. 지나친 설탕 섭취는 아이들의 면역력을 떨어뜨리기도 한다. 하루에 100~150g의 설탕을 먹는 아이들을 대상으로 조사한 결과, 면역세포 마이크로파지가 5시간 이상 꼼짝도 않고 있음이 확인되었다.

간식에 함유된 설탕량

간식	당류	각설탕
요구르트	11g	4개
초콜릿	13g	5개
무첨가 오렌지 주스	18g	7개
바나나맛 우유	26g	10개
머핀	28g	11개
아이스크림	96g	36개
토마토 케첩	105g	40개
떡볶이	5g	2개
치킨 강정	1.5g	반개
음료수	16g	46개

설탕은 정제 과정에서 무기질이나 섬유소가 거의 90% 이상 제거되고 오직 단맛과 당분을 내는 열량만 존재한다. 세계보건기구에서는 성인의 경우, 하루 설탕을 포

함한 당류의 권고량을 약 50g으로 제한했다. 초등학교 아이의 경우도 성별과 학년에 따라 차이는 있지만 성인과 비슷한 수준이다. 결국, 요구르트 5개만 먹으면 하루당 권고량은 채워진다는 말이다. 하지만 아이들은 결코 요구르트 5개 정도의 간식만으로 섭취를 끝내지 않는다.

실제로 명석이의 하루를 살피며 아이들이 간식으로 섭취하는 설탕의 양을 살펴본 결과, 다소 걱정스러운 수준이었다. 명석이는 학원 앞 분식집에서 떡볶이 1인분과 치킨강정 1인분을 즉석에서 먹어 치웠고, 곧장 슈퍼로 달려가 주스를 시원하게 들이켰다. 집에서 역시 엄마가 챙겨 주는 호떡, 호두과자, 떠먹는 요구르트 등을 통해 끊임없이 설탕에 노출되어 있었다.

간식의 종류에 따라 약간의 차이가 있을 수는 있지만 대부분의 아이가 간식을 통해 명석이처럼 지나치게 많은 양의 설탕을 섭취하고 있음을 알 수 있었다.

이렇게 두뇌가 설탕을 비롯한 각종 둔재 식품들에 노출되어 안정적으로 연료를 공급 받지 못하면 불안, 초조, 산만, 집중력 저하의 증상이 나타나게 된다. 또한 앞에서 언급했던 영재 두뇌를 만들기 위해 꼭 필요한 칼슘, 단백질 같은 영양소는 사탕, 과자, 탄산음료 등 설탕이 들어 있는 식품을 먹을 때 우리 몸에서 함께 빠져 나오거나 흡수가 되지 않기도 한다.

'설탕의 롤러코스터 현상'
흰 설탕, 흰 밀가루, 흰 쌀밥 등과 같이 정제된 음식의 당은 빨리 소화되고 빨리 분해되어 혈당치가 급격하게 증가된다. 이때 우리 몸은 혈당 치수를 내리기 위해 인슐린을 과다 분비하게 된다. 인슐린이 분비되어 혈당치를 떨어뜨리면 우리 몸은 스트레스 호르몬을 분비해 다시 혈당치를 회복하려고 애쓴다. 이와 같이 과도한 인슐린 분비와 스트레스 호르몬의 분비가 반복되는 것을 '설탕의 롤러코스터 현상'이라고 한다. 이런 현상이 지속되면 만성 저혈당이 되고, 이는 곧 만병의 근원이 된다.

영재를 만드는 식습관은 따로 있다

같은 음식이라도 잘 먹으면 약이 되지만 그렇지 못하면 오히려 해가 된다. 예컨대 아무리 좋은 음식이라도 밤늦게 폭식을 한다거나 기분이 나쁜 상태에서 먹게 되면 그 영양소가 머리에 전달되기도 전에 화장실부터 달려가는 일이 생길지도 모른다. 따라서 내 아이를 똑똑한 아이로 만들어 주는 영재 음식 역시 올바른 식습관이 병행 되어야만 그 효과가 커질 수 있다.

● **부드러운 음식은 가라** 많은 사람이 아이는 어른보다 소화 기능이 약해서 부드러운 음식을 먹는 것이 더 좋다고 생각한다. 하지만 부드러운 음식은 소화에는 도움이 될 지 몰라도 뇌는 그다지 반갑게 생각하지 않는다. 씹는 훈련은 똑똑한 두뇌를 만들기 위해 꼭 필요한 과정이다. 음식물을 씹는 과정에서 턱 관절과 혀를 다양하게 사용하 면서 두뇌 발달을 촉진하고 다양한 질감이 오감을 자극하기 때문이다. 그런데 음식 이 너무 부드러우면 그러한 역할을 할 수 없다. 따라서 소화력이 떨어지는 아이는 음식을 잘게 갈아서 되도록 부드러운 음식을 먹여야 하지만 그렇지 않다면 적당히 덩어리진 음식을 먹여야 영양 파괴도 최소화할 수 있다.

● **씹을수록 똑똑해진다** 음식을 많이 씹으면 머리가 좋아진다. 요즘 아이들은 밥을 대 충 씹어 삼키는 경향이 있다. 그런데 씹는 행위가 기억을 담당하는 뇌의 해마에 영 향을 준다는 연구 결과가 있다. 이 실험에서는 음식을 2분 동안 씹은 후에 뇌의 해마 부분이 훨씬 활성화되었고, 평상시보다 30%나 높은 정답률을 보였다고 한다. 이는 음식을 씹는 것만으로도 기억력이 상승한다는 것을 의미한다.

● **뇌도 아침밥이 필요하다** 우리 몸이 아침에 깨어나 활동을 시작하듯, 뇌세포도 아침이 되면 더욱 활발히 움직이기 시작한다. 따라서 활동에 필요한 영양분 공급이 필수적이다. 다른 조직과 달리 뇌의 에너지원은 포도당이 중심이다. 하지만 사람의 몸은 당질을 오래 저장해 두지 못한다. 그로 인해 저녁 이후 오랜 공복으로 혈당이 떨어지면 뇌 기능도 저하되는 것이다. 따라서 아침에 꼭 포도당을 공급해 주어야 하며, 두뇌 활동에 필요한 비타민, 아미노산, 미네랄 등 다른 영양소도 골고루 섭취하여 두뇌 활동을 극대화시키는 것이 중요하다.

한편, 아침을 거르면 뇌세포 활동이 위축되어 학습능력, 사고력, 집중력이 크게 저하되면서 성적이 떨어진다는 연구 결과도 있다. 덴마크 국립 직업보건연구소에서 초등학생 백 명을 대상으로 아침식사와 학습능력과의 상관관계를 실험했다. 평소에 아침식사를 한 학생과 하지 않은 학생 두 그룹으로 나누어 실험을 실시한 결과, 수학이나 논리학 등 집중력이 필요한 과목에서 꾸준히 아침식사를 한 학생들이 더욱 적게 실수를 했으며 더 나은 창조력을 보였다.

● **배가 부르면 뇌도 게을러진다** 식욕이 왕성한 성장기 아이들의 경우, 맛있는 음식 앞에서 식욕을 제어하지 못해 과식을 하기 쉽다. 과식은 비만의 위험이 있을 뿐만 아니라 위에 부담을 주고, 음식을 소화시키기 위해 혈액이 소화기관으로 몰려 집중력이 떨어지고 산만해질 위험도 있다. 반면, 배가 약간 고픈 상태를 유지하면 대뇌피질이 자극을 받아 두뇌 활동이 활발해지고 학습 효과도 높아진다. 식사량은 포만감이 느껴질 정도보다는 위의 80%가량 찬 느낌이 드는 정도가 적당하다.

● **영양소 파괴를 최소화하라** 채소는 가열을 하면 상당량의 비타민이 파괴되기 때문에 가능하면 생으로 먹는 것이 좋다. 양상추, 오이, 토마토 등 아이에게 비교적 거부감이 적은 채소들로 샐러드를 만들어 주는 것이 좋다. 샐러드 소스는 키위나 사과 등을 갈아 만든 과일소스나 들깨를 즉석에서 갈아 만든 들깨소스가 두뇌에 좋다. 만약 아이가 채소를 생으로 먹기 힘들어 할 경우, 기름에 볶는 것보다는 삶아서 조리하는 것이 영양소 파괴를 줄이는 방법이다.

● **뇌도 식사 시간을 기억한다** 식사는 매일 정해진 시간대에 규칙적으로 해야 한다. 왜냐하면 뇌도 우리 몸이 식사를 하는 시간을 기억해 두었다 소화 흡수를 돕는 효소와 호르몬을 분비하기 때문이다. 게다가 규칙적인 식사는 두뇌 발달에도 도움이 된다. 식사 시간이 불규칙하면 신체 기능이 원활하게 이루어지지 못하며 뇌에 충분한 영양도 공급할 수 없다.

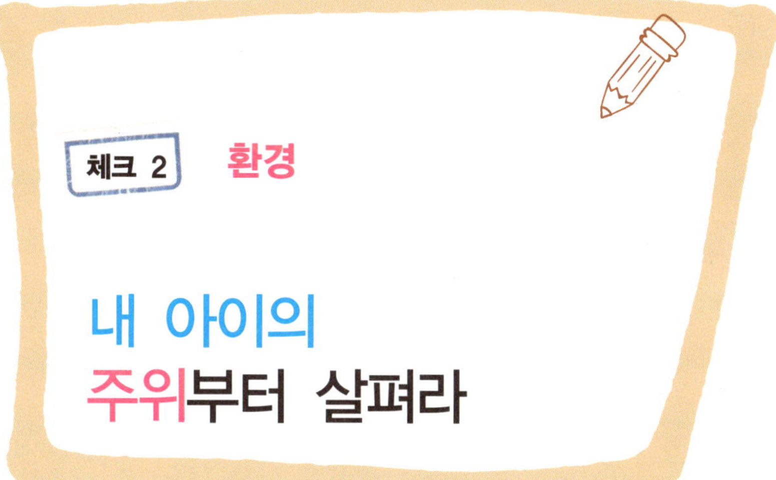

맹자는 어린 시절에 공동묘지 가까운 곳에 살며 밤낮으로 곡소리를 들어야 했다. 그래서인지 공부에 집중하지 못하고 심지어는 장례를 치르는 모습을 흉내내며 놀았다. 보다 못한 어머니는 맹자를 데리고 시장이 있는 곳으로 이사를 했다. 하지만 이번에도 맹자는 시장의 시끄러운 소리 때문에 공부에 집중하지 못하고 장사하는 모습을 흉내내며 놀았다. 결국 어머니는 서당 근처로 이사를 해 글 읽는 소리와 모습을 자주 접하게 만들었다. 그로 인해 맹자는 학문에 대한 관심과 열정을 키우게 되었다.

'맹모삼천지교'로 통하는 이 이야기에서도 알 수 있듯 환경은 아이의 학습에 큰 영향을 미치는 요인이다. 내 아이가 머리가 나쁜 것도 아니고, 학습에 대한 의욕이 없는 것도 아닌데 오랜 시간 책상 앞에 앉아 있어도 성적이 도통 오르지 않는다면 아이를 둘러싼 환경에 집중력을 망가뜨리는 유해한 요소가 없는지 점검해 보아야 한다.

소음과 조명, 전자파 등 생활에 밀접한 환경 요소들이 학습 효율에 미치는 영향은 상상외로 크다. 이를 입증하는 연구 결과도 상당수 나와 있다. 미국 뉴욕 지역에서 100여 명의 학생을 대상으로 조사한 결과, 비행기의 이착륙 시 발생하는 소음이 아이의 학습능력을 크게 떨어뜨리는 것으로 밝혀졌다. 비행기 소음이 심한 공항 주변의 학교에 다니는 학생들은 비행기 소음과 무관한 학교의 학생들보다 읽기 능력이 무려 20%나 떨어지는 것으로 나타났다.

그리고 1999년 미국 캘리포니아 지역에서 2,000여 개 학급을 대상으로 1년 동안 연구한 끝에 조명이 학습 효율에 큰 영향을 미친다는 것을 밝혀냈다. 자연광이 충분히 들어오는 교실에서 공부한 학생들은 자연광이 가장 적게 들어오는 교실에서 공부한 학생들에 비해 수학 문제를 푸는 속도가 20%나 빨랐고, 읽기 속도 또한 26%나 향상되었다. 학습 시 조명의 효과를 밝히는 또 다른 연구에서는 창이 큰 방의 학생들이 창이 없거나 작은 방의 학생들에 비해 수학에서 15%, 읽기에서 23% 정도 성적이 올랐다는 결과가 나왔다.

햇빛이 잘 드는 창이 있는 것만으로도 아이의 두뇌가 열리고 성적 또한 향상되는 놀라운 실험 결과들을 통해서도 알 수 있듯, 내 아이의 두뇌 계발에 마이너스가 되는 환경적 요소를 제거하고 플러스가 되는 환경 요소를 추가하는 것은 절대 미루어서는 안 될 아주 중요한 일이다.

소음! 조용히, 더 조용히!

대부분의 사람은 조용한 환경에서 집중을 잘한다. 아이들이 공부를 할 때도 마찬가지다. 아이들에게는 "집중해서 공부해!" 하면서 옆에서 텔레비전을 보거나 청소기를 돌리는 등의 행위를 한다면 가뜩이나 호기심이 많고 놀기 좋아하는 아이들은 금세 집중력을 잃고 산만해지게 된다.

학년이 올라갈수록 늘어나는 학습량을 감당하기 위해서는 아이의 집중력을 키워두는 것이 중요하다. 그러기 위해서는 아이가 공부하는 시간만큼은 집안의 모든 소음을 차단해 주는 것이 좋다.

"우리 아이는 음악을 들으면서 공부를 해야 집중을 잘 해요."

"우리 아이는 음악 소리만 들으면 산만해져서 집중을 잘 하지 못해요."

똑같은 소리라도 사람에 따라 도움이 되기도 하고, 도움이 되지 않는 소리, 즉 소음이 되기도 한다. 사람은 당시의 기분이나 건강상태, 환경 등에 따라 평소에 늘 듣던 소리라도 소음으로 인식할 수 있다. 평소 자신이 즐겨 듣던 음악도 잠을 자려고 누우면 잠을 방해하는 소음이 되는 것처럼 말이다.

이렇게 소음은 장소나 시간 그리고 사람에 따라서 차이가 있지만, 일반적으로 소리가 주변 음에 비해서 15dB(데시벨)이 더 크면 신경을 자극하고, 자신의 일에 몰두할 수 없도록 집중력을 흐트러뜨린다. 환경 소음의 기준을 보면 낮에는 45dB, 밤에는 55dB을 넘지 않는 것이 좋다. 소음은 아이의 청각 집중력에 좋지 않은 영향을 준다. 똑같은 선생님의 강의를 들어도 소리나 음성에 반응하는 청각 집중력에 따라서 공부를 잘할 수도, 못할 수도 있게 되는 것이다.

소리의 크기가 45~50dB이면 독서와 공부에 방해가 된다는 조사 결과가 나왔다.

그 정도의 소음이면 쉬는 시간에 교실에서 학생들이 떠드는 소리와 맞먹는 소음이라고 한다.

"우리 집이 아무리 시끄러워도 쉬는 시간에 교실에서 아이들이 떠드는 소리만큼은 아니다."

물론 대부분의 엄마가 위와 같이 말하며 안심할 수도 있다. 하지만 우리가 일상적으로 가정에서 접하는 소리들 중에 이것을 훌쩍 뛰어넘는 소음들이 있다. 집에서 흔히 사용하는 가전제품들이 바로 그것이다.

진공청소기의 경우는 최대 소음이 87dB이다. 일반적으로 90dB 정도가 방직 공장에서 측정되는 소음이라고 하니 공부하는 아이의 옆에서 진공청소기를 돌리는 것은 아이를 방직 공장 안에서 공부하게 만드는 것과 같다. 심지어 진공청소기의 최대 소음보다 약간 낮은 80dB은 도로에서 주행하는 자동차의 소음 또는 철로변 소음과 맞먹는 규모의 소음이다. 이 정도면 정상적인 대화가 불가능할 정도라고 하니, 진공청소기의 사용이 아이의 집중력을 얼마나 떨어뜨릴지는 불을 보듯 뻔하다.

그 밖에도 가스레인지 후드가 70dB로 도로변 소음과 비슷한 수준이며, 선풍기가 66dB, 에어컨이 62dB, 냉장고가 61dB의 소음을 내어 식당과 백화점 내의 소음과 비슷한 수준으로 밝혀졌다. 물론 제품마다 어느 정도 차이는 있지만 대부분 이와 비슷한 수준이다.

더 걱정스러운 것은 이렇게 높은 소음을 내는 가전제품을 동시에 사용하는 경우이다. 사실 에어컨과 세탁기를 동시에 돌리거나 가스레인지 후드를 틀어 둔 채 진공청소기를 돌리는 등 두 가지 이상의 가전제품을 동시에 사용하는 것은 어느 가정에서나 흔히 볼 수 있는 풍경이다. 진공청소기 하나만으로도 방직 공장이 내는 소음과 맞먹는다는데, 거기에 다른 가전제품까지 더해진다면 내 아이가 받을 피해가 어느 정도인지 짐작하고도 남을 일이다. 따라서 가급적이면 아이가 공부를 하는 동안은 큰 소음을 일으키는 가전제품의 사용을 자제하는 것이 좋다.

일반적으로 50dB의 소음에 노출되면 사람은 호흡과 맥박수가 증가하고 계산력이 저하된다. 그리고 60dB 정도의 소음에 노출되면 수면장애가 유발될 수도 있다. 이보다 더 큰 소음이 들리면 집중력의 저하는 물론 청력에도 손상이 갈 수 있다.

뿐만 아니다. 집중해서 공부를 해야 하는데 소음이 들리면 자연스럽게 스트레스를 받게 된다. 스트레스를 받게 되면 코티졸이라는 호르몬이 분비되는데, 이 코티졸이 기억력을 담당하는 해마의 기능을 억제하게 되어 기억력 또한 감퇴된다. 소음으로 인한 스트레스가 심해 정서적으로 위축된다면, 그 순간에는 잠재력은 물론 이미 계발된 능력도 제대로 발휘하지 못하는 지경에 빠지게 될 수도 있다.

안녕 전자파! 멀리, 더 멀리!

가전제품에서 나오는 소음 못지않게 아이들의 공부를 방해하는 것이 우리 가까이에 또 있다. 그것은 바로 전기로 인해 발생하는 전자기장, 즉 전자파이다. 전자파는 컴퓨터, TV, 가전제품은 물론이고 자동차, 전철 등 대중교통 수단, 심지어는 휴대폰에서도 발생한다. 그야말로 우리는 아침부터 밤까지 전자파의 숲에서 사는 셈이다. 게다가 소리도 없고, 보이지도 않고, 냄새도 없는 이것은 피부를 통해 흡수되기 때문에 차단하기도 쉽지 않다.

인체는 전자파에 장기간 노출되면 생체리듬이 망가져 잠이 들기까지 걸리는 시간이 길어지고 잠을 자도 개운하지가 않다. 학습을 할 때도 기분의 변화가 잦아 집중력이 떨어질 위험이 있다. 전자파의 위험은 여기에서 그치지 않는다. 전자파에 오랫동안 노출되면 '자유라디칼'이라는 물질이 생겨나는데, 이것은 DNA를 손상시키고 다른 세포의 기능을 저해하며 뇌세포를 파괴하기까지 한다.

미국 워싱턴 대학의 한 연구진은 실험을 통해 전자파에 노출되는 시간이 길수록 그 피해가 크다는 사실을 밝혀냈다. 헤어드라이기와 전기담요 등의 전자제품에서 방출되는 전자파에 24시간 동안 노출된 쥐의 뇌세포에서 심각한 수준의 DNA 손상이 일어났고, 48시간 동안 전자파에 노출된 쥐에게서는 더 심한 DNA 손상이 일어난 것이다.

물론 인간을 대상으로 전자파의 위험을 입증하는 실험을 할 수 없으니, 인체에 대한 전자파의 유해성이 아직 과학적으로 확증된 것은 아니다. 하지만 과학적으로 입증되지 않았다고 해서 무해하다는 말은 결코 아니다. 더군다나 우리 몸은 70%가 물로 이루어져 있기 때문에 전기에 의해 발생하는 전자파에 무해하리라는 기대를 버리는 것이 좋다.

영국 정부는 2001년 모든 휴대폰에 '휴대폰을 오래 사용할 경우 건강에 위험이 올 수 있다'는 내용의 경고문을 끼워서 팔도록 했다. 이는 전자파가 두뇌에 악영향을 미칠 수 있다는 염려 때문이다.

이런 전자파의 위험은 비단 휴대폰에만 있는 것이 아니다. 아이들이 가정에서 일상적으로 접할 수 있는 제품들의 전자파 수치를 측정해 본 결과, 컴퓨터 8.1mG(밀리가우스), 텔레비전 22.6mG, 진공청소기 52.7mG, 헤어드라이기 64.7mG, 전자레인지는 76.9mG인 것으로 나타났다.

위의 측정 수치는 0cm 거리에서 전자파를 측정한 결과이다. 이것은 상황이나 거리에 따라서 전자파의 방출 양에 차이가 있을 수 있다. 이 말을 다르게 해석하면, ==상황과 거리를 조절하는 생활 속 작은 실천만으로도 전자파를 줄일 수 있다==는 뜻이다. 예를 들어 매일 아이의 젖은 머리를 말리기 위해 사용하는 헤어드라이기의 경우 컴퓨터의 무려 8배에 해당하는 높은 수치가 나왔다. 따라서 가급적이면 자연 바람으로 머리를 말리고, 굳이 헤어드라이기를 사용해야 한다면 약한 바람을 이용하여 일정 거리를 유지하는 것이 좋다. 아이들이 즐겨 사용하는 컴퓨터만 해도 LCD 모니터가 브라운관 모니터보다 전자파 발생량이 적다. 따라서 가급적이면 LCD 모니터로 전환해 주면 전자파를 줄일 수 있다. 노트북의 경우 콘센트에 꽂아 사용할 때보다 배터리를 사용할 때 수치가 낮아지므로 충전을 해서 배터리로 전환하여 사용하는 것이 좋다.

생활 속 전자파를 줄일 수 있는 좀 더 구체적인 방법을 알아보면 다음과 같다.

● 일정 거리를 유지하라

전자파 노출량은 전자제품과 거리가 멀수록 적어지므로 가급적이면 전자제품과 일정 거리를 유지하여 사용하는 것이 좋다. 컴퓨터는 모니터로부터 50cm만 떨어져도 전자장이 86% 이상 감소한다. 전자레인지는 2m, 진공청소기는 1m, 헤어드라이기는 10cm 이상 떨어진 거리에서 사용하는 것이 좋다. TV는 1.5m의 거리에서 시청하면 전자파에서 훨씬 자유로울 수 있다. 한편, 휴대폰의 경우 전화를 걸고 통화 버튼을 누르면 기지국을 찾기 위해 가장 높은 전자파가 발생되므로 통화가 연결될 때까지는 귀 가까이에 두지 말아야 한다.

● 사용하지 않는 가전제품은 플러그를 뽑아라

냉장고, 전자레인지, TV 등 하루 종일 켜 두어야 하는 가전제품이 아니라면 사용 후 반드시 플러그를 뽑아 두는 습관을 들이는 것만으로도 전자파를 줄일 수 있다. 76.9mG로 많은 전자파를 방출하는 전자레인지는 작동하지 않을 때도 예열 상태에 있기 때문에 많은 양의 전자파가 나온다. 따라서 사용하지 않을 때는 플러그를 뽑아 두는 것이 좋고, 사용할 때 발생하는 전자파를 대비하려면 가급적 아이가 가까이 가지 않는 높은 곳이나 구석진 자리에 두고 사용하는 것이 좋다. 또한 전자레인지가 오래되거나 음식물 등이 문틈에 끼어 틈새가 생긴 경우에는 전자파가 더 많이 발생할 수 있으니 수시로 점검을 해야 한다.

● 사용 시간을 최소화하라

전자파 노출량은 전력 소모량이 적을수록 줄어들기 때문에 사용 시간을 제한할 필요가 있다. 특히 8.1mG의 전자파 수치가 나온 컴퓨터는 다른 가전제품에 비해서는 비교적 전자파를 적게 발생시키지만 아이들이 게임을 위해 컴퓨터를 사용할 경우 장시간 동안 인체 가까이에 두어야 하므로 주의를 해야 한다. 따라서 컴퓨터를 장시간 사용하지 않도록 주의를 주어야 한다. 만약 장시간 사용해야 한다면 중간에 자주 휴식을 취하도록 해야 한다. 휴대전화 사용 시에도 통화당 10분 이내로 시간을 제한하는 것이 좋다.

● 잠자는 머리맡에서 가전제품을 치워라

하루 중 같은 자리에서 가장 오래 머무르는 경우는 아마도 잠을 잘 때일 것이다.

따라서 침대나 침구 주위에는 전자제품을 두지 않는 것이 좋다. 전력 소모량이 많아 비교적 강한 전자파가 나오는 가습기나 공기청정기도 가급적이면 구석진 곳에 놓고 사용해야 한다. 만약 침실에 가전제품이 있다면 취침할 때에는 가능한 한 머리로부터 멀리 두고, 플러그도 뽑아 두어야 한다.

또 전기장판, 전기담요 등과 같이 인체와 직접적으로 접촉하는 제품들은 전자파에 의한 피해도 그만큼 커지니 가급적 사용하지 말아야 한다. 피치 못할 경우는 사용 30분 전에 미리 동작을 시켜 두고, 취침할 때에는 스위치를 끄는 것은 물론 플러그도 뽑아 두는 것이 좋다.

● 전기스탠드도 가려서 사라

공부를 할 때 어쩔 수 없이 사용해야 하는 것이 전등과 전기스탠드다. 특히 전기스탠드는 오랜 시간 가까운 거리에서 사용하기 때문에 더욱 주의를 기울일 필요가 있다. 전기스탠드의 전자파 피해를 줄이기 위해서는 전기스탠드를 구입할 때 가능한 몸체에 있는 변압기가 사용자의 몸과 거리가 먼 것을 선택해야 한다.

유해 중금속! 조심 또 조심!

공장의 매연, 자동차의 배기가스 등이 늘면서 아이들이 뛰노는 바깥 공기는 물론이고 실내 공기의 오염 또한 부모들에게는 걱정거리가 아닐 수 없다. 게다가 매년 봄이면 어김없이 찾아오는 황사와 산성비까지 더해지면서 부모의 근심은 늘어날 수밖에 없다.

이러한 오염 물질은 건강을 해치는 것은 물론 아이의 두뇌에도 악영향을 미친다. 특히 황사나 배기가스, 간접흡연, 페인트, 심지어는 잘못 만든 장난감에도 각종 유해 중금속이 포함되어 있어 피해가 매우 심각하다.

중금속은 비중이 4~5 이상인 모든 금속류를 일컫는 것으로 인간이 살아가는 데 꼭 필요한 필수 금속과 그렇지 않은 금속으로 구분된다. 아연·철·구리·코발트 등과 같이 생물체가 정상적인 생리 기능을 유지하기 위해 꼭 필요로 하는 금속을 필수 중금속이라 하며, 수은·납·카드뮴 등과 같이 환경 공해 물질로서 생체에 해로운 영향을 미치는 금속을 유해 중금속이라 한다. 이것은 생물체의 몸으로 흡수되면 몸 밖으로 빨리 배출되지 않고 간장, 신장 등의 장기나 뼈에 축적되어 나쁜 영향을 미친다. 특히 이 중에는 비소, 납, 수은 등과 같이 낮은 농도에서도 건강에 장해를 유발할 가능성이 있는 물질도 있다.

황사에 포함된 유해 중금속이 코나 입으로 흡입되어 폐로 들어갈 경우 면역력이 약한 아이들은 특별한 원인이 없어도 감기에 자주 걸린다거나 아토피나 천식, 비염과 같은 알레르기성 질환에 걸릴 확률이 높다.

특히 납은 대기오염이 심각한 현대사회에서 노출될 가능성이 가장 높은 중금속이다. 이것이 체내에 쌓여 중독이 되면 두뇌 기능에 영향을 주어 두통, 어지러움, 불안 흥분 등의 증상이 나타날 수 있다. 또한 뇌세포 성장에 악영향을 미쳐 지능지수가 낮아지고 주의력이 부족해져 집중력 장애와 학습능력 저하를 일으키기도 한다.

알루미늄은 알루미늄으로 만든 조리 기구나 통조림과 같은 가공식품의 용기를 통해서도 체내에 오염될 위험이 있다. 또한 과자의 경우, 부드럽게 만들기 위해 제조과정에서 알루미늄을 사용하기 때문에 과자의 섭취를 통해서도 체내에 오염이 될 수 있다.

아이들의 건강에 치명적일 수 있는 이런 유해 중금속들은 공기나 음식물을 통해서도 체내에 유입되기 때문에 그것에서 완전히 자유롭기란 사실상 힘들다. 그러나 황사가 심한 봄에는 가급적 외출을 자제하고, 외출을 했을 때에는 집으로 돌아온 즉시 몸을 깨끗이 씻으며, 비가 오는 날에는 반드시 우산을 써서 비를 맞지 않도록 하는 등 생활 속의 세심한 주의로 중금속의 노출 정도를 줄일 수는 있다.

그리고 이미 체내에 축적된 중금속은 농도를 낮춰 주거나 몸 밖으로 배출하도록 노력해야 한다. 체내 중금속의 농도를 낮추기 위해서는 물을 많이 마시는 것이 좋다. 이는 체내에 들어온 중금속이 식도와 위 그리고 장을 통해 항문으로 빠져 나가 폐나 기관지로 들어가는 것을 막아 준다.

물 외에도 중금속을 해독하는 데 좋은 식품이 있다. 달걀, 조리된 콩, 양파, 마늘 등은 수은의 농도를 떨어뜨리는 역할을 하며, 호두나 잣과 같은 견과류, 비타민 C가 들어 있는 음식은 체내 알루미늄의 배출에 도움을 주는 해독제 역할을 한다. 그리고 야채에 들어 있는 식이섬유와 굴, 미역, 전복 등에 함유된 알긴산은 각종 중금속 유해 물질의 배출과 해독 작용을 도와준다. 이런 음식을 '디톡스 식품'이라고 한다.

체내 중금속 오염도는 어떻게 알 수 있나?

뒤쪽 머리카락 중에서 모근에서부터 약 3cm의 모발을 채취하여 세척→무게 측정→용해→희석→분석의 과정을 거쳐 모발 미네랄 검사를 실시한다. 채취된 모발의 조직에 있는 여러 미량원소들의 종류와 양을 분석하여 몸 안에 있는 영양 미네랄과 중금속의 농도를 측정한다.

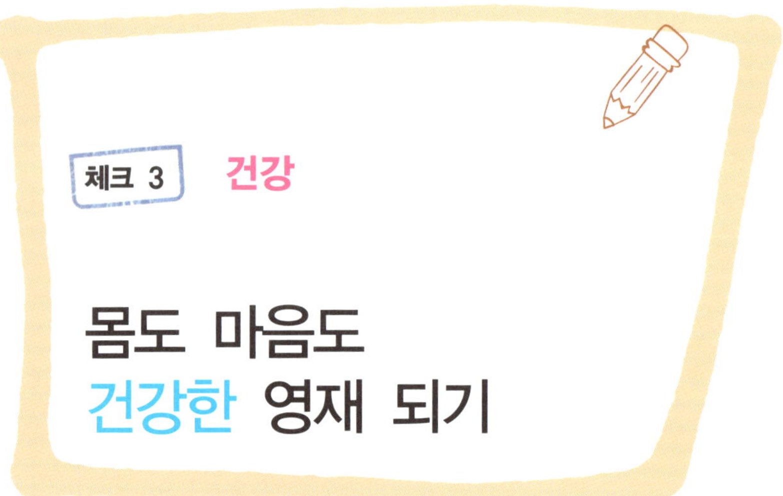

세상에서 가장 듣기 좋은 소리가 내 아이 입에 밥 들어가는 소리와 내 아이가 글 읽는 소리라고 한다. 그만큼 엄마들에게 내 아이가 건강하게 자라고 공부를 잘하는 것만큼 큰 기쁨은 없다는 말이다.

그런데 공부는 성적이라는 결과물로 그때그때 체크할 수 있지만 건강은 큰 탈이 나지 않는 이상 조기에 체크하기가 힘들다. 그래서 엄마의 섬세하고 예리한 더듬이는 아이의 건강을 향해 더욱 곤두서 있어야 한다. 더군다나 환경이나 음식 등 많은 요소가 엄마들이 자랄 때와는 크게 달라졌기 때문에 꼼꼼하게 체크해야 할 것이 더욱 늘었다.

특히 세계보건기구(WHO)가 건강에 대해 '신체적으로 질병이 없거나 허약하지 않은 것'과 더불어 '정신적·사회적으로도 편안하고 안녕한 상태'라고 정의하고 있듯, 아이들의 신체 건강과 더불어 정신적인 안정과 건강한 사회성까지도 함께 돌볼 수 있어야 한다.

공부할 때는 꼿꼿한 자세로!
허리가 바로 서야 성적도 쑥쑥!

한 자리에 진득하니 오랫동안 앉아 공부하는 아이의 모습을 보면 그렇게 흐뭇할 수가 없다. 학습의 결과를 떠나 졸거나 딴짓하는 일 없이 공부에만 열중하는 내 아이의 대견한 모습에 간식이라도 챙겨 주고 싶은 것이 모든 엄마의 공통된 마음이다. 하지만 아이가 집중력과 지구력을 발휘해 공부를 할 때 간식 말고도 엄마가 챙겨야 할 것이 있다. 바로 아이의 공부 자세이다.

흔히들 한 자리에 오래 앉아 있는 아이들은 공부하는 자세도 좋을 것이라 생각한다. 불편하거나 잘못된 자세로는 오래 견디기가 힘들 테니 말이다. 하지만 잘못된 자세라도 본인이 편하면 오래 앉아 있을 수 있다. 어른들 중에도 다리를 꼬고 앉는 것이 반듯한 자세로 앉는 것보다 더 편한 사람이 있듯 말이다. 다리를 꼬고 앉는 것이 그리 문제가 되겠냐고 하겠지만, 그러한 자세는 골반의 좌우 높이가 달라서 척추와 골반을 상하게 할 수 있을 뿐 아니라 오래 지속되면 디스크나 척추측만증이 생길 수도 있다.

이처럼 건강상의 많은 부작용을 낳는 잘못된 자세를 단지 편하다는 이유만으로 내버려 둘 수는 없다. 물론 아이들이 어른처럼 다리를 꼬고 앉는 경우는 드물지만 다른 형태의 잘못된 자세로 앉아 오랫동안 공부하는 경우가 예상외로 많다.

잘못된 공부 자세라도 아이들이 편하게 느낀다면 당장은 학습에 지장을 받지 않을 수 있다. 하지만 그 자세가 오랜 기간 유지된다면 근육의 변형과 호르몬 이상, 만성 통증에 시달리는 신체적 질환을 가져오게 된다. 게다가 그러한 신체의 이상은 두뇌로 가는 혈액과 산소의 흐름을 방해하여 뇌세포를 파괴하게 되고, 이로 인해 머리가 무겁고 집중력도 저하되며, 통증 때문에 공부가 귀찮아지는 결과를 가져오게 된다.

바르지 못한 자세로 인한 질환은 청소년기에 많이 나타난다. 특히 근 골격계, 허리, 목 통증은 1,000명 중 700명 이상에게서 나타날 정도라고 한다.

프로젝트에 참여한 아이들 역시 좋지 않은 자세로 공부를 하는 경우가 많았다. 우선 명석이의 경우, 공부를 할 때 턱을 괴고 턱을 괸 손에 몸을 지탱해 앉는 버릇이 있었다. 손으로 턱을 괴는 자세는 처음에는 편안한 듯 느껴지지만 점점 근육에 무리가 가고 척추 쪽에도 무리한 힘을 주기 때문에 결국 지구력을 떨어뜨리게 된다. 게다가 심각할 경우에는 목이 앞으로 빠지고 어깨와 등이 굽는 '거북목 증후군'이 올 수도 있다.

대로는 평소 책상 없이 바닥에 엎드린 채로 공부를 하는 경우가 많았다. 이렇게 엎드린 자세로 공부를 하다 보면 중력의 영향을 많이 받게 되어 활동이 느려지고 시력도 떨어지게 된다. 또한 고개가 비뚤어지고 한쪽으로 무게중심이 쏠려 척추가 휘는 '척추측만증'이 생길 확률이 높아진다.

빛나 역시 주로 책상에 엎드려서 공부를 했다. 이러한 경우 책상에 심장이 눌려

온몸의 혈액순환이 잘 되지 않고, 척추가 휘는 '척추측만증'이 생길 위험이 있다. 또한 옆으로 누워 글씨를 쓰면 초점 조절이 어려워 시력이 약해질 위험이 있다.

공부 자세에서 가장 중요한 것은 '척추를 올곧게 펴는 것'이다. 그래야만 몸이 한쪽으로 기울거나 쏠리지 않아 전체적으로 균형이 잡힌 자세가 된다. 올바른 공부 자세에 대해 좀 더 구체적으로 살펴보면, 의자에 앉을 때는 상체와 허벅지, 허벅지와 무릎이 직각이 되도록 앉는 것이 바람직하다. 턱은 아래로 가볍게 당기되 힘을 빼고, 책을 볼 때는 몸을 구부리거나 고개를 너무 숙이지 않도록 해야 한다. 이때 책 받침대를 사용해서 책을 눈높이 정도에 맞추는 것이 좋다. 책과 눈의 거리는 30cm가량이 적당하며, 팔은 책상에 자연스럽게 걸치도록 하고, 허리는 등받이에 바짝 붙이는 것이 좋다.

나쁜 자세로 앉아 있다 보면 본인도 모르게 자꾸만 자세를 바꾸게 된다. "나는 이 자세가 편한데"라고 말하지만 정작 자신의 몸은 불편한 자세로 인해 스트레스를 받기 때문에 자신도 모르게 자꾸 자세에 변화를 주게 되는 것이다. 이런 모습을 곁에서 지켜보는 어른들은 아이가 산만하고 집중을 못하는 것처럼 느낄 수도 있다. 따라서 아이에게 올바른 공부 자세를 잡아 주면 산만해 보이는 아이도 하루아침에 집중력이 높은 아이로 보일 수 있고, 실제로 학습 효과도 좋아질 수 있다.

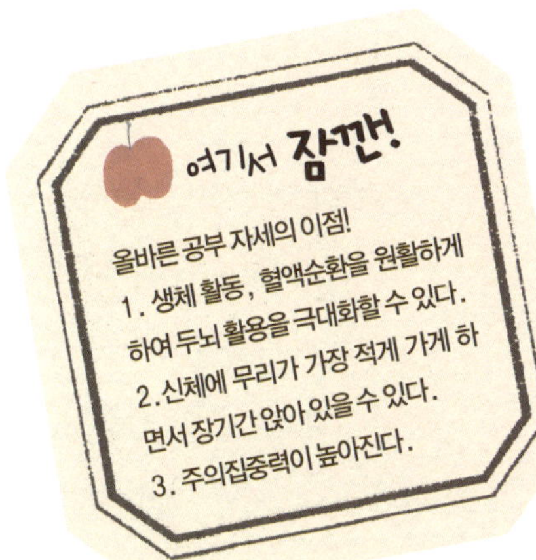

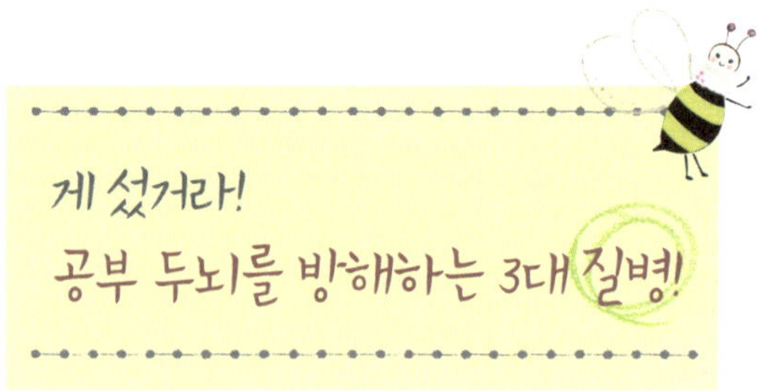

아이가 태어나면 대부분의 엄마는 육아수첩을 살펴보며 예방접종 날짜를 챙긴다. 혹시라도 날짜를 놓쳐 아이가 좋지 않은 병이라도 걸리게 될까 염려가 되어서다. 초등학교에 들어가면 예방접종의 간격이 느슨해진다. 따라서 아이의 올바른 성장을 위해 3년마다 건강검진을 받아야 한다. 이러한 목적으로 초등학교 1학년과 4학년, 중학교 1학년, 고등학교 1학년에 학생건강검진이 이루어진다.

검사의 종류도 많고 방법도 꽤 복잡하지만 하루가 다르게 성장하는 내 아이의 건강을 위해서라면 하나도 빠짐없이 체크해 두어야 한다. 특히 내 아이의 건강한 공부 두뇌를 방해하는 '3대 질병'은 반드시 체크해야 한다. 이 질병들은 발생하는 부위가 두뇌와 가장 가까이에 있고, 두뇌의 기능과도 밀접한 연관성을 가지고 있다. 이 질병들로 인해 아이가 괴로움을 자주 겪는다면 뇌가 제일 먼저 손상을 받아 뇌 기능이 저하될 위험이 있으므로 주의를 해야 한다.

● **"흐릿흐릿~ 잘 안 보여요"_부등시**

우리 아이의 건강한 두뇌를 망치는 대표적인 질병 중 하나가 '부등시', 즉 짝눈이다. 부등시는 양쪽 눈의 시력이 심하게 차이가 나는 경우로, 방치하면 치료가 불가능한 안과질환이 될 수 있다. 양쪽 눈의 시력이 차이가 많이 나면 물체를 주시할 때 눈의 피로도가 커지며, 심할 경우 통증과 함께 물건이 뚜렷하게 보이지 않고, 두통과 어지럼증까지 발생할 수 있다. 증상이 심해지면 쉬는 것만으로 눈의 피로를 풀 수 없고 긴장감과 스트레스, 불안감이 심해지고 두통, 집중력 저하, 기억력 감퇴 등을 연쇄적으로 일으켜 아이의 학습능력을 떨어뜨린다. 게다가 부등시는 약시를 유발할 수 있으므로 5세 정도부터는 안과에 들러 정기검진을 받도록 하는 것이 좋다.

시력 저하나 부등시를 예방하기 위해서는 아이의 습관을 점검할 필요가 있다. 엎드린 상태로 오랫동안 책을 읽거나 장시간 컴퓨터를 하는 것은 눈에 피로도를 가중시켜 시력을 저하시키고 부등시와 같은 질환을 가져올 수 있다. 따라서 아이가 50분 이상 가까운 곳을 봤다면 10분은 먼 곳을 보며 쉬는 습관을 들이도록 해야 한다. 그리고 흔들리는 차 안에서 책을 읽는 것은 책을 보는 눈이나 내용을 이해하는 두뇌에 굉장한 스트레스를 주게 되므로 자제시켜야 한다.

● "킁킁~ 코가 자주 막혀요"_비염

우리 아이의 건강한 두뇌를 망치는 두 번째 질병은 바로 '비염'이다. 콧물이나 재채기, 코막힘의 증세로 나타나는 비염은 코 질환 중에서도 아이들에게 가장 흔하게 나타나는 병인데도 치료의 중요성을 잘 느끼지 못하는 경우가 많다.

비염은 단순히 귀찮고 불편한 것을 넘어 입호흡을 유발하는 가장 큰 원인이 되므로 두뇌 건강에도 나쁜 영향을 끼친다. 입호흡은 뇌에 공급하는 산소를 부족하게 만들어 기억력 저하, 집중력 약화 등의 악영향을 주어 아이들의 학습장애와 학습의욕 저하를 불러일으킨다. 게다가 입호흡을 하는 아이들은 오염된 공기가 바로 폐로 가기 때문에 감기에 걸리는 빈도가 높고 기관지염, 폐렴 등 호흡기 질환에도 잘 걸린다.

뿐만 아니다. 알레르기 비염 같은 경우는 아토피에서 비롯한 질병이기 때문에 피부과적 증상까지도 함께 발생하게 되어 아이들이 안정적으로 공부를 하기가 힘든 상황이 된다.

비염은 한두 번의 치료로 나아지는 질환이 아니기 때문에 일상생활에서 꾸준히 관리를 해야 한다. 하지만 대부분의 엄마는 비염은 만성질환이기에 그냥 견디거나 아주 심할 경우 약으로 진정시키면 된다고 생각한다. 비염을 제대로 치료하지 않고 입호흡을 장기간 하게 되면 아이의 성장발육, 학습장애는 물론, 심할 경우 정서 불안과 입을 계속 벌리는 습관이 생겨 얼굴이 주걱턱으로 변형될 수도 있다. 따라서 반드시 치료를 해야 한다.

알레르기 비염의 경우, 알레르기의 원인이 되는 요인을 찾아서 환경을 조절해 주는 것이 필요하다. 이와 더불어 적절한 약을 처방 받아 치료하는 것도 아이의 집중력을 높이고 두뇌 발달에 도움이 된다.

비염 증세를 완화시키기 위해서는 식염수를 한쪽 코로 넣어 입으로 내뱉는 '식염수 세척'을 하는 것이 좋다. 물론 코에 물을 넣는다는 것이 괴로운 일이기에 아이들이 순순히 협조해 주지 않는다는 문제점이 있다. 하지만 모든 것은 서서히 적응의 과정을 거치면서 익숙해지는 것이니 그 적응의 시간만큼 엄마가 더욱 노력하면 된다.

여기서 잠깐!

코가 막혔어요!

코가 막히는 증세가 나타나면 무작정 코를 풀거나 손으로 후비는 것보다는 '제자리 뛰기'를 하면 도움이 된다. 가벼운 운동을 하면 몸의 산소 소모가 늘어나 코의 불수의근이라는 근육이 움직여 코가 뚫릴 수 있다. 그 밖에 '옆으로 눕기'도 코막힘을 완화시킨다. 두 개의 콧구멍은 각각 네 시간씩 교대로 일하고, 하루 여섯 번 교대하는 순간에만 동시에 열린다. 이때 열려야 하는 쪽의 코가 콧물 등으로 막혀 있을 때 코가 막혔다고 느끼게 되는 것이다. 이럴 때는 왼쪽 코가 막히면 오른쪽으로 10분 동안 누워 있고, 오른쪽 코가 막히면 왼쪽으로 10분 동안 누워 있는 것이 좋다.

● "윙~ 귀가 잘 안 들려요"_중이염

우리 아이의 건강한 두뇌를 망치는 세 번째 질병은 '중이염'이다. 성인에 비해 아이들은 귀와 코를 연결해 주는 이관이 짧고 수평으로 되어 있기 때문에 중이염에 걸릴 확률이 높다. 물론 급성으로 발생하는 중이염은 그리 큰 문제가 되지 않는다. 하지만 중이염이 만성적으로 진행되거나 청력을 방해하는 요소들이 생기게 되면 아이들에게 상당한 어려움을 줄 수 있다. 따라서 반드시 정기적으로 이비인후과 진료를 통해 중이염 여부를 확인해야 한다.

아이가 귀를 자주 만지거나 귀에서 분비물이 나오면 중이염의 증상일 수 있으니 즉시 이비인후과에 데려가야 한다. 귀 질환은 직접적인 청력 저하를 발생시켜 수업의 집중도나 듣는 능력에 영향을 미치기 때문에 학습장애는 물론 언어발달에도 치명적인 영향을 미칠 수 있다. 따라서 만성중이염이라고 해서 치료를 포기하지 말고 끝까지 제대로 치료하는 것이 아이의 건강을 위해 바람직한 일이다.

아이들은 성인과 달리 난청 증상을 인식하거나 들리지 않는 것에 대해 표현이 서툴기 때문에 부모가 아이의 청력 상태에 세심한 관심을 보이는 것이 중요하다. 특히 아이가 갑자기 텔레비전 볼륨을 높인다거나 질문에 반응을 잘 하지 못한다면 난청을 의심해 볼 수 있으니 즉시 병원으로 데려가 정확한 진단과 치료를 받아야 한다.

늦잠 자는 아이가
성적도 쑥쑥!

청소년들의 기상 시간을 평소보다 한 시간 더 늦추면 성적이 좋아지고 무단결석도 줄어든다는 연구 결과가 나왔다. 영국 옥스퍼드 대학의 루셀 포스터 교수는 청소년들의 생체리듬이 성인보다 늦다는 것을 확인하기 위해 여섯 달 동안 한 고등학교 학생들의 등교 시간을 9시에서 10시로 한 시간 늦춰 보았다.

등교 시간을 조정한 결과, 학생들의 지각이 8% 가까이 줄어들고 장기 결석도 27%나 감소했다고 한다. 무엇보다 놀라운 변화는 중등교육자격검정시험(GCSE 시험)의 영어와 수학 평균 성적이 1년 전에 비해 현저하게 상승한 것이다.

포스터 교수는 "생체리듬은 스물한 살 무렵에 변하는데 그 전까지 아이들은 어른보다 생체리듬이 2~4시간 늦어 어른과 비슷하게 일과를 시작하면 효율이 떨어지게 된다."고 설명했다. 포스터 교수와 함께 연구에 참여했던 연구진 역시 "아이들은 하루 최소 9시간 정도 자야하고 중요한 수업은 가장 정신이 맑은 오후에 배치하는 것이 좋다."고 조언했다.

밤늦은 시간까지 학원에서 공부를 하다 보니 요즘 청소년들은 잠자리에 늦게 드는 경향이 있다. 그런데 이처럼 늦게 잠자리에 들고 아침에 일찍 등교를 하게 되면 충분한 수면을 취하기가 어려워 수면 부족을 일으킬 위험이 있다. 수면 부족은 비만과 우울증, 기억력 감퇴 등 여러 부작용으로 이어지기 때문에 성장기 아동과 청소년들은 충분한 수면을 취하는 것이 건강은 물론 학습에도 도움이 된다.

PART 6

70일간의 놀라운 기적

내 아이 두뇌 혁명!

사교육은 가라! 영재 두뇌 만드는 3W 비법

부모를 위한 TIP
김영훈 원장님이 전하는 '우리 아이 집중력 높이는 법'

　알묘조장(揠苗助長). 벼가 더 빨리 자라기를 바라는 마음에 벼를 잡아당기는 어리석은 행위를 일컫는 말이다. 벼를 잡아당기면 벼가 자라기는커녕 뿌리가 뽑혀 결국엔 죽게 된다.

　"다 너를 위해서 그러는 거야."

　자식을 사랑하는 부모의 마음을 누가 뭐라 할 수 있겠는가. 게다가 부모들이 쉴 새 없이 외치는 공부! 그것 역시 자식을 사랑하는 마음에서 비롯한 말이란 것을 의심할 사람은 아무도 없다. 하지만 당장 눈앞의 성과에 현혹되어 아이를 다그치는 것은 알묘조장과 다를 바 없다. 뿌리가 있어야 벼가 자라듯 공부는 자신의 의지가 있어야 할 수 있는 것이다. 부모의 다그침과 간섭으로 인해 아이는 공부에 대한 흥미를 잃는 것은 물론, 심할 경우 영영 공부에 대한 의욕을 잃게 될 지도 모른다.

　세상 모든 엄마의 더듬이는 아이를 향해 있다고 해도 과언이 아닐 만큼 사랑스런 내 아이를 위해 뭐든 해주고 싶은 것이 엄마의 마음이다. 그런 마음을 표현하다 보면 어르거나 달래기도 하고, 그것도 안 되면 다그치거나 나무라는 일도 다반사다. 하지만 아이를 올바르게 키우기 위해서는 가장 먼저 넘치는 마음을 주워 담는 자제력과 올바른 방법으로 발전시켜 나가는 현명함을 익혀야 한다.

70일 두뇌 계발 프로젝트를 함께한 엄마 대부분이 아이에 대한 넘치는 사랑과는 별개로 그것을 어떻게 자제하고 어떻게 현명하게 발전시켜야 할지에 대해 혼란스러워 했다. 그저 아이의 일거수일투족을 감시하고 감독하는 것이 아이에 대한 사랑인 줄 여기거나 아이에게 공부에 대한 스트레스를 주지 않기 위해 '네 공부는 네가 알아서 해라'는 식의 무관심이 아이에게 자율성을 주는 것이라 생각한 것이다. 하지만 70일이라는 짧지 않은 시간 동안 전문가의 조언을 귀담아 듣고, 제시하는 솔루션들을 충실히 수행해 가면서 다섯 엄마에게 놀라운 변화가 찾아왔다. 매니저처럼 일일이 간섭하는 간섭형 엄마, 공부는 네 몫이라며 아이의 재능 살리기에만 급급한 외면형 엄마, 마음만 조급한 결과 중시형 엄마 등의 모습을 던져 버리고 아이의 생각을 유도하는 유도형 엄마, 아이를 현명하게 리드하고 뒷받침해 주는 현명한 엄마의 모습으로 재탄생하는 기적이 일어난 것이다.

내 아이
두뇌
혁명!

"그저 남들보다 조금 더 챙겨 줬을 뿐인데, 간섭형 엄마라니!"

"자기주도 학습은 원래 아이 혼자 공부하는 것 아니야? 그런데 날더러 외면형 엄마라니!"

많은 엄마가 자신의 교육법이 잘못되었다는 지적을 받으면 불편한 기색을 드러내곤 한다. 하지만 이런 '불편한 진실'은 오히려 지난 시간을 되돌아보며 아이에 대한 자신의 교육 태도를 반성하는 좋은 계기를 만들어 주기도 한다.

엄마의 태도가 바뀌면 아이의 생활 습관이나 공부 습관, 심지어는 두뇌까지 달라지는 기적 같은 일이 벌어진다. 이러한 놀라운 기적의 바탕에는 아이의 능력에 대한 무한한 믿음이 자리 잡고 있어야 한다. '백 명의 아이에게는 백 가지의 가능성이 있다'라는 말처럼 아이들은 저마다 타고난 재능이 있고, 두뇌 역시 얼마든지 계발될 수 있다는 엄마들의 강한 믿음이 기적과도 같은 일을 만들어 내는 것이다.

● 학원을 다니는 것도, 학습 스케줄을 짜는 것도, 심지어는 친구와 놀거나 간식을 먹는 것조차도 엄마가 정해 준 대로 움직이던 명석이는 프로젝트가 진행되면서 조금씩 자율성을 찾아갔다. 그리고 마침내 70일이 흐른 후, 명석이는 스스로 학습 계획을 짜고, 스스로 계획을 지키기 위해 노력하는 의젓한 아이로 변해 있었다.

뿐만 아니라 두뇌도 놀랄 만한 변화를 보였다. 1차 검사 때와 비교했을 때 웩슬러 검사와 창의력 검사에서 많은 향상이 있었던 것이다.

자율성을 찾으니 두뇌가 방긋방긋! 창의력이 쑥쑥!

무엇이든 엄마의 결정대로! 좌뇌우세형 나명석 어린이의 두뇌 검사 결과

	웩슬러 검사 (지능지수)		다중지능 검사	창의력 검사 (100명 기준)
1차 검사	118 (보통 상 수준)		강점지능 : 자기성찰지능, 인간친화지능	언어성 창의력 : 89등
	언어성 지능 111	동작성 지능 122	약점지능 : 없음	도형성 창의력 : 66등
2차 검사	129 (우수 수준)		강점지능 : 자기성찰지능, 인간친화지능	언어성 창의력 : 61등
	언어성 지능 122	동작성 지능 131	약점지능 : 논리수학지능, 자연친화지능	도형성 창의력 : 12등

물론 아이큐란 것은 측정 당일의 컨디션에 따라 약간의 차이가 날 수 있고, 단기간 안에 재검사를 했을 경우, 연습 효과가 나타날 수도 있다. 하지만 통상적으로 그

점수의 폭은 5점 정도이다. 그 이상의 상승, 즉 명석이의 경우처럼 11점이 상승한 것은 분명한 이유가 있다고 볼 수 있다. 특히 조금만 어려운 과제가 나와도 금방 포기해 버리던 1차 검사 때와 달리 2차 검사에서는 어려운 문제가 나와도 시간이 다 될 때까지 한 번 더 생각하며 문제를 지속적으로 해결하려는 태도를 보였다. 이런 명석이의 변화가 지능지수에도 큰 영향을 미친 것으로 보인다.

어려운 문제도 끝가지 해결하려는 과제 집착력의 상승과 더불어 명석이는 주의 집중력 및 불안감이나 좌절감을 인내하는 능력도 함께 증진되었다. 이것은 명석이가 자기주도적인 학습 솔루션을 잘 수행한 것과 더불어 간섭을 줄이고 아이에게 자율성을 부여한 엄마의 변화가 낳은 결과다.

한편, 명석이는 다중지능 검사에서 1차 결과 때에는 약점지능이 없던 것에 비해 2차 때에는 논리수학지능과 자연친화지능이 약점지능으로 나타났다. 하지만 이것은 그다지 걱정할 필요가 없는 결과였다. 이는 엄마의 계획하에 공부하고 선행학습을 했던 '엄마주도 학습'에서 벗어나 명석이 스스로 계획하고 학습하는 '자기주도 학습'으로 가는 과정상의 과도기적 현상으로, 일시적으로 취약하게 느껴지는 것뿐이다. 명석이는 자신의 감정을 조절하는 능력이 높다. 이는 '자기주도 학습'을 할 수 있는 토대가 만들어졌다고 볼 수 있다.

반면, 공간지능과 신체운동지능이 1차 검사 때에 비해 많이 상승했다. 이것은 엄마의 간섭이 없는 자유로움 속에서 잠재능력이 계발된 결과라고 볼 수 있다. 또한 창의력 검사에서도 언어성 창의력과 도형성 창의력이 모두 상승하는 결과를 보였다. 이 중에서 높은 점수로 상승한 도형성 창의력은 학습과는 무관한 것으로 아이의 사고력과 상당히 많은 관련이 있다. 이처럼 창의력도 학습에 의한 창의력보다는 아이에게 원래 잠재해 있던 창의력이 먼저 상승한 것을 알 수 있다. 따라서 명석이는 지금까지 보여 주었던 것보다 더 많은 잠재력이 앞으로 계속해서 계발될 것이라는 기대가 모아졌다.

● 온종일 연기 연습을 하느라 바쁜 빛나! 빛나를 연기자로 만들기 위해 온갖 정성을 쏟는 엄마! 그로 인해 빛나는 늦은 밤이 되어서야 무겁게 내려앉은 눈을 비비며 혼자서 공부를 해야 했다.

하지만 〈70일 두뇌 계발 프로젝트〉가 모두 끝난 뒤 엄마와 빛나의 모습은 완전히 달라졌다. 빛나는 학습에 대한 중요성을 인식한 것은 물론이고 심지어는 공부하는 것이 연기보다 더 재미있다고 말했다.

연기에 대한 재능과는 별개로 자라나는 아이에게 학습은 결코 등한시할 수 없는 부분이다. 게다가 학습에 대한 자기주도적 성향을 몸에 익히게 되면 연기를 비롯한 자신의 재능을 발전시키는 데 많은 도움이 된다. 분명한 목표를 설정하고 스스로 계획을 세워 실천하는 것은 어느 분야든지 반드시 필요한 자질이기 때문이다.

빛나의 학습에 대한 의욕은 두뇌에도 큰 변화를 가져왔다. 웩슬러 검사와 창의력 검사에서 1차 검사 때와 비교해 많은 향상이 있었던 것이다.

공부가 연기만큼 재미있어요~
창의력이 껑충! 진정한 엄친딸로 성장!

공부는 NO! 연기는 YES! 우뇌우세형 왕빛나 어린이의 두뇌 검사 결과

	웩슬러 검사 (지능지수)	다중지능 검사	창의력 검사(100명 기준)
1차 검사	114 (보통 상 수준) 언어성 지능 118　동작성 지능 107	강점지능 : 음악지능, 공간지능, 자연지능, 신체운동지능 약점지능 : 자기성찰지능, 인간친화지능	언어성 창의력 : 61등 도형성 창의력 : 75등
2차 검사	130 (최우수 수준) 언어성 지능 125　동작성 지능 128	강점지능 : 음악지능, 공간지능, 자연지능, 신체운동지능 약점지능 : 자기성찰지능, 인간친화지능	언어성 창의력 : 21등 도형성 창의력 : 2등

2차 웩슬러 검사에서 빛나의 경우 전반적인 인지 영역에서 고루 향상된 결과가 나왔다. 이러한 결과는 주의집중력의 향상과 학습 동기의 향상이 큰 영향을 미쳤다고 볼 수 있다. 특히 1차 검사에 비해 2차 검사 때 주의 집중력이 상당히 좋아져 꼼꼼

하고 안정된 수행을 보여 주었다. 모호한 상황에서의 문제 해결 능력이 월등하게 증진된 것도 주의력이 좋아졌기 때문이다.

다중지능 검사에서는 대부분 1차 검사 때와 비슷한 결과가 나왔다. 2차 결과에서도 음악·공간·자연 지능이 강점으로 나왔고, 신체 운동 지능까지 또래 아이들보다 상당히 높게 나왔다. 이는 빛나가 전형적으로 예술성을 가지고 있다는 것을 말해 준다. 이러한 경우 빛나가 원한다면 연기와 공부를 병행하며 연기의 재능을 함께 성장시켜 주는 것이 좋다. 아이는 자신이 흥미를 느끼고 재능을 보이는 것을 학습함으로써 강한 에너지를 얻을 수 있다. 이 힘으로 공부도 열심히 하고 연기도 열심히 할 수 있는 것이다.

한편, 자기성찰지능에서는 1차 결과에 비해 자기관리 능력이, 논리수학지능에서는 기억 및 학습능력이 다소 낮게 나왔다. 이런 경우 부모가 학습을 지도하는 방법에 문제가 있을 수 있다. 따라서 단순히 아이 옆을 지키기보다는 아이의 약점을 보완하는 부모의 구체적인 학습 코칭이 필요하다. 이 부분은 엄마가 빛나의 학습을 지도하며 좀 더 노력해야 할 부분으로 지적되었다.

빛나의 두뇌 검사 결과, 모두가 깜짝 놀랄 만한 발전을 보인 것은 바로 창의성이었다. 특히 도형성 창의력이 75등에서 2등으로 월등히 좋아졌다. 이는 아이의 공부방을 집중할 수 있는 환경으로 바꿔 줌으로써 빛나가 자유롭게 생각을 할 수 있는 공간을 만들어 준 엄마의 역할이 컸다고 할 수 있다. 빛나의 엄마는 프로젝트 중간에 실시되었던 창의력 검사에서도 분홍빛 바다를 그린 빛나에게 "엄마도 분홍빛 바다에 놀러 가고 싶다."며 칭찬하고 격려해 줌으로써 아이의 창의력에 날개를 달아 주었다. 이와 같이 아이를 지지하고 격려하는 엄마의 긍정적 태도는 아이의 창의력을 무럭무럭 키울 수 있는 결정적 요인이 된다.

● 늘 시간에 치이는 워킹맘인 엄마는 대로 앞에만 서면 자신도 모르게 "빨리! 빨리!"라는 말이 먼저 튀어나왔다. 하지만 엄마의 이런 애타는 마음을 아는지 모르는지 대로는 이리저리 몸을 꼬며 손장난을 치거나 말대꾸를 하는 등 공부에 집중하지 않는 모습을 보였다. 덕분에 엄마는 늘 회초리를 드는 악역을 담당해야 했다.

〈70일 두뇌 계발 프로젝트〉가 진행되는 동안 엄마의 모습도 많이 변화되었다. 회초리를 들기보다는 대로를 더 많이 기다려 주고 이해하려고 노력했다. 엄마를 힘들게 하기 위해서, 골탕을 먹이기 위해서 산만하게 행동했던 것이 아니라, 그것이 아이의 특성이고, 그것을 이해하고 감싸 안아야 하는 것이 엄마의 몫임을 알게 되었기 때문이다.

퇴근해서 돌아오면 엄마는 "숙제 다 했어?"라는 말 대신 "우리 아들, 잘 지냈어?" 하며 대로를 따뜻하게 감싸 안아 준다. 덕분에 아이와 정서적 친밀감이 더욱 높아졌다.

하지만 모든 것이 순탄했던 것만은 아니었다. 직장 일을 하느라 아이를 제대로 챙기기가 힘든 엄마는 전문가 선생님이 내주신 솔루션을 수행하는 것이 여간 힘든 일이 아니었다. 엄마가 바뀌어야 아이가 달라질 수 있다는 것을 충분히 인지하면서도 현실적인 제약 때문에 몸과 마음이 제각각일 수밖에 없었던 것이다.

이런 안타까운 마음은 대로의 2차 두뇌 검사 결과에 그대로 나타났다. 웩슬러 검사와 다중지능 검사에서 1차 검사 때와 비교해 다소 낮은 결과가 나온 것이다.

1보 전진을 위한 1보 후퇴!
하지만 자유로움 속에서 창의력은 껑충!

맞벌이 가정에서 나홀로 공부하는 우뇌우세형 이대로 어린이의 두뇌 검사 결과

	웩슬러 검사 (지능지수)		다중지능 검사	창의력 검사(100명 기준)
1차 검사	126 (우수 수준)		강점지능 : 신체운동지능, 공간지능, 논리수학지능	언어성 창의력 : 91등
	언어성 지능 125	동작성 지능 121	약점지능 : 자기성찰지능, 인간친화지능	도형성 창의력 : 75등
2차 검사	120 (우수 수준)		강점지능 : 신체운동지능, 공간지능	언어성 창의력 : 61등
	언어성 지능 120	동작성 지능 116	약점지능 : 자기성찰지능, 언어지능, 음악지능	도형성 창의력 : 59등

2차 검사 결과가 낮게 나온 데는 검사에 임하는 대로의 태도에 큰 원인이 있다고 할 수 있다. 대로는 1차 검사 때와 비교해 많이 산만한 모습을 보여 검사에 잘 집중하지 못했고, 시간 또한 많이 소모되었다. 하지만 이러한 행동을 긍정적으로 해석하자면, 내부에 강하게 억압되어 있던 부정적인 감정이나 스트레스가 외부적으로 표출되기 시작하는 과도기적 증상이라 볼 수 있다. 따라서 앞으로 솔루션을 충실히 수행하면서 좀 더 시간을 가지고 지켜보면 예전보다 훨씬 나아진 모습으로 발전하리라 예상된다.

다중지능 검사 결과에서 1차 검사 때에 비해 약점지능이 늘어나긴 했지만 인간친화지능이 조금은 상승되었고, 강점지능이었던 신체운동지능 역시 여전히 강점지능으로 발전되고 있었다. 대로의 경우 우뇌우세형 두뇌를 가졌기 때문에 약점지능에 너무 연연하기보다는 강점지능인 신체운동지능을 더욱 살려 주는 것이 좋다. 특히 운동을 좋아하는 대로가 엄마 아빠와 함께 운동하는 시간을 가지면 쉽게 성취감을 느낄 수 있고, 가족과 함께하는 시간 속에서 인성 지능 또한 계발시킬 수 있다. 이는 효과적인 관계 형성 능력은 물론 자존감까지 함께 상승시킬 수 있는 좋은 방법이다. 게다가 이런 것들이 기초로 형성되고 나면 학습적인 효과는 자연스레 뒤따라올 것이다.

창의력 검사에서 대로는 언어성 창의력과 도형성 창의력이 모두 상승했다. 이것은 학습 시 "어, 그거 정말 괜찮은 생각이다!" 같은 엄마의 긍정적인 리액션이 낳은 결과라고 볼 수 있다. 이는 엄마가 아이의 학습에 좀 더 자주 긍정적인 반응을 보여 주면 창의력 또한 더욱 발전할 수 있음을 말해 준다.

● 올백, 전교 1등! 착하고 싹싹한 성격 덕분에 친구들은 물론 동네 아주머니들에게까지 인기 만점인 미지. 미지의 문제점은 집에만 오면 의기소침해지면서 공부 의욕이 사라진다는 것이다. 물론 학교 수업과 학원 수업만으로 전교 1등의 성적을 거둔다는 것은 너무나 대견한 일이다. 하지만 자기주도적인 학습 의지 없이는 고학년이 될 수록 지금의 성적을 유지하기가 힘들다. 그로 인해 미지에게 학습에 대한 의지와 함께 자기주도적 학습습관을 길러주는 각종 솔루션을 제시하였다.

〈70일 두뇌 계발 프로젝트〉가 진행되면서 미지의 얼굴에는 웃음이 끊이지 않았고, 집에서의 학습 또한 자연스러운 일이 되었다. 공부방이 생기고 새 책상이 생기고, 재미있는 책들이 늘어나는 등 공부 환경이 달라진 것이 큰 역할을 한 것이다. 게

다가 솔루션을 수행하는 동안 가족과 함께 시간을 보내고, 책을 읽으며 주인공과 교감하는 것들이 미지의 정서 뇌를 여는 데 큰 도움이 되었다. 이렇게 정서 뇌를 먼저 열어 두면 공부 뇌는 자연스레 발전된다. 뿐만 아니다. 자신의 롤모델인 이문정 기상 캐스터를 직접 만나 본 소중한 기억은 미지에게 큰 에너지원이 되어 학습 의욕을 불러일으키는 것은 물론, 매순간 꿈을 향해 나아가는 강한 원동력이 되어 주었다.

더욱 밝아진 미지의 표정만큼이나 두뇌 검사 결과도 상당히 향상되었다. 2차 검사 결과, 웩슬러 검사와 다중지능 검사에서 1차 검사 때와 비교해 많은 향상이 있었다.

밝게 웃으니 두뇌도 환해졌어요!
정서 뇌가 열려야 공부 뇌가 열려요

전교 1등! 하지만 집에서는 공부를 하지 않는 좌뇌우세형 이미지 어린이의 두뇌 검사 결과

	웩슬러 검사 (지능지수)		다중지능 검사	창의력 검사(100명 기준)
1차 검사	106 (보통 수준)		강점지능 : 자기성찰지능, 자연친화지능, 인간친화지능	언어성 창의력 : 75등
	언어성 지능 108	동작성 지능 103	약점지능 : 신체운동지능, 음악지능	도형성 창의력 : 66등
2차 검사	126 (우수 수준)		강점지능 : 자기성찰지능, 자연친화지능, 인간친화지능	언어성 창의력 : 56등
	언어성 지능119	동작성 지능128	약점지능 : 음악지능, 공간지능	도형성 창의력 : 79등

웩슬러 검사 결과, 미지는 지능지수가 20점이나 상승하는 놀라운 결과를 보였다. 특히 동작성 지능은 25점이나 상승하였다. 이는 미지의 정서적 부분을 개선하기 위한 솔루션의 효과가 아주 컸다고 볼 수 있다.

예전의 미지는 학습을 할 때 활동성이 위축되고 소극적인 모습을 보였고, 이것이 동작성 지능에도 그대로 나타났다. 하지만 솔루션들을 잘 수행해 나가면서 정서적인 측면이 안정되고 활발해지는 변화를 보였다. 이러한 긍정적인 변화로 인해 미지는 열심히 하려는 의욕과 동기를 가지고 2차 검사에 임했다. 이러한 심리적 변화가 손동작을 통해 직접 문제를 해결하는 과제인 토막 짜기, 모양 맞추기 등의 점수 향상에 직접적으로 영향을 준 것이다.

다중지능 검사 결과에서도 미지는 언어지능, 논리수학지능 등이 1차 검사 때보다 뚜렷한 발전을 보였다. 이렇게 학습 지능이 계발되면, 그로 인해 인성 지능도 함께 계발되는 상호 보완적 요소가 있다. 이것은 결국 미지의 자신감이나 자존감 또한 높이는 결과가 될 수 있다.

　미지의 언어성 창의력은 1차 검사 때와 비교해 상승하는 결과가 나왔다. 반면, 도형성 창의력은 다소 떨어진 것으로 나타났다. 하지만 좋은 환경이 지속적으로 제공되고, 정서가 풍요로워지면 충분히 향상될 수 있기에 그다지 염려스러운 결과는 아니라고 볼 수 있다.

● 대한민국 상위 0.05% 두뇌의 소유자, 한시도 손에서 책을 놓지 않는 고야는 모든 엄마들의 로망이라 할 수 있다. 하지만 1차 검사 결과, 창의력에 적신호가 켜졌다. 이는 평소에 노는 것조차 책으로 대신했던 고야의 지나친 독서 습관 때문이라는 지

적이 나왔다.

〈70일 두뇌 계발 프로젝트〉가 진행되면서 고야는 책을 읽는 시간을 줄이는 대신 가족과의 놀이 시간을 늘렸다. 놀이를 통해 가족과 스킨십을 하며 정서적인 면을 보완하고, 야외 활동을 통해 신체 운동 기능 또한 키웠다. 이러한 놀이 활동이 아이의 창의력을 키우는 데도 큰 역할을 하는 만큼 고야의 2차 테스트 결과에 많은 관심이 모였다.

영재 판정 테스트에도 당당히 통과해 영재로 인정받고 영재학교 입학 자격을 따낸 고야는 2차 검사에서도 만족스러운 결과를 얻었다. 웩슬러 검사와 다중지능 검사에서 1차 검사 때와 비교해 많은 향상이 있었던 것이다.

이제 시작인 걸요!
상위 0.05%의 두뇌를 가진 영재!

공부가 좋아서 스스로 하는 좌뇌우세형 최고야 어린이의 두뇌 검사 결과

	웩슬러 검사 (지능지수)		다중지능 검사	창의력 검사 (100명 기준)
1차 검사	148 (최우수 수준)		강점지능 : 자기성찰지능, 자연친화지능, 논리수학지능	언어성 창의력 : 79등
	언어성 지능 152	동작성 지능 132	약점지능 : 없음	도형성 창의력 : 66등
2차 검사	154 (최우수 수준)		강점지능 : 자기성찰지능, 논리수학지능, 인간친화지능	언어성 창의력 : 79등
	언어성 지능 149	동작성 지능 147	약점지능 : 음악지능	도형성 창의력 : 92등

2차 웩슬러 검사에서 고야는 1차와 비교해 지능지수가 6점이 상승한 154가 나왔다. 웩슬러 검사에서의 ==지능지수 154라는 수치는 학교에서 일반적으로 실시하는 아이큐 검사와 비교할 때 170~180 정도의 높은 수치에 해당하는 놀라운 결과==다.

고야의 웩슬러 검사 결과를 분석해 보면 1차 검사에 비해 사회성과 관련한 지수의 상승이 두드러지는 것으로 나타났다. 언어성 지능이 약간 낮아진 것도 고야의 사회성·정서적인 측면의 성장과 큰 관련이 있다. 고야는 지나치게 어른스럽고 보수적인 태도를 보인 1차 검사 때와 달리, 2차 검사에서는 장난을 치거나 수다를 떠는 등 여느 초등학교 1학년 또래들처럼 개방적인 행동을 했다. 이는 고야의 사회성과 정서가 많이 성장했다는 증거이다. 지금과 같은 상태가 지속된다면 창의력이나 융통성 또한 많이 나아질 것으로 예측되었다.

다중지능 검사 결과, 고야는 강점지능과 약점지능에서 변화가 조금 있었다. 1차에서 자기성찰지능, 자연친화지능, 논리수학지능이 강점으로 나왔는데, 2차에서는 논리수학지능, 자기성찰지능, 인간친화지능이 강점으로 나왔다. 그 밖의 지능들은 약점지능으로 추가된 음악지능을 제외하고는 약간의 변동이 있기는 하지만 모두 보통 이상의 수준을 유지하며 1차 결과보다 전체적으로 향상된 모습을 보였다.

==언어지능에서도 특히 말하기 부분과 작문능력이 많이 향상==되었다. 덕분에 ==논리수학지능도 함께 향상==되는 결과가 나왔다. 논리수학지능 중에서 계산 능력을 제외하고는 논리적 사고나 추론능력 같은 부분은 대뇌의 측두엽 부분에서 언어지능과 함께 관장하기 때문에 둘 중에 하나만 발전해도 덩달아 오를 수 있다. 그리고 인간친화능력이 향상되었는데, 특히 사회성과 리더십이 강화되었다. 리더십은 곧 아이의 자신감을 말한다. 이는 사람을 사귀고 함께 어울려 놀면서 고야의 자신감이 커진

것이라 볼 수 있다.

한편 전반적인 상승을 보인 다른 지능과 달리 창의력 검사에서는 오히려 하락하는 안타까운 결과가 나왔다. 하지만 지금껏 솔루션을 수행하며 놀이를 하고, 동작을 하는 등 창의력을 높이기 위한 첫걸음이 시작된 만큼 앞으로 더욱 다양한 두뇌의 자극을 통해 고야의 지적인 활동과의 균형점을 찾아준다면 창의력 또한 충분히 발전될 가능성이 엿보였다.

사교육은 가라!
영재 두뇌 만드는
3W 비법

"70일 동안 머리가 얼마나 좋아지겠어?"

70일 두뇌 계발 프로젝트 가 진행되는 동안 하루에 몇 번씩이나 머리를 스치고 지나가던 질문이다. 하지만 아이들의 최종 두뇌 검사 결과가 공개된 후, 다시 한 번 인간 두뇌의 무한한 가능성에 대해 놀라지 않을 수 없었다. 그리고 이 놀라움은 그간 많은 사람의 어깨를 무겁게 짓누르던 비싼 사교육비에 대한 부담감을 덜어 낼 수 있는 반가운 대안이 될 수 있다는 확신을 더해 주었다.

통계청이 발표한 자료에 따르면 2009년 동안 우리나라에서 사용된 전체 사교육비는 21조 6,000억 원이며, 학생 한 명당 사용된 한 달 사교육비는 평균 24만 원으로, 그 전 해에 비해 3.9% 증가했다고 한다.

이어지는 경기 침체 속에서도 사교육비만큼은 절대 꺾이지 않는 것에는 다 그만한 이유가 있다. 조금이라도 더 많이 배워 좋은 대학에 가고, 안정된 직장에 취직하여 편안한 삶을 살았으면 하는 자식에 대한 애틋한 부모의 사랑이 바로 그것이다. 하지만 사랑의 무게만큼이나 부모의 어깨도 무거운 것이 현실이다.

사교육은 학습에서 보조 역할은 할 수 있지만, 좋은 성적을 내고 좋은 대학에 들어가게 하는 만능열쇠가 될 수는 없다. 이는 학교나 가정에서의 학습을 소홀히 한 채 사교육에만 의존하는 것은 오히려 독이 될 수도 있다는 말이다.

내 아이를 영재 두뇌로 만드는 데 있어도 사교육의 힘은 그리 중요하지 않다. 학습에 대한 자신의 의지가 열리지 않는 한 아이의 두뇌는 쉽게 계발될 수 없기 때문이다.

● 우리아이 영재 두뇌 만드는 3W 비법 1

Who?
영재교육에서 가장 중요한 사람은 엄마다

내 아이를 영재 두뇌로 만들기 위해 가장 노력해야 하는 사람은 누구일까? 바로 '엄마'다. 1944년 핵자기 공명의 발견에 대한 공로로 노벨상을 탄 이지도어 아이작 라비는 자신이 노벨상을 탈 수 있었던 것은 모두 어머니 덕분이라고 말했다.

"얘야, 오늘 공부 시간에는 선생님에게 무슨 질문을 했니?"

그의 어머니는 학교에서 돌아온 아들에게 매일 이와 같은 질문을 던졌다. 단순히 선생님이 말하는 것을 듣고만 오는 주입식 학습이 아니라, 자기 속의 생각을 열어

질문하고 토론하는 학습 습관을 키워 주기 위한 어머니의 지혜였던 것이다. 이처럼 엄마는 말 한마디로 내 아이를 영재는 물론 노벨상까지도 받게 만들 수 있는 대단한 힘을 가진 사람이다. 하지만 그 대단한 힘을 잘못 발휘하여 내 아이를 둔재로 만드는 것도 바로 엄마다.

엄마들이 아이를 가르치는 유형은 크게 네 가지로 분류할 수 있다. 이 네 유형 중에서 아이를 영재로 만드는 엄마와 둔재로 만드는 엄마는 명확히 구분된다.

> ▶ 현명한 엄마 : 아이의 특성을 잘 파악하고 그 특성에 맞는 교육법을 잘 적용한다.
> ▶ 죄많은 엄마 : 아이에 대해 잘 알지만 일이 바빠 제대로 신경 써 주지 못해 늘 미안해 한다.
> ▶ 무늬만 엄마 : 아이의 특성도 잘 알지 못하고 제대로 된 환경도 제공하지 못하면서 무작정 열심히 시키기만 한다.
> ▶ 막가파 엄마 : 아이의 특성 무시! 아이의 의견 무시! 학원으로, 과외로 무조건 스파르타식 교육을 시킨다.

영재를 만드는 엄마 유형의 1등은 당연히 '현명한 엄마'형이다. 아이의 특성에 맞는 공부를 시킨다면 스트레스를 받지 않으니 즐겁게 공부를 하고, 두뇌 계발이 이루어지는 것도 그만큼 빠르고 쉽다.

그 다음은 '죄 많은 엄마'형이다. 죄 많은 엄마 형은 바쁜 와중에도 조금만 틈을 내서 아이를 봐 주기만 하면 아이는 금방 좋아진다. 따라서 만족스럽지는 못하지만, 아이의 특성을 파악하는 등 늘 준비가 되어 있는 엄마라고 볼 수 있다.

세 번째는 '무늬만 엄마'형이다. 이유야 어쨌든 아이에게 일일이 간섭하지 않기 때문에 정말 운이 좋은 경우, 스스로 잘하는 아이가 될 가능성도 있다. 하지만 교육은 노력한 만큼의 결과를 거두는 것이기에 제아무리 똑똑한 두뇌를 가졌어도 엄마의 방치 속에 둔재로 변할 가능성이 크다.

마지막으로, 내 아이를 영재로 만들 가능성 제로인 동시에 둔재로 만드는 대표적인 유형은 '막가파 엄마'형이다. 이 유형은 실제 우리나라에서 가장 많은 유형이다. 이 유형의 엄마들은 아이의 특성도 잘 모른 채 무조건 학원이나 과외 등 사교육으로 내몰아 아이를 지치게 하고, 과도한 공부를 요구하며 책상에 앉아 있기를 강요한다. 이에게 부족하다 싶은 부분은 무조건 될 때까지 시키면 된다는 생각이 강하기 때문이다.

아이의 두뇌는 부모가 정성 들인 것과 비례해서 성장한다. 마음만 앞서 아이에 대한 파악도 부재하고, 실제적인 도움은 주지 않으면서 아이를 학원으로만 내돌리는, 그야말로 정성이 부족한 엄마들은 아이의 영재성을 발견하지 못할 뿐만 아니라 영재로 키우기 힘들다. "누구네 아이는 영재라고 하더라!"하며 부러워하기 이전에 영재의 가능성을 발견하고 키운 그 어머니가 있었다는 사실부터 기억해야 한다.

●우리아이 영재 두뇌 만드는 3W 비법 2

What?
초등학교 입학 전에 독서 습관을 잘 잡아주면 영재를 만들 수 있다

갓난아기 때는 물론이고 태아 때부터 책을 읽어 주는 엄마들이 점점 늘고 있다. 이때는 아이에게 지식을 주입하겠다는 목적보다는 다정한 목소리로 교감을 나누겠다는 마음이 더 크다. 하지만 아이가 조금 더 자라면 더 넓은 세상을 보여 주고 더 많은 지식을 알게 해 주기 위해 책을 읽어 준다. 세상 모든 것을 보여 주고 체험하게 할 수 없으니 간접적으로라도 경험하게 해 주고 싶은 마음에서다.

이처럼 독서는 책을 읽어 주는 사람과의 정서적 교감, 책 속 주인공과의 교감, 책 속의 다양한 지식과 지혜의 습득 등 많은 장점이 있다. 그래서 엄마들은 아이에게 가능한 일찍부터 책을 읽어 주고, 아이 스스로 책을 읽는 것을 즐길 수 있도록 환경을 만들어 주는 것이다.

그런데 이러한 독서에 대한 열정이 아이가 초등학교에 들어가면서부터 점점 사그라진다. 때마다 실시되는 시험 결과에 따라 아이의 학습능력이 평가되니 공부에 더욱 집중할 수밖에 없는 것이다. 어디 그뿐인가. 피아노, 미술, 영어 등 배워야 할 것이 너무나 많아 독서는 자연스레 뒷전으로 밀려나게 된다.

하지만 아이를 영재로 키우기 위해서는 무엇보다 독서가 우선시되어야 한다. 사교육을 받은 경험이 전혀 없는 아이를 영재로 만든 부모들의 공통점은 바로 '독서 교육'에 있다. 이것만 보아도 독서가 두뇌와 얼마나 밀접한 관련이 있는지 잘 알 수 있다.

책을 읽으면서 하게 되는 간접 경험은 아이로 하여금 상상과 추리, 예측과 같은 다양한 사고를 유발하게 한다. 이러한 사고를 하기 위해서는 다양하고 많은 뇌 부위를 동원해야 하기 때문에 전체적인 뇌 기능 강화에도 도움이 된다.

책을 통해 얻은 정보는 우리 뇌의 측두엽으로 들어가 기억중추를 자극해 기억력을 향상시키고 언어 표현을 잘 할 수 있게 해 준다. 뇌는 새로운 정보를 만나면 과거에 저장된 정보와 연관성을 찾는 작업을 한다. 새로운 정보가 기존 정보와 관련이 있다면 기존 정보를 바탕으로 새로운 내용을 추가하는 것이다. 이렇게 받아들여진 정보는 연관 작용으로 인해 오랫동안 기억된다.

뿐만 아니다. 독서는 수학과 물리학적 사고를 담당하는 두정엽을 발달시켜 입체·공간 분석으로 다양한 문자와 도형을 조합하고 의미나 생각을 입체적으로 할 수 있도록 도와준다. 또한 독서를 통해 습득하는 이해력, 어휘력, 사고력 등은 쓰기와 셈하기까지 가능하게 해 주므로 기초 학습능력을 기르는 데 아주 좋다. 게다가 이렇게 기초 학습능력이 탄탄한 아이는 공부에 대한 이해가 빠르고 받아들이는 양 또한 많아지게 되며, 이것은 곧바로 자신감으로 이어지고 공부에 재미를 붙이는 요인이 된다.

독서는 뇌 발달에도 도움이 되는 만큼 아이에게 일찍부터 독서 습관을 만들 수 있도록 도움을 주는 것이 좋다. 아이들이 본격적으로 책에 관심을 갖기 시작하는 시기는 생후 10개월 정도부터다. 따라서 이때부터 책을 장난감처럼 친근하게 인식할 수 있도록 손으로 잡고 누르고 넘기면서 오감을 골고루 자극하는 활동 중심의 독서 지도가 필요하다. 2~7세 때는 아이가 활동하는 공간에 항상 동화책, 그림책 등 책을 가까이 두어 아이들이 거부감 없이 아무 때나 책을 볼 수 있게 해야 한다. 그리고 거실에는 가급적 텔레비전을 없애고 책장을 마련해 부모가 먼저 책 읽는 모습을 아이에게 보여 주는 것이 좋다. 이는 아이의 독서 욕구를 자극하기에 안성맞춤이다. 또한 아이들은 칭찬에 약하기 때문에 엄마가 더 많은 칭찬을 해 줘서 아이가 꾸준히 책을 읽게 하는 동기를 만들어 주는 것이 좋다.

초등학교 저학년이 되면 아이들의 관심은 친구와 노는 것으로 옮겨져 책 읽기가 뒷전이 되기 쉽다. 이때는 아이에게 독서를 강요하기보다 부모와 함께 책 읽는 시간표를 만드는 것이 좋다. 그 시간에 책을 읽으며 좋아하는 간식을 같이 먹는다면 더욱 긍정적인 효과를 얻을 수도 있다.

● 우리아이 영재 두뇌 만드는 3W 비법 3

When?
영재교육은 태아때부터가능하다

뱃속의 아이는 엄마가 섭취한 음식을 양분으로 하여 무럭무럭 자란다. 반면, 임신 중 잘못 섭취한 약물이나 술 등에 의해 태아는 나쁜 영향을 받기도 한다. 이처럼 아이는 엄마 뱃속에서 하나의 생명체로 잉태되는 그 순간부터 엄마로부터 많은 영향을 받게 된다.

태아의 두뇌도 마찬가지다. 일반적으로 사람은 1,000억 개 가량의 뉴런을 갖게 되는데, 갓 출생한 아기의 뉴런이 이미 1,000억 개라는 사실만 보더라도 아이의 두뇌는 엄마 뱃속에 있는 10개월 동안 어느 정도 그 틀을 갖춘다는 것을 알 수 있다. 게다가 출생 전 태내 환경이 지능지수를 결정하는 중요한 역할을 한다는 사실이 여러 연구를 통해 밝혀지기도 했다.

'인간의 지능은 유전적 요소보다는 자궁 내 환경이 더욱 중요하다.'

지능지수는 유전적인 요인과 외부 환경적 요인만으로 결정된다고 알려진 통설을 뒤집는 이 연구 결과는 과학 전문지인《네이처》에 발표된 것이다. 이 연구를 통해 인간의 지능은 유전자에 의해 48%가 결정되고, 나머지 52%는 태내 환경이 결정한다는 것이 밝혀졌다. 이 말은 결국 태교를 잘하면 영재를 만들 수 있고, 그렇지 못하면 둔재를 만들 수도 있다는 말이다.

▶**수정 후 28일이면 뇌 생성** 한 개의 세포인 수정란이 분열을 반복하며 태아는 생명체로서의 모습을 갖춘다. 그 가운데 가장 빠른 분화로 발달하는 것은 바로 뇌이다. 뇌는 수정 후 28일이면 생성되고, 임신 2주 때부터 활발한 발육을 시작하며, 임신 10주에는 뇌 피질의 신경 세포인 뉴런이 만들어지기 시작한다.

▶**외부 자극을 기억하는 똑똑한 태아** 임신 3개월에 접어들면 머리, 몸통, 팔, 다리 구분이 명확해지고 뇌 또한 제 모습을 갖추어 여러 기능을 수행한다. 이때 태아는 차츰 외부 자극을 기억하게 된다. 이것은 성인과 같은 기억력이라고는 할 수 없지만, 엄마의 행동에 의해 어떠한 자극을 받게 되면 그것이 뇌에 전달되어 흔적을 남기게 된다. 그렇기 때문에 이 시기에 엄마는 술이나 담배를 절대 입에 대서는 안 되며 스트레스를 받지 않도록 해야 한다. 만약 스트레스를 받았다면 적극적으로 해소하도록 해야 한다.

▶**임신 4~6개월, 활발한 뇌 발달** 임신 4~6개월이 되면 태아는 사고(지성의 뇌), 감정(정서의 뇌, 동물의 뇌), 운동중추가 있는 대뇌피질 부분이 빠른 속도로 성장한다. 그리고 임신 5개월이 되면, 태아의 뇌는 80% 이상 발달한다. 특히 청각이 발달하여 이 시기에 태교 음악을 들으면 큰 효과를 볼 수 있다. 엄마의 심장박동 수와 비슷한 비발디, 하이든, 모차르트의 음악이나 대금산조와 같은 전통음악도 좋다. 반대로 귀에 거슬리는 소음은 태아에게 좋지 않은 영향을 미친다.

▶**신선한 공기가 똑똑한 뇌를 만든다** 태아는 태반을 통해 엄마로부터 영양분과 산소를 공급받는다. 그중에서도 뇌는 우리 신체에서 산소 공급에 가장 민감한 부분이다. 신선한 공기는 뇌 발달과 정보 전달에 중요한 여러 신경전달물질의 합성을 증가시킨다. 뇌가 활발하게 발육되는 이 시기에 산소와 영양분을 풍부하게 공급받지 못하면 머리가 좋은 아이가 태어날 가능성이 적어진다. 그러므로 임산부는 공기가 맑은 공원이나 숲을 산책하면서 태아에게 신선한 산소를 공급해 주는 것이 중요하다.

▶**6개월, 스킨십에 반응한다** 6개월이 되면 태아의 뇌는 촉각에 반응하게 된다. 예를 들어 엄마가 자신의 배를 쓰다듬으면 이것이 태아의 뇌에 전달된다. 피부는 뇌와 풍부한 신경망으로 연결되어 있어 아주 약한 자극도 뇌에 잘 전달되고 이는 아기의 정서 발달과 인격 형성에 아주 중요한 역할을 한다.

▶**7개월, 텔레비전을 싫어한다** 태아는 임신 8주부터 시각이 생기고 7개월이 되면 명암을 느낀다. 눈부신 빛은 태아가 불안감을 느끼게 만드는 요소들 중 하나다. 따라서 텔레비전을 오랫 동안 보는 것은 태아의 두뇌를 둔재 두뇌로 만드는 지름길이다.

▶ **스트레스는 뇌의 적** 엄마가 지속적으로 스트레스에 노출될 경우, 엄마의 혈액 내에 증가한 스트레스 호르몬인 스테로이드와 아드레날린, 베타엔도르핀이 뇌 발달을 억제시킬 수 있고 자궁 근육을 수축시켜 태아에게 전해지는 혈류량을 떨어뜨린다. 이 때문에 산소와 영양분의 충분한 공급이 차단되어 태아의 뇌에 치명적인 손상을 입히게 된다.

▶풍진은 미리미리 예방 임신부가 풍진을 앓게 되면 태아는 심장에 이상이 생기거나 시력이나 청력을 상실할 수 있다. 이런 감염으로 병균이 태아의 뇌에 들어가 정신지체를 유발시키는 경우가 약 20%에 이르는 것으로 알려져 있다. 만약 풍진이 유행한다면 되도록이면 외출을 삼가고 사람들과 접촉하지 않는 것이 좋다. 또 가족 중에 풍진 환자가 있을 때는 감마글로불린 주사를 맞고, 그렇지 않을 때에는 예방주사를 맞는 것이 좋다.

'될 성 싶은 나무는 떡잎부터 알아본다.'는 말이 있다. 좋은 떡잎이 나기 위해서는 애초에 씨앗이 건강해야 하고, 충분한 햇빛과 충분한 양분 등이 공급되어야 한다. 즉, 떡잎이 나기 전부터 정성 들여 관리를 해 주어야 좋은 떡잎이 날 수 있는 것이다.

내 아이의 두뇌도 기본을 어떻게 가지고 태어나느냐에 따라 이후의 발전 정도가 결정된다고 해도 과언이 아니다. 따라서 엄마는 태아의 발달 단계에 맞는 적절한 태교는 물론이고 좋은 것을 자주 접하고, 나쁜 것을 멀리하는 노력으로 아이의 기본을 잘 만들어 주어야 한다. 기본이 잘 갖추어진 아이는 엄마의 정성에 비례하여 몸과 마음 그리고 두뇌까지도 건강하고 똑똑하게 잘 자란다.

김영훈 원장님이 전하는
'우리 아이 집중력 높이는 법'

● 한 번에 한 가지 일만 하게 하라

집중한다는 것은 주목하여 보는 것, 귀 기울여 듣는 것, 촉감과 맛, 냄새를 느끼는 것, 주의 깊게 생각하는 것을 의미한다. 완전한 집중에 가장 방해가 되는 요소는 의식의 분산이다. 텔레비전을 보면서 책을 읽는 등 아이의 두뇌는 실제로 두 가지 일을 동시에 하고 있더라도 그 모두에 완전히 집중할 수는 없다. 그러므로 한 번에 한 가지 일에만 전념하게 하라.

● 진정한 가치를 이해하게 하라

아이가 자신이 하는 일의 가치를 제대로 아는 것은 그 일에 집중할 수 있는 근거가 된다. 사소한 일이라도 그것을 해야 하는 의미와 필요성을 진정으로 인식하면 그 일에 더욱더 집중할 수 있다. 학습을 할 때도 자신이 왜 학습을 해야 하는지 분명하게 알게 되면 시키지 않아도 집중하게 된다.

● 성취감을 느끼게 하라

아이가 산만한 원인 중의 하나는 집중하여 무언가 성과를 거둔 경험이 없기 때문일 수도 있다. 아이가 책을 읽고 난 후에 재미있는 표현을 하도록 유도하라. 아이들은 어느새 자리에 앉아 책을 읽는 것에 흥미를 가질 것이다. 책을 재미있게 읽은 경험을 통해 성취감을 갖게 되는 동시에 다른 일이 주어져도 점차 자연스럽게 집중할 수 있게 된다.

● **비교하지 말고 칭찬하라**

다른 아이와 비교하지 말라. 비교 대상이 되면 문제를 해결하는 것보다 다른 아이의 수준과 엄마의 반응에 더욱 신경을 쓰게 된다. 조급하게 다그치기보다 아이가 좋아하고 잘하는 일을 찾아 몰두할 수 있게 해 주고, 아이의 노력에 대해 구체적으로 칭찬을 해 주는 것이 좋다. 칭찬을 통해 아이는 성취감과 기대감이 커져 그 일에 더욱 몰입하게 된다.

● **진득하게 혼자 하는 습관을 길러주어라**

하루에 30분을 하든, 1시간을 하든 그 시간만큼은 제대로 학습을 하는 습관을 길러 줘야 한다. 학습을 시작했으면 반드시 스스로 마무리하게 하여 아이 스스로 집중하는 연습을 시킬 필요가 있다.

● **집중이 잘 되는 환경을 만들어라**

아이들은 어떤 환경에서 학습하느냐에 따라 집중력이 크게 달라진다. 아이가 어릴수록 거실이나 식탁 같은 곳으로 옮겨 다니면서 학습을 하는 경우가 많다. 하지만 학습은 정해진 장소에서 하는 것이 제일 좋다. 이때 책상에서는 학습 이외의 다른 일은 하지 않도록 지도하라. 또한 학습은 깨끗하고 조용한 곳에서 할 수 있도록 항상 공부방을 정돈하고 조용한 분위기를 만들어 주어야 한다.

●부록

엄마와 아이의
두뇌 궁합 알아보기

내 아이는 좌뇌우세형일까 우뇌우세형일까

내 아이의 두뇌 유형을 알아볼 수 있는 간편 체크리스트다. 항목들 중 내 아이에게 해당하는 것을 빠짐없이 체크하라. 채점 결과를 통해 내 아이의 두뇌 유형을 알 수 있다. 가급적이면 판단은 아이에게 맡기고, 엄마는 아이가 이해하기 힘든 문장만 설명해 주면 된다.

[문항 1] 길을 안내할 때 대체로 나는

A. 가는 방법에 대해 말로 설명한다. ☐

B. 지도를 그린다. ☐

C. 지도를 그린 후에 말로 설명한다. ☐

[문항 2] 학교에 있지 않을 때 나는

A. 친구들에게 이메일을 보내곤 한다. ☐

B. 운동을 한다. ☐

C. 이메일을 보내거나 운동을 한다. ☐

[문항 3] 학교에서 내가 좋아하는 활동은

A. 쓰기다. ☐

B. 그리기다. ☐

C. 쓰기와 그리기 모두다. ☐

[문항 4] 단어를 암기하려고 애쓸 때 나에게 좀 더 쉬운 방법은

    A. 단어를 소리 내어 계속해서 말하는 것이다. ☐

    B. 페이지에 있는 단어들을 기억하는 것이다. ☐

    C. 위의 두 방법을 결합해서 사용하는 것이다. ☐

[문항 5] 내가 선생님을 통해 가장 잘 학습할 때는 선생님이

    A. 명확하게 말로 설명할 때다. ☐

    B. 그림, 그래프, 파워포인트를 사용할 때다. ☐

    C. 언어와 그림을 모두 사용할 때다. ☐

[문항 6] 시간 지키기에 대해서 말하자면 나는

    A. 거의 제시간을 맞춘다. ☐

    B. 종종 늦는 경우가 있다. ☐

    C. 가끔 늦기도 하고 제시간을 맞추기도 한다. ☐

[문항 7] 자유시간에 나는

    A. 책을 읽는 것을 좋아한다. ☐

    B. 퍼즐 조각 맞추기를 좋아한다. ☐

    C. 책을 읽거나 퍼즐 조각 맞추기를 좋아한다. ☐

[문항 8] 내가 가장 잘 기억할 때는

    A. 메시지를 경청할 때다. ☐

    B. 그림을 볼 때다. ☐

    C. 그림을 보고 메시지를 경청할 때다. ☐

[문항 9] 과제를 수행할 때 나는

    A. 스스로 하는 것을 좋아한다. ☐

    B. 집단 구성원들과 함께하는 것을 좋아한다. ☐

    C. 위의 두 방법을 모두 좋아한다. ☐

[문항 10] 글을 읽을 때 대체로 나는

     A. 머릿속에 단어와 문장을 떠올린다. ☐

     B. 읽고 있는 것을 마음속에서 본다. ☐

     C. 듣기도 하고 보기도 한다. ☐

[문항 11] 태양계에 대해 기술하기 위해서 나는

     A. 태양계에 대해 쓰기를 좋아한다. ☐

     B. 태양계 모빌을 만드는 것을 좋아한다. ☐

     C. 위의 두 방법을 모두 이용하는 것을 좋아한다. ☐

◆ 채점 방법 및 결과

테스트지에서 A , B, C에 응답한 수를 각각 합산한다.

[A에 친 O 개수가 6~8개이면] 내 아이는 '좌뇌우세형'이다.

[A에 친 O 개수가 9~11개이면] 내 아이는 '강한 좌뇌우세형'이다.

[B에 친 O 개수가 6~8개이면] 내 아이는 '우뇌우세형'이다.

[B에 친 O 개수가 9~11이면] 내 아이는 '강한 우뇌우세'이다.

[A에 친 O 개수가 0~5개, B에 친 O 개수가 0~5개, C에 친 O 개수가 0~5개이면] 내 아이는 '중뇌형'이다.

좌뇌우세형 아이

이해력, 정리력, 추리력, 수리력, 분석력, 논리력이 뛰어난 좌뇌우세형 아이! 대체적으로 스스로 자기 일을 잘하는 편이다. 융통성이 없고 고지식한 편이며, 논리적이고 체계적인 성향을 가지고 있다.

● 행동으로 살펴보는 좌뇌우세형 아이

· 구분이 확실한 원색을 좋아한다.

· 언어 또는 서류에 의한 지시를 좋아한다.

· 논리적이고 계산적이며 부분적으로 파고든다.

· 제3자의 입장에서 객관적으로 생각한다.

· 어떠한 일을 할 때 한 가지씩 처리한다.

· 확실하고 증거가 있는 정보를 좋아한다.

· 글로 써서 증거로 남겨 두는 것을 좋아한다.

· 숫자로 물건의 수를 기억한다.

· 감정 억제를 잘한다.

· 은유법이나 추리를 거의 하지 않는다.

우뇌우세형 아이

창의력, 상상력, 응용력, 직관력, 협응력, 구성력이 뛰어난 우뇌우세형 아이! 상상력이 뛰어나고 호기심이 많다. 정적인 편이지만 체계적이고 논리적이지 못해 엉뚱한 생각과 엉뚱한 말을 많이 하는 편이다. 창의적, 감성적 성향을 가지고 있다.

● 행동으로 살펴보는 우뇌우세형 아이

· 정신 이완이 가능한 파스텔톤의 편안한 색을 좋아한다.

· 그림이나 시범을 보여 준 후에 지시하는 것을 좋아한다.

· 전체적인 패턴을 보고 이해하며, 예감·육감을 사용하여 파고든다.

· 어떠한 일을 할 때 한 번에 모아서 처리하려 한다.

· 불분명해도 가능성이 있는 정보를 좋아한다.

· 그림으로 그려서 참고자료로 남겨 두는 것을 좋아한다.

· 비계획적이라도 자유분방한 연구나 작업을 좋아한다.

· 그림으로 수를 기억한다.

· 감정 표현을 잘한다.

· 은유법이나 추리를 잘한다.

중뇌형 아이

아직 학습의 기회가 적고 뇌 발달이 진행 중인 어린아이일수록 중뇌형에 속하는 경우가 많다. 중뇌형 아이의 경우 좌뇌와 우뇌를 통합하여 사용하기 때문에 좌뇌우세형 혹은 우뇌우세형의 특징이 골고루 나타나는 것이 일반적이다. 하지만 중뇌형으로 분류되었다고 하더라도 좌뇌 혹은 우뇌 어느 한쪽으로 기울게 마련이므로 좌뇌우세형 아이와 우뇌우세형 아이의 행동 양식 중 어느 쪽의 특성이 더 잘 나타나는지 살펴볼 필요가 있다.

나는 좌뇌우세형 부모일까 우뇌우세형 부모일까

부모의 두뇌 유형을 알아볼 수 있는 간편 체크리스트다. 항목들 중 나에게 해당하는 것을 빠짐없이 체크하면 채점 결과를 통해 나의 두뇌 유형을 알 수 있다.

[문항 1]

A. 나는 위험을 무릅쓰는 것이 재미있다. ☐ (1)

B. 나는 위험 감수가 없을 때 재미있다. ☐ (0)

[문항 2]

A. 나는 익숙한 일을 행하기 위해 새로운 방법을 모색한다. ☐ (1)

B. 나는 어떤 방법이 별 문제가 없으면 바꾸지 않는다. ☐ (0)

[문항 3]

A. 나는 하나의 일을 마치지 않고서도 새로운 많은 일을 시작한다. ☐ (1)

B. 나는 하나의 일을 마친 후에 새로운 일을 시작한다. ☐ (0)

[문항 4]

A. 나는 일을 할 때 매우 상상적이지 못하다. ☐ (0)

B. 나는 어떤 일을 하든 상상력을 이용한다. ☐ (1)

[문항 5]

A. 나는 다음에 무슨 일이 발생할 것인지 분석할 수 있다. ☐ (0)

B. 나는 다음에 무슨 일이 발생할 것인지 감각적으로 알 수 있다. ☐ (1)

[문항 6]

A. 나는 어떤 문제를 해결하기 위한 최상의 방법을 찾고자 애쓴다.　□ (0)

B. 나는 어떤 문제에 대한 가능한 여러 가지 답을 찾고자 애쓴다.　□ (1)

[문항 7]

A. 나의 사고는 내 머리를 통해 지나가는 그림과도 같다.　□ (1)

B. 나의 사고는 내 머리를 통해 지나가는 단어와도 같다.　□ (0)

[문항 8]

A. 나는 새로운 아이디어를 수용하고 실천한다.　□ (1)

B. 나는 새로운 아이디어에 대해 의문을 갖는다.　□ (0)

[문항 9]

A. 다른 사람들은 내가 어떻게 일을 조직하는지 알지 못한다.　□ (1)

B. 다른 사람들은 내가 일을 잘 조직한다고 생각한다.　□ (0)

[문항 10]

A. 나는 잘 자제하는 편이다.　□ (0)

B. 나는 대체로 내 감정에 따라 행동한다.　□ (1)

[문항 11]

A. 나는 시간 계획을 세워 일을 한다.　□ (0)

B. 나는 시간 계획을 세우지 않고 일을 한다.　□ (1)

[문항 12]

A. 나는 어려운 결정을 할 때 내가 옳다고 알고 있는 것을 선택한다.　□ (0)

B. 나는 어려운 결정을 할 때 내가 옳다고 느끼는 것을 선택한다.　□ (1)

[문항 13]

A. 나는 쉬운 일을 먼저하고 중요한 일을 나중에 한다.　□ (1)

B. 나는 중요한 일을 먼저 하고 쉬운 일을 나중에 한다.　□ (0)

[문항 14]

A. 나는 가끔 새로운 상황에 처하면 너무나 많은 아이디어가 떠오른다.　□ (1)

B. 나는 가끔 새로운 상황에 처하면 어떤 아이디어도 떠오르지 않는다.　□ (0)

[문항 15]

A. 나는 내 삶에서 많은 변화와 다양성을 가져야만 한다.　□ (1)

B. 나는 순서적이고 잘 계획된 삶을 살아야만 한다.　□ (0)

[문항 16]

A. 나는 내가 이성적이기 때문에 옳다는 것을 안다.　□ (0)

B. 나는 내가 이성적이지 못하더라도 옳다는 것을 안다.　□ (1)

[문항 17]

A. 나는 주어진 시간을 고르게 분산하여 일을 한다.　□ (0)

B. 나는 마감 시간에 임박하여 일을 수행하는 것을 좋아한다.　□ (1)

[문항 18]

A. 나는 모든 물건을 특정 장소에 보관한다.　□ (0)

B. 나는 내가 행하는 것이 무엇인가에 따라 물건을 보관하는 곳이 다르다.　□ (1)

[문항 19]

A. 나는 나 자신의 계획을 세워야만 한다.　□ (1)

B. 나는 누군가의 계획을 따를 수 있다.　□ (0)

A. 나는 매우 융통성이 있고 예측할 수 없는 사람이다.　　　☐ (1)

B. 나는 일관되고 안정적인 사람이다.　　　☐ (0)

A. 나는 새로운 과제가 주어지면 나 자신의 수행 방법을 찾고자 노력한다. ☐ (1)

B. 나는 새로운 과제가 주어지면 그것을 수행하기 위한 최선의 방법이
　 무엇인지 다른 사람들로부터 듣고 싶어 한다.　　　☐ (0)

◆ 채점 결과

21개 항목의 점수를 모두 합산하다.

[0~4점 이면] 나는 '강한 좌뇌우세형'이다.

[5~8점 이면] 나는 '좌뇌우세형'이다.

[9~13점이면] 나는 '중뇌형'이다.

[14~16 이면] 나는 '우뇌우세형'이다.

[17~21점이면] 나는 강한 '우뇌우세형'이다.

좌뇌우세형의 특징

- 객관적이고 이성적이다.
- 언어적인 지시와 설명에 잘 반응하는 편이다.
- 문제를 부분으로 나누어 논리적으로 해결한다.
- 합리적으로 문제 해결을 한다.
- 객관적으로 판단한다.
- 계획적이고 구조적이다.
- 확고하고 확실한 정보를 좋아한다.
- 분석적으로 독서를 한다.
- 사고와 기억 활동에서 주로 언어에 의존하는 편이다.
- 말하고 쓰는 것을 좋아한다.
- 주의 깊게 계획된 연구나 작업을 좋아한다.
- 선택형 질문을 좋아한다.

우뇌우세형의 특징

- 감정적이고 주관적이다.
- 시범, 그림 등의 상징적인 지시에 잘 반응한다.
- 문제에 대해 전체적인 패턴을 보고 해결한다.
- 직관적인 문제 해결을 한다.
- 주관적으로 판단한다.
- 유동적이며, 자발적이다.
- 알쏭달쏭하고 확실하지 않은 정보를 좋아한다.
- 종합적으로 독서한다.
- 사고와 기억 활동에서 주로 심상에 의존한다.

· 그림 그리기나 조작하기를 좋아한다.
· 자유롭고 개방적인 연구나 작업을 좋아한다.
· 주관식 질문을 좋아한다.

중뇌형의 특징

강점이 양반구에 다소 균등하게 분포된 사람들이 주로 중뇌형 범주에 속한다. 따라서 중뇌형은 우뇌우세형과 좌뇌우세형의 특징이 모두 드러난다. 물론 중뇌형은 좌뇌우세형 혹은 우뇌우세형의 사람들보다 과제를 수행하는 방식에서 좀 더 융통성을 보일 수 있고, 다양한 관점에서 문제를 이해하고 해결할 수 있는 강점을 가지고 있다. 하지만 동시에 우유부단할 수 있다는 약점도 가지고 있다.

아이와 마찬가지로 중뇌형으로 분류된 성인도 좌뇌나 우뇌 어느 한쪽으로 기울게 마련이므로 좌뇌우세형과 우뇌우세형의 행동양식 중 어느 쪽 특성이 더 잘 나타나는가를 살펴볼 필요가 있다.

아이와 엄마의
두뇌 궁합으로 보는
학습 가이드

● 우뇌우세형 아이 + 우뇌우세형 엄마

아이가 학교에 다닐 때 가장 공부를 못할 가능성이 높은 궁합!

부모가 체계적으로 가르치지 못할 가능성이 많고 아이도 집중하지 않기 때문에 학업 성적이 좋지 않을 가능성이 높은 궁합이다.

부모가 공부를 가르칠 마음에 잔소리를 하거나 윽박질러도 우뇌 성향이 강한 아이는 스트레스를 많이 받지 않고 학업의 중요성에 대해 대수롭지 않게 넘기는 경우가 많다. 하지만 창의적인 부분이라든지 생각을 달리 한다든지 할 때는 도움이 될 수가 있다.

우뇌우세형 아이에게는 좌뇌적인 것을 가르칠 필요가 있다. 예를 들어 어떤 것들을 진행할 때 시간을 가지고 하게끔 하고, 과제를 제시할 때도 한 번에 많이 제시하지 말고 하나를 완벽하게 할 때까지 기다려 주어야 한다. 하지만 대부분의 우뇌우세형 부모들은 아이들이 대충 마무리를 지어도 그것으로 끝이 났다 생각하고 다른 것을 제시하는 특징이 있다. 따라서 아이에게 체계적이고 단계적인 교육이 힘들다고 느낄 경우, 학원 선생님 등 다른 사람에게 도움을 청하고 조언을 구해야 한다.

우뇌우세형 아이들은 집중력이 잘 분산되기 때문에 가능하면 자극을 줄이는 환경을 만들어 주고, 책을 읽는 것뿐 아니라 시각 자료를 이용하여 도표를 보게 하거나 영화를 통해 학습하게 하는 것이 좋다. 그로 인해 아이의 좌뇌가 발달할 수 있으며 학습을 잘하는 스타일이 될 수 있다.

● 우뇌우세형 아이 + 좌뇌우세형 엄마

가장 갈등이 많을 수밖에 없는 궁합!

대부분의 좌뇌우세형 엄마는 아이를 잘 가르친다는 장점이 있다. 하지만 우뇌우세형 아이는 체계적이고 목표를 잘 제시하고 단계적으로 가르치는 것을 제대로 따르지 못하는 경우가 많다. 우뇌우세형 아이는 자유로운 성향이 강하기 때문에 자주 움직이면서 학습을 하고 새로운 것을 좋아하는 특징이 있다. 따라서 순차적이고 논리정연한 학습을 반복하며 완벽하게 하는 것을 선호하는 좌뇌우세형 엄마와 우뇌우세형 아이는 갈등이 많이 생길 수밖에 없다.

우뇌우세형 아이는 책이나 언어를 통해 가르치기보다는 시각적이고 운동 감각적인 아이의 성향을 고려하여 다양한 시각 자료나 놀이를 통해 가르치는 것이 좋다.

우뇌우세형 아이는 혼자서 공부하는 것보다 다른 아이들과 함께하는 것을 좋아하고, 공부를 할 때 손으로 쓰면서 하면 더 큰 효과를 얻을 수 있기에 특별히 신경 써 주어야 한다. 또 좌뇌식 학습을 하더라도 아이 성향에 맞춰 책을 읽을 때 대충 훑지 않도록 정독하는 습관을 길러 주고, 수학 공부는 한 문제라도 이해를 시킨 후에 식과 답을 모두 챙겨 보게 해야 한다. 그리고 우뇌우세형 아이는 시간을 잘 지키지 못하는 경향이 있으므로 계획표를 만들어서 좌뇌적으로 약한 부분을 강화시킬 필요가 있다.

● 우뇌우세형 아이 + 중뇌형 엄마

아이에게 순차적으로 문제를 처리할 수 있는 능력을 길러 주어라!

대부분의 중뇌형 엄마는 아이를 잘 가르친다. 목표를 잘 제시하고 체계적이면서 단계적으로 가르치는 것도 어느 정도 가능하다. 그러나 우뇌우세형 아이는 부모의 지시를 잘 따르지 못하는 경우가 많다.

우뇌우세형 아이는 자유로운 것을 좋아하여 학습을 할 때 움직이는 것을 좋아한다. 또한 혼자서 하기보다는 다른 사람과 함께하려고 하며 새로운 것을 좋아하는 특징이 강하다. 중뇌형 엄마는 어느 정도 융통성을 가지고 아이를 가르치기는 하지만 효과가 잘 나타나지 않아 좌절하는 경우가 많다. 우뇌우세형 아이들은 두뇌 회전이 빨라서 무언가를 가르치면 금방 이해한다. 그러나 막상 아는 것을 표현할 때 실수를 잘 저지르곤 한다. 따라서 글을 읽거나 문제를 풀 때 자를 대고 한 줄 한 줄 읽으면서 순차적으로 처리하는 능력을 키워 줘야 한다.

반면에 우뇌우세형 아이는 척 보고 단번에, 또 눈으로 보면서 대충 문제를 풀려고 하기 때문에 복잡한 문제는 좀처럼 풀지 못하거나 푸는 것을 쉽게 포기한다. 이런 아이에게는 복잡한 문제를 나누어서 푸는 순차적 분석 훈련을 시켜야 한다. 또 아이의 성적이 빠르게 오르지 않더라도 인내하면서 좌뇌가 발달할 수 있도록 교육시켜야 한다.

● 좌뇌우세형 아이 + 좌뇌우세형 엄마

좋은 대학에 갈 확률이 높다!

좌뇌우세형 엄마와 좌뇌우세형 아이의 경우 좌뇌적인 교육만 받게 되기 때문에 아이의 인지능력이나 언어, 수학은 뛰어날지 모르지만 살아가는 데 꼭 필요한 인간친화력이나 공감능력, 감성능력이 떨어질 수 있다.

완벽함을 추구하는 성향 때문에 성적도 뛰어나고 좋은 대학에 들어갈 수 있지만 우뇌적인 것이 부족하다면 융통성이나 사회성이 부족해질 위험이 있다. 따라서 이런 아이들에게는 일부러라도 노는 시간을 많이 갖게 하고 자유롭게 활동할 수 있는 시간을 줘야 한다. 그리고 여행이나 체험, 음악 감상이나 미술 감상, 친구들과 함께 놀 기회, 운동할 기회를 많이 갖게 하고, 가족 활동을 자주 하는 것이 좋다.

이러한 것들을 통해 우뇌적인 것들이 보완되면 성장하여 성공적으로 살아가는 데 도움이 된다.

● 좌뇌우세형 아이 + 우뇌우세형 엄마

엄마가 리더 역할에만 충실하면, 아이는 자기주도적인 성향으로 바뀐다!

엄마가 리더 역할에만 충실하면 아이가 자기주도적인 아이가 될 수 있는 궁합이다. 아이를 관리할 때 체계적으로 관리하는 능력이 떨어지는 우뇌우세형 엄마는 세세히 아이를 파악하여 맞춰 주지 못하는 경우가 많다.

우뇌우세형 엄마는 가이드만 제시하고 세세한 부분을 챙기기 어려운 스타일이다. 감정적으로는 자식의 세세한 부분까지 챙기겠다고 하지만 원하는 대로 되지 않는 경우가 많다 보니 아이를 윽박지르게 되고 몰아붙이는 현상이 자주 나타난다.

아이에게는 체계적인 학습을 요구하지만 정작 본인은 그것을 도와주기가 힘들어 다른 사람이나 사교육에 아이를 맡기는 경우가 많다. 심지어 아이를 관찰하고 평가하는 자체도 다른 사람에게 맡기는 경향이 있다.

좌뇌우세형 아이는 청각을 활용한 학습을 통해 효과를 보는 경우가 많기 때문에 교육할 때 이 부분을 고려하는 것이 좋다. 또한 공부를 할 때 체계적인 것들을 받아들일 수 있는 능력이 있는 데다 공부도 자기 스스로 할 수 있다. 따라서 이런 경우 엄마는 자기가 관리하려고 생각하지 말고 리더 역할을 하면 된다. 즉, 관리자 역할을 하지 말고 목표와 가이드만 제시하고 하나하나 관여하지 않는 것이 좋다. 대신에 다른 쪽으로 더욱 신경을 써 주면 좋다. 예컨대 아이가 스트레스를 받았을 때 재미있게 풀어 주면 아이는 스스로 자기주도적인 아이가 될 수 있다.

● 좌뇌우세형 아이 + 중뇌형 엄마

아이를 가장 현명하게 키울 수 있는 유형!

좌뇌우세형 아이는 말, 소리, 언어적 메시지에 민감하다. 그래서 그림이나 접촉보다는 사실과 단어에 초점을 맞추어 정보를 처리하는 경향이 있다. 그로 인해 복잡하게 나오는 어려운 수학 문제도 단계를 밟아 가며 꼼꼼히 잘 풀어낸다.

좌뇌우세형 아이의 경우 완벽을 추구하는 성향이 강하기 때문에 성적도 뛰어나고 좋은 대학에 들어갈 수 있지만 우뇌적인 것이 부족하다면 융통성이나 사회성이 부족해질 수 있다. 이런 아이들에게는 중뇌형 엄마가 아이의 마음을 풀어 주고 노는 시간을 갖게 하여 자유로운 시간을 주어야 한다.

중뇌형 엄마는 아이의 시간과 공부 양을 적절하게 관리할 수 있고 융통성도 있기 때문에 아이를 현명하게 키울 수 있다. 좌뇌우세형 아이는 공부를 할 때 체계적인 것들을 받아들일 수 있는 능력이 있으므로 엄마가 적절하게 교육적 가이드를 제시해 주고 자기 스스로 공부할 수 있도록 배려하는 것이 좋다.

● 중뇌형 아이 + 좌뇌우세형 엄마

엄마가 너무 몰아붙이지만 않으면 비교적 문제가 없는 관계!

중뇌형 아이는 부모의 지시를 잘 따르고 엄마와의 관계도 비교적 원만하다. 중뇌형 아이는 언어, 수학을 비교적 잘하고 인지능력이나 인간친화력, 공감능력을 어느 정도 가지고 있어서 친구들과 어렵지 않게 관계 유지를 할 수 있다. 다만 중뇌형 아이는 완벽함이나 과제집착력은 평균적이어서 동기부여가 되지 않을 경우 좋은 대학에 들어가지 못할 수도 있다.

좌뇌우세형 엄마는 순차적이고 논리 정연한 학습을 반복하며 완벽하게 해야 하기 때문에 아이에게 완벽함이 부족할 경우 잔소리를 하게 된다. 그로 인해 아이와 사이가 나빠질 수도 있다. 따라서 좌뇌우세형 엄마는 너무 아이를 몰아붙이지 않도록 해야 한다.

단, 엄마는 아이에게 부족한 완벽함을 보완하기 위하여 책을 읽을 때 정독을 하게 하고 수학 문제를 풀 때는 생각하고 식과 답을 모두 완벽하게 쓰는 습관을 들이도록 지도해야 한다.

● 중뇌형 아이 + 우뇌우세형 엄마

엄마는 아이를 관리하려 하지 말고, 목표와 가이드만 제시하라!

우뇌우세형 엄마들이 가장 흔히 범하는 잘못된 처방은 아이에게 부족한 과목을 그냥 열심히, 그것도 많이 시키는 것이다. 아이를 관리할 때 체계적으로 관리하는 능력이 떨어지는 우뇌우세형 엄마는 하나하나 아이를 파악해서 맞춰 주지 못하는 경우가 많다. 게다가 중뇌형 아이는 비교적 부모의 말을 잘 따르는 편이기 때문에 엄마가 중구난방으로 아이를 교육시키면 아이가 엄마에게 끌려갈 수가 있다.

좌·우뇌에 다소 균등하게 분포된 강점을 가진 중뇌형 아이는 좌뇌우세형 혹은 우뇌우세형 아이보다 과제를 수행하는 방식에서 좀 더 융통적인 경향을 보인다. 그래서 어떤 점에서는 중뇌형 아이가 좌뇌우세형 혹은 우뇌우세형 아이보다 더 균형적이다. 중뇌형 아이는 다양한 관점에서 문제를 이해하고 해결할 수 있는 반면, 우유부단할 수 있다는 단점도 있다. 게다가 중뇌형 아이는 수학 공부를 할 때는 좌뇌를 써야 하는데 우뇌의 감으로 대충 하고, 생활을 할 때는 우뇌를 써야 하는데 좌뇌로 쓸데없이 따져서 사람을 피곤하게 하기도 한다.

중뇌형 아이는 모든 분야에 걸쳐 지적 욕구가 높지만 막상 학교에서 시험을 보면 아는 것만큼 결과가 나오지 않아 힘들어 한다. 또 이 유형은 결정적으로 분위기 파악을 제대로 하지 못해서 대인관계에 많은 어려움을 겪을 수도 있다. 따라서 부모는 아이가 두뇌를 잘못 사용하는 것을 잡아 주어 아이를 안정적으로 만드는 것이 최우선이다.

단, 엄마는 자기가 하나하나 관리하려고 생각하지 말고 목표와 가이드만 제시하고 아이가 스스로 할 수 있도록 아이에게 주도권을 주어야 한다,

● 중뇌형 아이 + 중뇌형 엄마

가정에서 가장 잘 지내는 궁합! 다양한 분야의 책을 읽도록 유도하라!

중뇌형 아이는 언어, 수학을 비교적 잘하고 어느 정도의 인지능력을 가지고 있지만 완벽함이나 과제집착력에서는 평균적이어서 동기부여가 되지 않을 수 있다. 이때 엄마가 아이의 공부에 의욕적이지 않을 경우 아이는 평범하게 자랄 수 있다. 중뇌형 엄마는 순차적이고 논리 정연한 학습을 하기는 하지만 반복하거나 완벽하게 해야 한다는 강박관념은 없기 때문에 아이가 완벽함이 부족하더라도 동기부여를 제대로 해 주지 못할 가능성이 크다.

중뇌형 아이는 인간친화력이나 공감능력, 감성능력을 어느 정도 가지고 있으므로 학교 생활을 무리 없이 해낼 수 있다. 하지만 아이에 따라서 학교 공부나 가정에서의 공부를 대충하는 경우가 있으므로 정기적인 관리가 필요하다.

완벽함을 보완하기 위해서 책을 읽을 때는 정독을 하고 수학 문제를 풀 때는 식과 답을 모두 완벽하게 쓰는 습관을 들여야 한다.

중뇌형 부모는 잠깐 아이를 봐 주기만 해도 아이가 훨씬 좋아지기 때문에 아이가 제대로 성장할 수 있다. 또 중뇌형 부모 중 무관심한 엄마는 이유야 어쨌든 아이에게 일일이 관여하지 않기 때문에 아이가 스스로 알아서 잘하기도 한다. 이런 부모 밑에서 자란 중뇌형 아이들이 사고력과 창의력이 좋아지는 경우가 의외로 많다. 따라서 중뇌형 엄마는 교육에 관심을 가지고 아이에게 동기를 부여하도록 노력해야 한다.

중뇌형 아이와 엄마 사이에서는 양뇌 교육이 이루어지는 것이 좋다. 엄마가 아이와 함께 책을 읽은 후 책의 내용이 아니라 저자의 사고를 따라갈 수 있도록 유도하는 방법도 좋다. 일시적으로 붙잡고 가르치는 것으로는 앙뇌 발달에 도움이 되지 않기 때문에 지속적인 교육이 필요하다.